HET HUIS

Olga van der Meer

Het huis

UITGEVERIJ 'WESTFRIESLAND'

Eerste druk in deze uitvoering 2006

NUR 344
ISBN 90 205 2768 1

Copyright © 2006 by 'Westfriesland', Hoorn/Kampen
Omslagillustratie: Bas Mazur
Omslagontwerp: Bas Mazur

HOOFDSTUK 1

De kale bomen, ontdaan van alle bladeren nu de herfst ineens goed was ingetreden, boden een vrij uitzicht op het, uit gele bakstenen opgetrokken, enorme huis. Het terras bood een verlaten en troosteloze aanblik, maar alles zag er goed onderhouden uit. Het houtwerk zat strak in de verf. Donkerbruin, wat mooi afstak tegen de kleur van de stenen. Het gazon, omzoomd door struiken en met hier en daar een grote boom, zag eruit alsof het pas gemaaid was. Alle grassprietjes leken precies even lang, er was geen oneffenheidje te bespeuren.

„Zowel het huis als de tuin worden goed onderhouden," merkte Johan Burggraaf op. Terwijl hij over de brede inrit reed, gleden zijn ogen opmerkzaam over het landgoed.

„Behalve de huishoudster komt er ook twee keer per week een werkster voor de grote klussen. Haar man verzorgt de tuin," hielp zijn vrouw Wilma hem herinneren. Ze wierp een blik in de papieren die ze van de notaris meegekregen had. „De huishoudster is inwonend, maar logeert momenteel bij haar zus die in het dorp woont. Ze vindt het niet prettig om in haar eentje in het huis te verblijven."

„Daar kan ik me iets bij voorstellen," bromde Johan. „Het is zo enorm groot, volgens mij verdwalen we daar binnen."

„Spannend," meende Wilma met een glimlach terwijl ze uit de auto stapte.

Johan volgde haar voorbeeld en even later stonden ze voor de monumentale voordeur. Met een plechtig gebaar pakte Johan een sleutel uit zijn jaszak.

„Daar gaan we dan, lieverd. Voor de eerste keer zullen wij nu ons nieuwe bezit van binnen aanschouwen," annonceerde hij.

Hij draaide de deur van het slot en achter elkaar stapten ze de grote hal in.

„Mensenlief," fluisterde Wilma, diep onder de indruk van wat ze zag. „Het lijkt wel een woonkamer, met die afmetingen."

De vloer was belegd met donkerrode plavuizen. Op de muren zat stevig, lichtgeel behang wat een onverwachts zonnige indruk maakte. Aan weerszijden van de hal leidden twee donkerbruin gebeitste trappen naar boven.

„Twee trappen," merkte Johan met ontzag in zijn stem op. „Eentje voor naar boven en eentje naar beneden."

„Dan moet er ook nog ergens één zijn die nergens naar leidt, alleen voor de show," giechelde Wilma, gedachtig een liedje uit een oude musical. Haar stem schalde door het indrukwekkende gebouw, zodat ze er zelf van schrok. Onwillekeurig rilde ze even. „Bah, er hangt hier een naargeestige sfeer."

„Dat lijkt alleen maar zo omdat het zo groot en hol is," beurde Johan haar op. „En vergeet niet dat dit huis de laatste jaren slechts bewoond is geweest door twee oude vrouwen. Jouw tante Sophie en haar huishoudster. Veel stemmen zullen hier niet geklonken hebben, maar dat verandert wel in de toekomst."

„Wat moesten die twee vrouwen hier eigenlijk?" vroeg Wilma zich hardop af. „Waar heeft een mens in vredesnaam zoveel ruimte voor nodig? Ik schat dat negentig procent van dit huis niet gebruikt werd. Zonde, want dit is echt een huis dat om wat levendigheid vraagt. Heel wat mensen zouden hier onderdak kunnen vinden."

„Dat gaat ook gebeuren in de toekomst," voorspelde Johan. „Zodra wij besloten hebben wat we ermee gaan doen. Hier moeten we een goede bestemming voor kunnen vinden, Wil. Er zijn zoveel mensen die, om wat voor reden dan ook, tijdelijk woonruimte zoeken. Misschien een opvang voor mishandelde vrouwen of zo."

„In ieder geval gaan we er iets goeds mee doen," nam Wilma zich voor. „Het is gewoon belachelijk dat zo'n enorm gebouw als dit gebruikt werd als woonhuis voor één vrouw en haar huishoudster. Met het geldbedrag dat bij deze erfenis hoort, gaan wij het heel anders aanpakken."

„Voorlopig gaan we het huis eerst eens grondig bekijken."

Johan pakte Wilma's hand vast en trok haar mee één van de brede trappen op.

De uren die volgden besteedden ze aan het grondig bekijken van het huis. Hun huis, sinds kort. Wilma had vroeger wel eens verhalen gehoord over haar tante Sophie, die met een steenrijke baron was getrouwd, maar ze had de vrouw nooit persoonlijk ontmoet. Sinds haar huwelijk vond Sophie haar familie te min, volgens de verhalen die over haar de ronde deden. Haar verbazing was dan ook groot toen ze via een notaris te horen kreeg dat haar tante Sophie overleden was en al haar bezittingen, bij gebrek aan andere, nog in leven zijnde familieleden, naar Wilma gingen. Niet alleen dit enorme huis met zijn twee zijvleugels en uitgestrekte lap grond, maar ook een bedrag wat Wilma en Johan had doen duizelen.

„Wat moeten we daarmee?" had Wilma ademloos gezegd.

„Ons leven omgooien en er iets zinnigs mee doen," was Johans reactie geweest. „Onze idealen uit laten komen. Iets opstarten waarmee we anderen kunnen helpen."

Hun toekomstplannen hadden nog geen vaste vorm aangenomen, maar terwijl ze door het huis heen dwaalden, zagen ze vele mogelijkheden. In ieder geval moest dit huis door een heleboel mensen bewoond worden, vonden ze allebei. De vele slaapkamers, de keuken met de afmetingen van een bescheiden zaal, de zeer ruime salon en de vier badkamers vroegen daar gewoon om. Achter in de tuin, half verscholen achter een oude eikenboom, ontdekten Johan en Wilma ook nog een prieeltje, romantisch ingericht met een rotan zitje en fleurige gebloemde kussens. De deur zat niet op slot en ondanks de niet echt aangename temperatuur bleek het binnen niet koud te zijn, dus streken ze neer op het tweezitbankje in het midden van de ruimte. Totaal beduusd bleven ze elkaar een tijdje aankijken voor Wilma het woord nam.

„Ongelofelijk," bracht ze haar gedachten onder woorden. „Ik heb diverse keren gehoord dat tante Sophie ontzettend rijk was, maar dit gaat mijn fantasie ver te boven. Ik nam altijd aan dat die verhalen zwaar overdreven waren. Je weet hoe zoiets gaat, iedereen weet steeds weer iets nieuws te vertellen, net zolang tot zo'n verhaal niets meer met de werkelijkheid te maken heeft."

„Nou, dit is toch heel erg echt allemaal," zei Johan.

„En van ons," vulde Wilma aan terwijl ze elkaar aankeken. Het leek wel of het nu pas tot haar doordrong, nu ze het landgoed gezien had. „Het lijkt erop dat ons leven ingrijpend gaat veranderen!"

Die avond maakten ze plannen voor de toekomst. Hoewel het allemaal erg plotseling was gekomen en het ook nog erg onwezenlijk leek, hadden ze ideeën genoeg. Vooral Wilma was enthousiast. Johan en zij hadden nooit kinderen gekregen en de laatste tijd was haar vaker het gevoel besprongen dat ze iets miste in haar leven. Iets wat ze niet kon benoemen, maar wat haar wel dwars zat. Haar baan als maatschappelijk werkster gaf haar niet meer de voldoening van vroeger en het vele reizen wat Johan en zij altijd hadden gedaan, begon haar een beetje op te breken. De halve wereld hadden ze inmiddels al gezien, op zowel luxe reizen als eenvoudige kampeervakanties. Niet omdat ze zulke enorme globetrotters waren, maar simpelweg omdat het kon. Met allebei een goed salaris gaf het financieel geen problemen en voor de rest waren ze toch aan niemand gebonden, dus waarom niet? Bevrediging gaf het echter niet, dat had ze inmiddels wel door. Steeds vaker had ze de laatste tijd het gevoel dat ze vastgelopen was, zowel in haar werk als in haar privé-leven. Alles was zo normaal geworden, er waren geen nieuwe uitdagingen meer. Hun leven sleepte zich voort en ze deed daarin mee zonder zich te verzetten tegen de sleur. Vergeleken bij een heleboel anderen had Wilma absoluut niets te klagen en daar was ze zich echt wel goed van bewust, maar ze wilde zo graag eens iets anders. Dankzij haar tante Sophie had ze die kans nu gekregen en ze zag het helemaal zitten.

„We gaan het roer helemaal omgooien," sprak ze beslist. Met glinsterende ogen keek ze Johan aan terwijl hij haar een glas wijn overhandigde.

„Rustig aan," verzocht hij geamuseerd. Hij kende zijn vrouw. Als ze eenmaal iets in haar hoofd had, rustte ze niet tot haar plannen verwezenlijkt waren. Ze kon zich ergens met enorm veel enthousiasme opstorten en zich er net zo lang in vastbijten tot ze haar doel bereikt had. Het was lang geleden dat hij haar zo fanatiek had gezien, peinsde Johan. De laatste jaren was de fut er een beetje uit. Ze leefden hun leventje en waren daar tevreden mee, maar hoogtepunten waren er niet meer. Dieptepunten gelukkig ook niet. Hij had gedacht dat het door hun leeftijd kwam, maar Wilma bewees hem nu dat het daar niets mee te maken had. Nu ze weer zicht had op iets nieuws, was de bekende schittering teruggekeerd in haar ogen en hij zag aan haar gespannen lichaam dat ze het liefst vanavond nog aan de slag wilde gaan om haar idealen te verwezenlijken. Als maatschappelijk werkster met een ruime ervaring wist ze waar ze moest zijn om zo snel mogelijk door de rijstebrijberg van bureaucratie en instanties heen te werken en hij kende haar goed genoeg om te weten dat ze het jammer vond dat ze op dit moment, half elf 's avonds, niets kon beginnen. Zoals ze naast hem op de bank zat, met opgewonden blosjes op haar wangen en een fanatieke gloed in haar ogen, deed ze hem heel sterk denken aan de Wilma die hij zevenentwintig jaar geleden voor het eerst had ontmoet. Begin twintig waren ze toen geweest en de hele wereld lag nog voor hen open. Dat gevoel had Wilma nu ongetwijfeld weer, maar hij liep nu eenmaal nooit zo hard van stapel.

„Ik zeg zo snel mogelijk mijn baan op," nam Wilma zich voor.

„Denk nou eerst even rustig na voor je zulke verregaande beslissingen neemt," maande Johan haar. „We hebben nog niet eens besloten wat we met het huis gaan doen."

„In ieder geval wordt het iets wat met opvang te maken heeft, dus daar krijgen we het druk genoeg mee. Trouwens, ik kan makkelijk een eigen praktijk starten daar, ruimte genoeg," bedacht Wilma.

„Wat bedoel je met 'we'? Ik ben echt niet van plan om onmiddellijk mijn ontslag in te dienen. Over een afzienbare tijd ga ik met pensioen, dat zet ik niet zomaar op het spel."

Wilma lachte hem hartelijk uit. „Dat duurt nog minstens dertien jaar. Heb je gezien wat voor geldbedrag er bij die erfenis hoort? We hebben dat pensioen helemaal niet meer nodig."

„Het is een enorm bedrag," moest Johan toegeven. „Maar ooit is het op, vergeet dat niet. Het onderhoud van het landgoed kost een lieve duit en als je er een opvangtehuis van maakt, slinkt het snel."

„Als je het verstandig aanpakt, valt dat wel mee. Ten eerste ga ik natuurlijk subsidie aanvragen, ten tweede kunnen we iedereen die er gebruik van gaat maken naar vermogen mee laten betalen. Tenslotte worden we geen filantropische instelling," woof Wilma dat bezwaar weg. „Hè Johan, doe eens iets enthousiaster. Dit is de kans van ons leven, besef je dat wel? Tijdens onze laatste vakantie hebben we er nog uitgebreid over gepraat dat we zoiets op zouden willen starten en nu we zomaar de mogelijkheid in onze schoot geworpen krijgen, ga jij bezwaren lopen verzinnen."

„Over iets fantaseren of iets daadwerkelijk uitvoeren, zit een groot verschil."

„Voor mij niet. Ik fantaseer nooit zomaar doelloos over iets, dat is hetzelfde als sprookjes verzinnen."

„Ik hou van mijn werk, Wilma. Net als jij heb ik wel eens het gevoel dat ik er in vastloop, maar er zomaar mee stoppen, vind ik wel erg radicaal. Ik ben leraar geworden uit overtuiging en ik oefen mijn vak nog steeds met plezier uit."

Ze trok haar wenkbrauwen hoog op. „Ondanks alle ellende en geweld wat je tegenwoordig op de middelbare scholen tegenkomt? Het is één brok misère wat je daar over hoort."

„Juist daarom," hield Johan echter rustig vol. „De jeugd is

losgeslagen en gewelddadig, helaas kan ik daar maar al te goed over meepraten, maar dat probleem lossen we niet op als alle leraren daarom hun baan opzeggen. Dan maak je het alleen maar erger. Ik verbeeld me tenminste dat ik een voorbeeld voor ze ben en ze iets goeds bij kan brengen."

„Jij zeker," zei Wilma vol overtuiging. „Als je wilt blijven werken moet je dat natuurlijk doen, ik had alleen verwacht dat we samen aan dit project zouden beginnen. Tenslotte moeten we zelf ook in het huis gaan wonen als we echt aandacht aan onze cliënten willen geven en ze daadwerkelijk willen helpen. Dat gaat nu eenmaal niet alleen in kantooruren."

„Dat is op te lossen. De afstand van het huis naar mijn school is niet onoverkomelijk en misschien kan ik minder uren les gaan geven," dacht Johan.

„Kijk, zo ken ik je weer." Tevreden nestelde Wilma zich tegen hem aan. Heel even was ze echt bang geweest dat Johan zich zou distantiëren van haar plannen, maar ze had beter moeten weten. Hij was een idealist en altijd bereid mensen te steunen die het moeilijk hadden, in welke situatie dan ook. Dit project was Johan op het lijf geschreven. „Heb je eigenlijk al een vastomlijnd plan over wat voor soort opvang je wilt gaan doen?" vroeg hij nu.

Wilma schudde haar hoofd. „Niet echt. Er zijn natuurlijk zoveel mogelijkheden op dat gebied. Op mijn werk word ik voortdurend geconfronteerd met mensen die het moeilijk hebben en die er eens een tijdje tussenuit zouden moeten, evenals met vrouwen die op de vlucht zijn voor geweld binnen hun huwelijk en jongeren met een verslaving die nergens terechtkunnen. De wachtlijsten zijn overal ellenlang."

„Verslavingsopvang zie ik niet zo zitten. Dan moet je er echt een afkickkliniek van maken en daar zijn we niet in thuis. Daar heb je gespecialiseerde dokters en psychologen voor nodig. Een soort blijf-van-mijn-lijfhuis is een optie, alleen moet je er dan rekening mee houden dat je ook te maken krijgt met agressieve, gewelddadige echtgenoten," waarschuwde Johan. „Zo'n adres is nooit honderd procent geheim te houden, zeker niet op die locatie. Het is niet echt een anoniem landgoed. Bovendien ligt het aan de rand van de stad, goed bereikbaar en iedereen in de wijde omgeving kent het."

„We moeten er nog eens goed over nadenken. Misschien kunnen we er een soort van rust- of vakantieverblijf van maken voor mensen die het even niet meer zien zitten. Ouders van verslaafde jongeren of zo, of familieleden van psychiatrische patiënten. Die hebben het enorm zwaar en daar is veel te weinig aandacht voor. Er is tegenwoordig..."

Wilma werd onderbroken omdat de bel door het huis heen klonk en ze keek Johan geschrokken aan. „Wie komt er op dit tijdstip in vredesnaam nog langs? Het is over elven!"

Johan was de gang al ingelopen en Wilma ging hem nieuwsgierig achterna. In het schijnsel van hun buitenlamp stond een ineengedoken meisje met een uitpuilende rug-zak in haar handen, die te zwaar leek voor het tengere figuurtje.

„Nancy!" riep Wilma uit toen ze haar herkende. „Kind, wat is er aan de hand? Kom snel binnen."

Nancy, de dochter van Johans zus, begon wild te snikken. „Mijn moeder heeft me op straat gezet," bracht ze uit. „En ik wist niet waar ik heen moest."

„Je moeder heeft je op straat gezet?" echode Wilma. Ze wierp Johan een verbaasde blik toe. „Dat lijkt me niets voor haar. Hadden jullie ruzie?"

Nancy was naar binnen gelopen en plofte neer op de bank. Haar rugzak gooide ze met een onverschillig gebaar op de grond. „Ik eh... Ik..." Ze beet even op haar onderlip. „Ik ben zwanger!" gooide ze er toen uit. „Mijn moeder was woest op me en voor ik het wist stond ik buiten. Ik hoef niet meer terug te komen, zei ze."

„Dat heeft ze vast niet gemeend," zei Johan. „Zoiets roep je in je drift."

„Nou, ik wil anders helemaal niet terug," reageerde Nancy opstandig. Ze boende met een kinderlijk gebaar, wat in tegenspraak was met haar stoere woorden, over haar ogen.

„Ze ging zo enorm tekeer, ze bekijkt het maar! Ik mag toch wel hier blijven?" Hoopvol keek ze naar haar oom en tante op.

„Vannacht in ieder geval," besloot Wilma. „Morgen praten we wel verder, nu ga je naar bed. Ik zal zo je moeder bellen."

„Dat hoeft niet, het interesseert haar toch niet waar ik ben," mokte Nancy.

„Dat kan ik me nauwelijks voorstellen. Ik bel haar in ieder geval, Nancy, of je dat nu leuk vindt of niet. We laten haar niet onnodig in ongerustheid zitten."

„Pff, alsof die ongerust over me is," blies Nancy nog voor ze opstond en haar tante volgde naar de logeerkamer.

Alsof haar zestienjarige nichtje een klein kind was, stopte Wilma haar even later in bed. Ze zag dat Nancy het gebaar waardeerde, al zou ze dat nooit toegeven. Johan zat al met zijn zus Jacqueline aan de telefoon toen Wilma in de huiskamer terug kwam.

„Ze wil jou nog even," gebaarde hij naar Wilma.

„Gelukkig is ze naar jullie toegegaan en loopt ze niet over straat te zwerven. Ik ben zo bang geweest toen het eenmaal tot me doordrong dat ze echt weg was! O Wil, je hebt geen idee wat ik met haar te stellen heb," begon Jacqueline meteen te ratelen. „Ze doet waar ze zelf zin in heeft, laat zich niets zeggen of verbieden en lacht me gewoon uit als ik kwaad word. Niets is er te beginnen met haar. Afspraken lapt ze simpelweg aan haar laars, ze komt en gaat wanneer het haar uitkomt en ze spijbelt bij het leven. Nu kwam ze doodleuk met de mededeling dat ze zwanger is en ze vond het ook nog heel vreemd dat ik niet meteen stond te juichen bij dat bericht. Ze weigert te zeggen wie de vader is, maar verwacht wel van me dat ik haar help en haar problemen oplos, zonder dat ik kritiek mag uiten." Noodgedwongen stopte ze even met praten om adem te halen en Wilma maakte meteen van die gelegenheid gebruik om ook iets te zeggen.

„Volgens Nancy heb je haar op straat gezet," zei ze.

Jacqueline lachte bitter. „Dat dacht ik wel, ze weet het altijd zo te draaien dat haar geen blaam treft. Ik heb haar gezegd dat het tijd wordt dat ze haar verantwoordelijkheden neemt en dat ze de gevolgen van haar daden onder ogen moet zien, waarop zij riep dat ze het dan wel alleen uit zou zoeken. Ik wenste haar daar veel succes mee en vervolgens is ze het huis uitgestormd."

„Een typisch voorbeeld van een uit de hand gelopen ruzie."

„Natuurlijk had ik het anders aan moeten pakken, maar het werd me allemaal teveel. De manier waarop ze het bracht en daarna gewoonweg eiste dat ik het op moest lossen was de druppel. Ik heb behoorlijk staan schreeuwen," bekende Jacqueline.

„Ga jezelf daar nou niet schuldig over zitten voelen," adviseerde Wilma haar. „Ik weet hoe Nancy is, ze kan het bloed onder je nagels vandaan trekken. De puberteit is nooit makkelijk, maar zij maakt het wel heel erg bont, dus het is helemaal niet vreemd als je je zelfbeheersing een keer verliest. In ieder geval is ze nu in goede handen, dus je kunt rustig slapen. Hier komen we ook wel weer uit, Jac, een oplossing is er altijd."

„Ik wou dat ik daar ook zo over kon denken," zei Jacqueline somber. „Ik heb mijn handen al vol aan haar, hoe moet dat als er ook nog een baby bij komt? Ik kan moeilijk mijn baan opzeggen, dan hebben we helemaal niet meer te eten."

Jacqueline ratelde maar door en Wilma liet haar even rustig uitrazen. Als gescheiden vrouw met een fulltime baan om de eindjes aan elkaar te kunnen knopen en een zeer lastige puberdochter had haar schoonzus het zeker niet makkelijk en ze begreep dat Jacqueline een keer haar hart wilde luchten. Normaal gesproken klaagde ze niet snel, maar het was duidelijk dat de situatie nu boven haar hoofd gegroeid was. Wilma luisterde dan ook geduldig, zei op gezette tijden 'ja' en 'nee' en onthield zich van kritiek. Dit soort dingen maakte ze dagelijks mee in haar werk. Hoewel ze er altijd naar verlangd had om samen met Johan een gezin te stichten, was ze op dit soort momenten blij dat deze zorgen haar bespaard waren gebleven. Het viel tegenwoordig niet mee om je kinderen op een behoorlijke en veilige manier groot te brengen, daar wist ze genoeg vanaf. Vooral meisjes waren erg kwetsbaar, omdat die maar al te vaak achterbleven met de gevolgen, zoals Nancy nu. In haar praktijk begeleidde Wilma momenteel twee meisjes die in soortgelijke omstandigheden verkeerden, terwijl de aanstaande vaders zich gedrukt hadden.

Het duurde ruim een uur voor Jacqueline uitgeraasd was en Wilma de hoorn terug op het toestel legde.

„Wat een toestand," zuchtte Johan. Hij was half in slaap gesukkeld tijdens het lange telefoongesprek, maar was nu weer klaarwakker. „Wat gaan we eraan doen?"

„Geen idee," antwoordde Wilma naar waarheid. „Maar één voordeel heeft deze situatie wel, schat."

„O ja? Wat dan?" Hij keek haar vragend aan.

Wilma glimlachte tevreden. „Ik weet nu wat we gaan doen. Het huis wordt een opvangtehuis voor zwangere tienermeisjes."

HOOFDSTUK 2

Er brak een hectische tijd aan, maar dankzij Wilma's contacten met de benodigde instanties en het feit dat er al een flink kapitaal aanwezig was, versnelden de zaken aanzienlijk. Het zou niet lang duren voor het huis officieel zijn deuren zou openen voor zwangere tieners en Nancy zou de eerste bewoonster worden. Het meisje logeerde nog steeds bij Wilma en Johan thuis omdat de verstandhouding met haar moeder zo gespannen was dat iedereen vreesde dat het zou exploderen. Het leek Wilma en Johan verstandiger om moeder en dochter even uit elkaar te houden en ze allebei tot rust te laten komen. Afgesproken was dat Nancy bij hen zou blijven tot na de bevalling, daarna zouden ze wel verder zien. Nancy was er nog niet zeker van of ze de baby wilde houden of niet. Abortus had ze niet over haar hart kunnen verkrijgen, vertrouwde ze Wilma toe, maar ze kon het kindje na de bevalling altijd nog afstaan.

„En de vader?" informeerde Wilma daarop. „Heeft die daar niets over te zeggen?"

Nancy trok onverschillig met haar schouders. „Als ik zou weten wie het was wel," was haar onthutsende antwoord.

„Kind toch!" schrok Wilma. Ze was heel wat gewend, maar haar behoudende aard kwam hevig in opstand tegen deze bekentenis. Het kind was nota bene net zestien!

„We hadden een feestje," vertelde Nancy eindelijk. „Een uit de hand gelopen feestje, mag ik wel zeggen. Iemand had pillen bij zich, we dronken alcohol… Enfin, we weten achteraf geen van allen meer precies wat er allemaal gebeurd is, maar weken later ontdekte ik dat ik zwanger was. Vette pech natuurlijk."

„En dan vind je het nog vreemd dat je moeder kwaad op je is?" vroeg Wilma zich verbijsterd af. „Als je mijn dochter was geweest, had ik je tot je eenentwintigste opgesloten in je kamer."

„Dat geloof ik niet, jij bent veel relaxter en moderner dan mijn moeder. Zij flipt al als ze me een jointje ziet roken."

„En terecht. Hou er heel goed rekening mee dat oom Johan en ik dat ook absoluut niet tolereren," waarschuwde Wilma haar. „We lijken moderner omdat we zelf geen kinderen hebben en daardoor onze neefjes en nichtjes veel aandacht geven en af en toe lekker verwennen, maar ik ben het helemaal met je moeder eens dat je veel te ver bent gegaan. Als zestienjarige hoor je sowieso niet op dergelijke feestjes thuis en je schijnt je ook niet te realiseren dat drugs je kapot kunnen maken, zelfs niet nu je de gevolgen dagelijks ondervindt. Zelf vind je dit misschien stoer gedrag, maar ik vind het alleen maar stom."

Nancy leek niet onder de indruk van deze preek en Wilma zuchtte. Ze kon zich inmiddels levendig voorstellen dat Jacqueline het helemaal niet meer zag zitten met haar dochter. Nancy was enorm dwars, schopte overal tegenaan en was niet voor rede vatbaar. In de weken dat ze nu bij hen logeerde had het Wilma diverse keren heel wat moeite gekost om haar zelfbeheersing te bewaren. In haar schoolwerk had ze inmiddels zo'n achterstand opgelopen dat ze na dit jaar twee niveaus terug moest en zelfs dat zette haar niet aan het denken. Ze vond het wel best allemaal. Ze leefde nu en maakte zich niet druk over de toekomst.

Wel interesseerde ze zich bovenmatig voor het huis en alle werkzaamheden die daarbij kwamen kijken. Wilma stimuleerde dat zoveel mogelijk, in de hoop dat het een goede invloed op haar nichtje zou hebben. Ze beschouwde het maar als een soort stagetijd, iedere ervaring die ze opdeed was tenslotte meegenomen.

„Het is jammer dat ze niet wat ouder is, anders hadden we haar goed kunnen gebruiken als medewerkster," zei ze tegen Johan. „Ik ben nog steeds op zoek naar iemand die de administratie kan doen, maar die daarnaast ook bereid is om met de meisjes mee te gaan naar de zwangerschapscontroles, gesprekken met de ouders kan voeren en de meisjes op weg kan helpen naar een goede toekomst. Een soort duvelstoejager dus."

„Nee, daar kan je Nancy niet voor gebruiken," was Johan

17

het grinnikend met haar eens. „Die is in staat de ouders van de meisjes verrot te schelden als die niet onmiddellijk bereid zijn de baby liefdevol in huis te nemen en te verzorgen. Bovendien zal ze onze toekomstige cliënten echt niet stimuleren om een studie te gaan volgen of een baan te zoeken, zodat ze zelf in het levensonderhoud van hun kind kunnen voorzien. Ze zal ze eerder aanraden een uitkering aan te vragen, veel makkelijker."

„Maar waar vind ik wel zo iemand? Het liefst een vrouw, die een goede administratie kan voeren, maar die tegelijkertijd ook voldoende inzicht heeft in de problematiek van de gezinnen waar we mee te maken krijgen, die meelevend is, maar ook genoeg gezond verstand bezit om zich niet mee te laten slepen door de tieners en hun meestal onrealistische denkbeelden. Het is geen functie die zich makkelijk laat omschrijven in een advertentie."

„Dat komt wel goed," beurde Johan haar op. „Tot nu toe verloopt alles prima, je zult zien dat zo'n duizendpoot ook nog wel op onze weg komt."

Terwijl de voorbereidingen voor de opening van het huis in volle gang waren, keek de vierentwintig jarige Marcella Dijcke met gefronste wenkbrauwen naar het staafje dat ze in haar handen hield. Onmiskenbaar verschenen er twee blauwe streepjes in de vakken, iets wat ze al gevreesd had. Ze was dus inderdaad zwanger…

En nu? Zou Joris er blij mee zijn? Ze durfde zichzelf niet goed te antwoorden op deze vraag. Joris was tegenwoordig zo onvoorspelbaar. De kans dat hij juichend van blijdschap door het huis zou springen bij haar mededeling, was net zo groot als dat hij in woede zou ontsteken. Ze wist het gewoonweg niet. Zeker niet nu hun situatie zo onzeker was. Joris was al ruim een jaar werkloos en zij stond nu zelf op de nominatie om ontslagen te worden wegens reorganisatie van het administratiekantoor waar ze werkte. Al maanden gingen er geruchten rond dat ze zouden gaan fuseren met een ander bedrijf, maar niemand wist daar het fijne van. Het enige dat de werknemers zeker wisten, was dat er bijna geen werk meer was. Vaak zaten ze hele middagen met elkaar te kletsen, puur door gebrek aan opdrachten.

Marcella weigerde verder aan haar zwangerschap te denken, dat kwam later wel. Ze stapte onder de douche en terwijl ze de warme stralen over haar lichaam liet stromen gleden haar gedachten terug naar het verleden. Zeventien was ze geweest toen ze Joris ontmoette en ze raakte direct zwaar onder de indruk van zijn uiterlijk, zijn goede baan en zijn zelfverzekerde air van man van de wereld. Nog voor haar achttiende verjaardag trok ze bij hem in, zeer tegen de zin van haar streng gelovige, conservatieve ouders. Maar dat deerde haar niet. Ze was stapelverliefd op Joris en deed alles om hem gelukkig te maken, bovendien was ze blij dat ze het strenge milieu waarin ze opgegroeid was, kon verlaten. De eerste jaren waren een hemel op aarde geweest, herinnerde ze zich weemoedig. Naast haar opleiding verzorgde ze Joris en hun flatje tot in de puntjes en in ruil daarvoor overlaadde hij haar met cadeautjes en uitstapjes. Ze hadden het fijn gehad samen, al realiseerde ze zich achteraf dat ze eigenlijk meer een veredelde huishoudster voor hem was. Joris liet zich alle zorgen aanleunen en leefde zijn leven zoals hij dat gewend was geweest. Toch was ze gelukkig. Dat veranderde langzaam maar zeker nadat Joris zijn baan had verloren en wegzonk in een diepe depressie. In plaats van daar tegen te vechten, greep hij naar drank en later naar drugs, zodat de toestand steeds onhoudbaarder werd. Weggaan en hem in de steek laten, wilde Marcella echter niet. Juist nu had hij haar nodig, hield ze zichzelf voor. Het zou laf zijn om hem alleen te laten nu hij het zo zwaar had. Ooit zouden de goede tijden toch wel weer aanbreken?

En nu was ze dus zwanger. Terwijl ze zich afdroogde en aankleedde, kon ze die gedachte niet langer van zich wegduwen. Ze zou een kindje krijgen, samen met Joris. Misschien was dit juist wel precies wat hij nodig had, hoopte ze. Wellicht zou het besef dat hij vader werd, hem net dat duwtje geven om zichzelf weer bij elkaar te rapen. Hoopvol glimlachte Marcella naar zichzelf in de spiegel. Dat was een mogelijkheid waar ze nog niet eerder aan gedacht had. Ze vermoedde al weken dat die moeheid en duizelingen niet alleen veroorzaakt werden door een griepje, maar dat er meer aan de hand was en daarover had ze flink gepiekerd. Nu had ze daar ineens een andere kijk op. Het besef dat hij vanaf nu de verantwoording zou dragen voor een ander, totaal afhankelijk, leventje, moest Joris weer op de goede weg kunnen krijgen, dacht ze optimistisch. Plotseling verlangde ze ernaar om hem het nieuws te vertellen, zodat ze zich samen op de baby konden verheugen en ze samen plannen voor de toekomst konden maken. Een blik om de slaapkamerdeur vertelde haar echter dat hij nog in diepe slaap was en uit ervaring wist ze dat ze hem beter niet wakker kon maken. Zijn ronkende adem vulde de kleine slaapkamer en met afschuw rook Marcella de walm van alcohol die uit zijn mond kwam. Hij had hem weer flink geraakt de vorige avond, concludeerde ze. Zoals steeds vaker gebeurde. Ze had geen idee hoe laat hij thuis gekomen was die nacht, want de tijd dat ze op hem wachtte als hij met zijn vrienden op stap was, lag al ver achter hen. Haar nieuwtje zou dus tot die avond moeten wachten en waarschijnlijk was dat ook veel beter. Onderweg vanaf kantoor zou ze wat lekkers halen om samen het heuglijke feit te kunnen vieren, nam ze zich voor.

Met al haar gepeins van die ochtend was ze later dan gewoonlijk en ze miste dan ook de bus die haar naar haar werk moest brengen. Een kwartier te laat arriveerde ze bij het kantoor, waar het een drukte van belang was, zag ze. Tientallen mensen dromden samen bij de ingang, een hels kabaal van stemmen vulde de verder stille straat.

„We zijn failliet," lichtte haar collega Carina haar haastig in zodra ze Marcella aan zag komen lopen. „Het is een enorme heisa, want we kregen net te horen dat iedereen met onmiddellijke ingang op straat staat."

„Dat kan toch niet zomaar?" schrok Marcella. Onwillekeurig legde ze haar hand op haar buik. Ze wisten al heel
lang dat hun banen op de tocht stonden, maar dit was wel
heel bizar. En dat net op de dag dat ze ontdekt had dat ze
moeder werd en ze haar inkomsten dus hard nodig had.

„Blijkbaar wel," zei Carina. „Eén of andere bobo, een advocaat geloof ik, heeft het net verteld. Er is simpelweg geen
werk meer, de boel is op de fles. Wat er van waar is, weet
ik niet, maar ik hoorde hier al het gerucht rondgaan dat
Witteberg is opgepakt voor fraude. Hij schijnt er een puinhoop van gemaakt te hebben."

„Dat verbaast me niets. Witteberg is een kwal, hij denkt
alleen aan zijn eigen hachje. Het is altijd al een directeur
van niets geweest," was Marcella's oordeel. „Nou, daar zijn
we dan mooi klaar mee. En nu?"

„We krijgen allemaal papieren mee om een uitkering aan te
kunnen vragen," wist Carina.

Marcella herademde. Het schrikbeeld om zo plotseling
zonder inkomsten te zitten, vervaagde. Natuurlijk, ze had
recht op een uitkering. Het drong echter meteen tot haar
door dat dat geen vetpot zou zijn. Haar salaris was al niet
bijster hoog en haar werkverleden was miniem. Na Joris'
ontslag waren ze er financieel al flink op achteruit gegaan
en dat zou nu alleen nog maar erger worden. Bovendien
zou haar zwangerschap het er niet makkelijker op maken
om iets nieuws te vinden. Welke werkgever stond er nu te
springen om een personeelslid aan te nemen die binnen
afzienbare tijd maandenlang met verlof zou gaan?

Een uur nadat ze uit de bus gestapt was, was ze alweer op
weg naar huis, lamgeslagen door al deze onverwachte
gebeurtenissen en haar voornemen om iets lekkers te
kopen totaal vergetend. Het beloofde een emotievolle dag
te worden, dacht ze met galgenhumor. En dan wist ze nog
niet eens hoe Joris zou reageren.

Hij was wakker toen ze hun flat binnen stapte. Gekleed in
slechts een onderbroek en een haveloos, stinkend T-shirt
zat hij op de bank voor zich uit te staren, een sigaret in zijn

ene hand. Zijn haren stonden alle kanten op en zijn ogen staarden dof voor zich uit in het bleke gezicht, waar grauwe lijnen doorheen liepen. Knap was hij allang niet meer, nu zijn depressie, de alcohol en de drugs hun tol hadden geëist.

Hij krabde op zijn hoofd en wierp een verbaasde blik op de klok toen Marcella de deur opende, alsof hij zichzelf ervan moest vergewissen dat het echt pas tien uur in de ochtend was.

„Je bent toch niet ziek?" vroeg hij.

„Erger. Ik ben ontslagen," viel Marcella met de deur in huis terwijl ze naast hem ging zitten. „Het bedrijf is failliet."

Joris vloekte en gaf een trap tegen het salontafeltje. Zijn koffiebeker, gelukkig leeg, viel met een klap op de grond. „De hele maatschappij gaat naar de knoppen," schold hij. „Overal sluiten bedrijven, werknemers worden zonder meer op straat gezet en niemand bekommert zich erom hoe het met ze gaat. We worden gewoon behandeld als vuilnis terwijl de hoge heren er geen boterham minder om eten. En de paar gelukkigen die wel werk hebben, lopen alleen maar te zeiken dat de uitkeringen te hoog zijn en dat werkelozen te lui zijn om te werken. Ze hebben geen idee hoe het is om de hele dag niets om handen te hebben en je uitschot te voelen."

„Je doet anders niet echt je best om een andere baan te vinden," merkte Marcella voorzichtig op.

Joris lachte cynisch. „Alsof werkgevers op mij zitten te wachten," hoonde hij. „Ik ben te oud en kost te veel. Ze hebben liever iemand van zestien, het liefst met jaren ervaring en tegen een hongerloontje. Mijn ervaring en mijn papieren kosten geld, Marcella. Geld dat ze niet uit willen geven aan personeelskosten."

„Misschien zul je je eisen wat moeten bijstellen." Marcella haalde diep adem en besloot meteen maar alles op tafel te gooien. „Ik heb je namelijk nog iets te vertellen. Ik ben zwanger, Joris, je wordt vader."

Ze was niet voorbereid op zijn heftige reactie en kromp

geschrokken ineen toen hij overeind sprong en met één beweging de rest van de spullen van tafel maaide. Ontzet keek ze toe hoe alles in scherven viel op de harde vloer. Vloekend en tierend ijsbeerde hij door hun kleine woonkamer.

„Dat kunnen we er dus niet bij hebben," zei hij nadat hij enigszins gekalmeerd was. „Je gaat maar zo snel mogelijk naar een arts voor een abortus."

„Een abortus?" echode Marcella. Die gedachte was nog helemaal niet bij haar opgekomen, hoewel ze diep in haar hart moest toegeven dat dat misschien wel de beste oplossing was.

„Een abortus, ja," snauwde Joris. „Wat dacht je dan? Kijk nou eens naar ons, twee mislukkelingen in een waardeloze maatschappij. Allebei afhankelijk van een zeer lage uitkering, die net hoog genoeg is om niet van de honger om te hoeven komen. Moeten wij een kind verzorgen en te eten geven? Hoe wilde je dat aanpakken?"

„Je zou wat minder kunnen drinken," sneerde Marcella. Een seconde later had ze een klap in haar gezicht te pakken die haar deed duizelen. Ademloos hapte ze naar adem. Joris had haar geslagen! Hun relatie had vele dieptepunten gekend de laatste jaren, maar zo ver was hij nog nooit gegaan. Verbijsterd staarde ze hem aan, hij blikte koeltjes terug.

„Je hebt me geslagen," bracht ze verward uit.

„Dan moet je niet zo stom doen. Ik vertik het, Marcella. Ik ben niet van plan mijn leven te laten verpesten door zo'n huilend kreng dat kapitalen kost aan luiers en voeding. Je doet een abortus, punt uit."

„Daar kun je me niet toe dwingen."

„Dan moet je zelf eens behoorlijk nadenken," zei hij sarcastisch.

Marcella richtte zich op. Een ongekende strijdlust maakte zich van haar meester, een gevoel dat ze nog nooit had gehad tegenover Joris.

„Dit zijn beslissingen die je iemand niet op kunt dringen,"

zei ze kalm, maar met flikkerende ogen. „Misschien heb je wel gelijk en is een abortus inderdaad de beste oplossing, maar dat wil ik dan wel zelf bepalen. Ik laat me door jou niet een hoek indringen die ik niet wil."

„O nee?" Hij lachte spottend en ging vlak voor haar staan. Er ging iets heel dreigends van hem uit en onwillekeurig kromp Marcella in elkaar. „Laten we de zaken even heel simpel stellen. Of jij zorgt dat je van dat kind afkomt, of je rot mijn huis uit."

„Zet je me op straat terwijl ik zwanger ben van jouw kind?" vroeg Marcella ongelovig. Als in trance staarde ze hem aan. Ze zag en hoorde wat er allemaal gebeurde, maar het leek niet echt tot haar door te dringen. Haar hersens weigerden te geloven wat hij zei.

„Ik doe niets, de keus is aan jou. Je weet nu hoe ik erover denk, je mag zelf de beslissing nemen. Dat wou je toch zo graag?" treiterde Joris.

Als verdoofd bleef Marcella zitten terwijl hij een broek en een trui aanschoot en vervolgens zijn schoenen aantrok. „Ik hoor nog wel wat je besloten hebt, maar ik ga er vanuit dat je verstandig genoeg bent om te doen wat ik zeg," zei hij nog kortaf voor hij de buitendeur achter zich dicht trok. Marcella wist dat hij nu naar de coffeeshop ging waar hij het grootste deel van zijn tijd sleet, samen met een stel dubieuze vrienden. Rusteloos liep ze naar de slaapkamer en weer terug, ondertussen haar mogelijkheden overwegend. Ze voelde zich vreemd kalm. Er was vandaag al zoveel gebeurd dat niets haar meer echt leek te raken. Nuchter stelde ze vast dat haar relatie met Joris voorbij was. Ze peinsde er niet over om onder dwang haar baby weg te laten halen, dat was iets wat ze in alle rust zelf moest beslissen. Ze kende hem echter goed genoeg om te weten dat hij meende wat hij gezegd had. Zijn houding had haar behoorlijk bang gemaakt. Ze voelde even aan haar wang, die begon op te zwellen. Het was de eerste keer dat hij haar geslagen had, maar instinctief wist ze dat het daar niet bij zou blijven. Als Joris merkte dat ze niet onmiddel-

24

lijk naar een dokter rende, kon ze nog veel meer klappen verwachten, dat was duidelijk.

Ze moest hier weg, drong het tot Marcella door. Ze had nu de keus tussen vertrekken of zich totaal onderwerpen aan wat hij wilde. Die laatste gedachte deed haar strijdlust weer opborrelen. Dat nooit! Ze was al veel te lang zijn voetveeg geweest, nu was hij te ver gegaan. Liefde voelde ze allang niet meer voor hem, het was medelijden wat haar al die tijd had doen blijven. Automatisch begon ze een paar koffers te pakken met haar weinige persoonlijke bezittingen. Als jong meisje was ze hier ingetrokken, met niets anders dan een weekendtas kleding en haar schoolspullen. Echt veel meer dan toen bezat ze nog steeds niet, zodat ze al snel klaar was. Pas toen de koffers in de gang stonden, drong het volgende probleem zich aan haar op. Waar moest ze naar toe? Bij haar ouders hoefde ze niet aan te komen, wist ze. Met veel ruzie en verwijten was ze daar indertijd weggegaan, ze kon nu onmogelijk zwanger en wel met hangende pootjes terugkeren. Maar ze kon voorlopig vast wel terecht bij één van haar vriendinnen. Het maakte op dit moment even niet uit waar ze terechtkwam, als ze hier maar weg was voor de situatie volledig uit de hand zou lopen.

Ze besloot naar Carina te gaan. Met haar had ze altijd goed overweg gekund, niet alleen op de zaak, maar ook privé. Een bijkomend voordeel was dat Joris niet wist waar Carina woonde, want Marcella had weinig behoefte aan scènes aan de deur. Eenmaal bij Carina zou ze wel verder zien.

Zacht, alsof ze bang was dat iemand haar zou horen, trok Marcella even later de voordeur in het slot. Zonder nog éénmaal om te kijken liep ze de galerij af, een nieuwe en onzekere toekomst tegemoet. De scherven op de kamervloer waren de enige stille getuigen van haar aftocht, als symbool van de brokstukken waar haar leven plotseling uit bestond.

HOOFDSTUK 3

„Natuurlijk wil ik je helpen," zei Carina hartelijk. „Alleen moet het niet te lang duren, zoals je ziet." Ze maakte een gebaar om zich heen. Haar piepkleine appartementje bestond uit slechts twee kamers en een minikeukentje met aangrenzend het toilet en de douche. Haar huiskamer bevatte een tweezitbank, een kastje met de tv, een salontafel en een wandkast, meer paste er niet in. De slaapkamer werd volledig in beslag genomen door haar bed en een kast. „Als ik in het midden ga staan kan ik al mijn muren aanraken, dus het zal erg behelpen worden met zijn tweeën."

„Daar heb ik niet bij stilgestaan," verontschuldigde Marcella zich moedeloos. „Ik wilde alleen maar weg en jij kwam als eerste in me op omdat Joris jouw adres niet kent. Maar je hebt gelijk, ik zal iets anders moeten bedenken."

„Dat hoeft niet onmiddellijk," zei Carina echter vriendelijk. „Ik ben blij toe dat je eindelijk de stap hebt gezet om Joris te verlaten en ik heb liever dat je hier blijft dan dat je naar hem terug gaat. De bank waar je nu op zit kan uitgeklapt worden tot slaapbank, dus je blijft in ieder geval hier tot je een oplossing gevonden hebt. Die plek op je wang, heb je die aan Joris te danken?"

Marcella knikte. Automatisch gleden haar vingers over haar opgezette gezicht, waarvan ze vermoedde dat die inmiddels ook flink blauw geworden was. „Er zat behoorlijk wat kracht en frustratie achter zijn klap," zei ze met galgenhumor. „Ik had hem dan ook aardig laten schrikken."

„Ben je weggegaan omdat hij je sloeg, of was het andersom?" wilde Carina weten terwijl ze de koffers van Marcella aan de kant schoof en naast haar ging zitten.

„Geen van tweeën. Ik heb vanochtend ontdekt dat ik zwanger ben en hij eiste een abortus. Het was of dat of oprotten uit zijn huis, zoals hij het liefdevol uitdrukte. Ik heb gekozen voor het laatste, al ben ik er nog helemaal niet zeker van dat ik de baby wil houden. Hoewel, een abortus…" Ze rilde even. „Dat vind ik zo eng klinken. Waarschijnlijk is het mijn behoudende opvoeding die me zo doet denken, maar ik heb er moeite mee om een kindje in wording zomaar weg te laten halen."

„Dan moet je het ook niet doen," meende Carina nuchter. „Persoonlijk vind ik het heel goed dat de mogelijkheid bestaat, maar je moet er wel honderd procent achter staan en zelfs dan geeft het nog vaak problemen. Hoe voel je je?"

„Goed. Een beetje moe."

„Dat lijkt me niet zo vreemd op dit moment. Tjonge, Marcella, je kan niet echt beweren dat je een goede dag hebt. Ontdekken dat je zwanger bent, ontslagen worden en je vriend verlaten, daar zou ik ook moe van worden."

„En dan is het pas twee uur, kun je nagaan," grinnikte Marcella. „Wie weet wat me nog te wachten staat vandaag."

Ze keken elkaar aan en schoten onwillekeurig samen in de lach, tot de tranen over Marcella's wangen rolden.

„Het zullen de zenuwen wel zijn," constateerde Carina nuchter. „Ik ga iets te eten voor ons maken, want je hebt vast nog niet geluncht."

Ze warmde een blik soep op en roosterde brood, waar Marcella even later met smaak op aanviel. Nu merkte ze pas wat een honger ze had. Het ontbijt was er ook al bij ingeschoten vanochtend omdat ze zo laat was geweest en aan lunchen had ze totaal niet meer gedacht na alle ontwikkelingen van die ochtend. Na de maaltijd bespraken ze wat Marcella het beste kon gaan doen.

„Werk vinden zal voorlopig wel niet lukken en ik ben bang dat het ook nog wel een tijdje duurt voor die uitkering rond is. Zolang dat niet geregeld is, kan ik geen kamer zoeken, want ik heb haast niets meer," bekende ze. „Ik heb nooit gelegenheid gehad om wat te sparen, want ons maandinkomen vloog er doorheen. Het laatste beetje dat er op onze rekening stond, heb ik er onderweg afgehaald, maar dat was niet veel meer. Tweehonderd euro, dat is alles wat ik heb. Ik vrees dat ik toch naar mijn ouders terug moet, maar die zullen me niet met open armen ontvangen. Waarschijnlijk laten ze me niet eens binnen na alles wat er voorgevallen is."

„Of ze zijn juist dolblij dat ze je weer zien, ondanks alles," hoopte Carina.

Marcella schudde haar hoofd. „Ik kan wel merken dat jij mijn ouders niet kent. Mijn hele leven hebben ze nog niet één keer gezegd dat ze van me houden of dat ze trots op me zijn, dus daar zullen ze nu niet ineens mee beginnen. Ik geloof niet dat ik gewenst was, ik heb me tenminste nog nooit gewenst gevoeld." Met een triest gebaar haalde ze haar schouders op. „Veel keus heb ik op dit moment echter niet, hoe erg ik het ook vind om met hangende pootjes naar ze toe te moeten gaan."

„Misschien hoeft dat niet," peinsde Carina nadenkend. „Je weet dat ik een hele horde ooms en tantes heb en één van die aangetrouwde tantes is maatschappelijk werkster. Ze heeft pas een landgoed geërfd waar zij en haar man een tehuis voor zwangere tienermeisjes in gaan beginnen. Hoe het precies zit en of ze al begonnen zijn weet ik niet, want zoveel contact heb ik niet met ze, maar dat is na te vragen. Wacht, ik zal mijn moeder bellen, die is altijd helemaal op de hoogte van dit soort nieuwtjes. Eén van mijn nichtjes schijnt ook bij ze ingetrokken te zijn, zwanger en wel. Ik vang wel eens wat op hier en daar, maar het fijne weet ik er niet van. Hoi mam." Dat laatste sprak Carina door de telefoon, want terwijl ze praatte had ze al voortvarend het nummer van haar ouderlijk huis ingetoetst. Zoals ze al voorspeld had, was haar moeder precies op de hoogte van de gang van zaken.

„Het huis wordt volgende week officieel geopend," vertelde ze. „Tante Wilma werkt vandaag voor het laatst in haar praktijk in dat medische centrum en ze wonen al in dat nieuwe huis. Ik ben er vorige week geweest toen ik op verzoek van tante Jacqueline wat spullen naar Nancy bracht, die voorlopig bij ze is ingetrokken. Dat arme kind, zestien jaar en dan al moeder worden. Wat daar van terecht moet komen. Tante Jacqueline is helemaal over haar toeren. Vanwaar trouwens deze plotselinge belangstelling?" onderbrak ze zichzelf. „Je zit toch niet in de problemen?" Haar stem klonk wantrouwend en Carina haastte zich om haar moeder gerust te stellen.

„Het is niet voor mezelf, maar voor een collega. Bedankt voor de informatie, mam, we gaan meteen naar tante Wilma toe." Ze verbrak de verbinding en keek Marcella triomfantelijk aan. „Bingo! Dit is de laatste dag dat mijn tante hier in de stad werkt, dus we gaan er meteen naar toe."

„Kan dat wel?" vroeg Marcella benauwd. „Ze zal wel andere dingen te doen hebben nu."

„Als je er zelf niet achteraan gaat, word je nooit geholpen," verklaarde Carina echter resoluut en Marcella kon niet anders doen dan haar daar gelijk in geven.

Tegen vieren liepen ze het medisch centrum in waar Wilma als maatschappelijk werkster aan verbonden was. Ze begroette haar nichtje verrast.

„Dat is een tijd geleden," zei ze hartelijk nadat ze zich voorgesteld had aan Marcella. „Waar heb ik deze eer aan te danken?"

„We hebben uw hulp nodig," bekende Carina meteen. Ze volgden Wilma haar kantoor in en namen plaats in de stoelen die uitnodigend rond een tafel stonden. Marcella beet zenuwachtig op haar lip terwijl Carina uitgebreid haar situatie uit de doeken deed.

„Je bent dus zwanger, hebt je vriend verlaten en bent nu op zoek naar woonruimte en werk?" vatte Wilma het verhaal samen.

Marcella knikte kleintjes. „Sorry dat ik u hier zo ineens mee lastig val, maar ik ben ten einde raad," zei ze zacht. „Er komt zoveel op me af in een paar uur tijd, ik weet niet waar ik moet beginnen."

„Woonruimte is in ieder geval geen probleem," zei Wilma hartelijk. „Ook al ben je geen tiener, je kunt voorlopig in het huis terecht. Een baan zal moeilijker worden in jouw geval, maar omdat je recht hebt op een uitkering is dat ook niet je allergrootste zorg op dit moment. Wil je de baby houden?"

„Daar ben ik nog niet helemaal uit, ik heb nog niet eens tijd gehad om aan het idee te wennen," verklaarde Marcella. „Ik wil er in ieder geval rustig over nadenken en geen overhaaste beslissingen onder druk nemen, vandaar dat ik meteen het huis uitgegaan ben na de dreigementen van mijn vriend. Hij heeft het recht niet om dit zomaar van me te eisen."

Wilma knikte nadenkend. Deze jonge vrouw was in ieder geval geen doetje. Ze had lef genoeg om voor zichzelf op te komen en dacht goed na over wat ze moest doen. Bovendien werkte ze als administratief medewerkster en was ze zelf zwanger, waardoor ze zich waarschijnlijk goed in kon leven in de problemen van lotgenoten. Dit zou wel eens de duizendpoot kunnen zijn waar ze naar op zoek waren.

„Wij zijn op zoek naar iemand die onze administratie kan voeren en die in staat is onze tieners en hun ouders te begeleiden in het zoeken naar oplossingen," zei ze dan ook. „Misschien is dat iets voor jou."

„Biedt u me een baan aan?" vroeg Marcella met open mond. Ze had gehoopt dat deze vrouw haar kon helpen, maar dit sloeg al haar verwachtingen.

„Voorlopig op proef," haastte Wilma zich te zeggen. „Als je toch bij ons intrekt kunnen we van weerskanten bekijken of het bevalt. Gaat het goed, dan nemen we je in vaste dienst. Zo niet, dan kun je na de bevalling op zoek gaan naar woonruimte om je eigen leven weer in te richten. Op deze manier zijn we allemaal geholpen, in ieder geval de eerste tijd."

„Dat is fantastisch!" Er brak een brede lach door op Marcella's bleke gezicht. „In één klap al mijn problemen de wereld uit!"

„Dat zou ik niet durven beweren," glimlachte Wilma. „Je bent nog altijd ongepland zwanger en je staat er alleen voor."

„Maar ik sta niet op straat. Dank u wel, mevrouw. Ik zal heel hard werken en me honderd procent inzetten," beloofde Marcella blozend.

„Daar ben ik van overtuigd. En noem me alsjeblieft gewoon Wilma. Is het je bedoeling om vanavond al naar ons toe te verhuizen?"

„Morgen," mengde Carina zich in het gesprek. „Vannacht blijft Marcella bij mij en gaan we er een gezellige avond van maken. Tenslotte moeten we nog vieren dat we niet meer naar dat stomme kantoor terug hoeven."

„Jij bent natuurlijk ook je baan kwijt," drong het tot Wilma door. „Heb je al iets anders op het oog?"

„Ik niet. Voorlopig ga ik lekker niets doen, veel uitslapen en de stapel boeken op mijn nachtkastje eindelijk eens lezen. Over een paar weken ga ik pas weer solliciteren. Tenslotte heb ik jarenlang mijn premies betaald, nu ga ik daar eens heerlijk van profiteren," zei Carina schaamteloos.

Wilma schudde haar hoofd. „Ik ben blij dat ik jou niet aan heb genomen voor de administratie, dat hoor ik al," plaagde ze. „Dus ik zie jou morgen weer?" wendde ze zich tot Marcella. „Dan nemen we alles op ons gemak door, samen met mijn man erbij."

Met een tevreden glimlach keek ze haar nichtje en haar vriendin na toen ze even later haar kantoor verlieten. Die Marcella beviel haar wel, ze was ervan overtuigd dat ze de juiste beslissing had genomen door haar de baan aan te bieden. Johan zou wel weer zeggen dat ze veel te impulsief gehandeld had, maar Wilma had hier een goed gevoel over. Haar mensenkennis liet haar niet snel in de steek, dus daar vertrouwde ze op. Marcella had vandaag al bewezen dat ze daadkrachtig was, zich door niemand liet vertellen wat ze moest doen en dat ze een positieve levensinstelling had en dat waren precies de eigenschappen die Wilma zocht in haar medewerkers. Tevreden handelde ze de laatste lopende zaken af voor ze de deur van dit centrum voorgoed achter zich zou sluiten. Johan had al voorspeld dat de juiste persoon vanzelf op haar weg zou komen en dat was nu inderdaad gebeurd. Alles was nu geregeld, hun huis kon geopend worden. De huishoudster en de werkster waren allebei bereid om bij hen te blijven werken, de contacten met een verloskundige en een gynaecoloog waren al gelegd en alle aanvragen voor vergunningen en subsidies waren in orde. Zelden had Wilma zich zo voldaan gevoeld als op dat moment, nu alle vage plannen om iets anders te gaan doen met haar leven gerealiseerd waren.

Een half jaar geleden hadden Johan en zij hun zilveren bruiloft gevierd met een safari door Kenia. Het was een schitterende reis geweest, maar juist in die weken had ze beseft dat ze geen voldoening meer haalde uit haar werk. Het duurde vaak maanden of nog langer voor ze concrete zaken voor haar cliënten geregeld had en ze kreeg steeds meer weerzin tegen de bureaucratie die haar maar al te vaak belemmerde. Sommige gevallen waren zo uitzichtloos dat ze er 's nachts niet van kon slapen en ze werd moedeloos van het feit dat ze mensen vaak niet echt kon helpen, maar alleen maar een bepaalde richting in kon sturen. Met dit nieuwe project, mogelijk gemaakt dankzij de haar onbekende tante Sophie, kon ze tenminste direct en doeltreffend hulp bieden. In ieder geval had ze de laatste persoon die dit kantoor betreden had, meteen kunnen helpen, dacht ze voldaan. Dat was een prettig gevoel en een mooi einde van haar baan.

Intussen stond Marcella volkomen beduusd op straat.

„Gebeurt dit echt?" vroeg ze zich af. „Toen ik vanochtend wakker werd was er nog niets aan de hand en nu..." Ze schudde verbijsterd haar hoofd. „Nu ben ik zwanger, heb ik plotseling een andere baan, ga ik ergens anders wonen en ben ik weer vrijgezel. Auw!" Ze wreef over haar arm en keek Carina verontwaardigd aan. „Waarom knijp je me?"

„Om je te laten beseffen dat je wakker bent en niet droomt," antwoordde Carina vrolijk. „Alles is inderdaad in één klap veranderd voor je, maar volgens mij alleen maar ten goede. Je relatie met Joris was een uitzichtloze zaak, dat weet jij net zo goed als ik."

„Ik hou niet meer van hem," gaf Marcella toe.

„Dat niet alleen, je had geen leven bij hem," meende Carina beslist. „Zwanger worden en daardoor gedwongen bij hem weggaan, was het beste wat je kon overkomen."

„Vind je?" vroeg Marcella geamuseerd. Zelf was ze daar toch niet echt van overtuigd, alles was ineens zo'n warboel.

„Ik weet het zeker. Kom op, we gaan het vieren." Carina trok Marcella mee een supermarkt in. „Je hebt nog tweehonderd euro, zei je, dus je kunt mooi wat gebak kopen. De rest van de hapjes en de drank betaal ik. Op de terugweg naar huis huren we een paar films en dan gaan we er een leuke avond van maken."

Marcella liet zich meevoeren door Carina's enthousiasme, al kon ze die niet echt delen. De manier waarop haar vriendin de zaken bekeek, beviel haar echter wel. Hier had ze meer aan dan aan iemand die haar zou beklagen, wist ze. Met medelijden was ze tenslotte niet geholpen, dat had Carina wel goed door. Het was in ieder geval een heel goed besluit van haar geweest om naar Carina te vluchten en niet naar iemand anders, dacht Marcella tevreden terwijl ze een doos gebak in het winkelwagentje zette. Dankzij haar doortastende optreden was de toekomst nu niet helemaal uitzichtloos en had ze tenminste weer een nieuw perspectief.

Die avond wilden ze net een videoband in de recorder schuiven toen de bel lang en hard door het appartement klonk. Even later werd de kamer bevolkt door een groep luidruchtige mensen. Het waren er maar vier, maar vanwege de geringe omvang van Carina's huiskamer leek het Marcella een complete invasie toe.

„Kijk, we zijn aan het juiste adres. Hier hebben ze tenminste iets lekkers!" brulde één van de mannen, wijzend naar de hapjes die Carina en Marcella op tafel uitgestald hadden.

„Afblijven!" lachte Carina. Ze gaf hem speels een tik op zijn vingers. „Die hebben we voor onszelf gekocht. Vertel eerst maar eens wat jullie komen doen en waarom ik je zo lang niet heb gezien."

„We gaan naar de film," vertelde hij nu serieus. „Maar het duurt nog een uur voor die begint en toen kwam ik op het idee om jou eens met een bezoekje te vereren. We waren nu toch in de buurt."

„Je rook de koffie natuurlijk," meende Carina te begrijpen.

„Koffie? Bier!" riep een andere man luidruchtig.

„Nou, dan hebben jullie mazzel. Ik heb nog precies acht flesjes staan, dus voor ieder twee."

„Precies genoeg voor de film begint," lachte de eerste man. Hij draaide zich om en kreeg daarbij Marcella in het oog, die het hele schouwspel stilletjes zat te bekijken. Hij floot langgerekt. „Kijk nu eens wat voor schoonheid er achter me verstopt zat. Daar had je me wel eens op voor mogen bereiden, Carina."

Marcella bloosde tot aan haar haarwortels. Ze was nooit zo vlot in de omgang met vreemden en reageren op een spontaan complimentje was iets waar ze niet aan gewend was.

„Dit is Marcella, een vriendin van me," stelde Carina voor. „Marcella, je weet wat een sleep familieleden ik heb, dit is er eentje van. Arthur, mijn neef."

„De zoon van Wilma?" informeerde Marcella onzeker.

„Nee, Wilma en Johan hebben geen kinderen. Dit is de zoon van één van de vele zussen van Johan. Hij heeft er zeven, waarvan mijn moeder er eentje is en Arthurs moeder ook. Die van Nancy trouwens ook, tante Jacqueline. Verdere uitleg zal ik je besparen."

„Graag, het is zo al ingewikkeld genoeg," lachte Marcella.

Arthur nam naast haar plaats op de bank, zodat Carina noodgedwongen met de andere drie mannen op de grond ging zitten. Het was meteen overvol.

„Dat zijn Wessel, Koen en Ryan," wees Arthur. „We zijn oude studiegenoten van elkaar en gaan nog regelmatig samen stappen. Goh Carien, als ik geweten had dat jij zo'n leuke vriendin had was ik vaker langsgekomen. Maar dat kan ik in de toekomst nog goedmaken natuurlijk."

„Morgen is ze anders weer weg." Carina knipoogde naar Marcella. „Ze gaat bij Wilma en Johan wonen en werken, voor de administratie en als opvang voor de tieners."

„Jij liever dan ik," meende Arthur.

„Maar jij bent een yup," kwam Carina weer. „Pas op met hem hoor, Marcella. Hij is makelaar, dus absoluut niet te vertrouwen. Geld en aanzien, daar draait het bij hem om. Als je ooit een huis gaat kopen, doe het dan niet via hem, hij wringt je helemaal uit."

„Nee hoor, voor jou zal ik een uitzondering maken," beloofde Arthur zorgeloos. Hij pakte de hoes van de videoband van tafel. „Hé, dat is een goede film," ontdekte hij. „Ik dacht dat vrouwen altijd naar van die zwijmelfilms kijken als ze onder elkaar zijn."

„Doen we ook. Deze hoes ligt alleen op tafel om indruk te maken op jou."

„Carien, je bent een vrouw naar mijn hart," grinnikte Wessel goedkeurend. „Jij bent één van de weinigen die Arthur nog wel eens klem weet te praten."

„Dat zit in de genen," wist Ryan te melden. „Maar even serieus, ik wil deze film ook wel zien. Kunnen we niet hier blijven en meekijken? Naar de bioscoop kunnen we altijd nog."

„Ik vind het best, als jullie je eigen drankjes maar inschenken," antwoordde Carina daarop.

Marcella wist niet goed wat ze ervan moest denken. Deze ongecompliceerde omgang van jonge mensen onder elkaar was volkomen vreemd voor haar. De vrienden van Joris kwamen maar zelden bij hen over de vloer en als dat wel het geval was geweest, had Marcella zich altijd teruggetrokken in haar slaapkamer. Vroeger, in haar ouderlijk huis, was ook maar heel weinig visite gekomen. Alleen bij verjaardagen en af en toe op afspraak, maar nooit onverwachts. Zo'n invasie als hier zou daar onvoorstelbaar zijn geweest. Toch was ze blij dat Carina hen niet wegstuurde. Arthur was een knappe man om te zien met zijn blonde haar en brede lach. Ze was gevleid dat hij blijkbaar van haar onder de indruk was.

Het werd een vreemde avond voor Marcella, die ze beleefde als in een roes. Joris en de baby leken heel erg ver weg. Ze geloofde zelf amper dat ze die ochtend nog in Joris' flat had gewoond en een zwangerschapstest had gedaan, dat leek al maanden geleden. Er was ook zoveel gebeurd in die tussenliggende uren. Het kwam haar allemaal onwerkelijk voor. Dankzij de andere vijf lukte het haar om alle problemen even van zich af te zetten en gezellig mee te doen met de grapjes en kwinkslagen die over en weer vlogen. Er lagen rode blosjes van opwinding op haar wangen en Arthur kon zijn ogen niet van haar afhouden.

„Je hebt een verovering gemaakt," zei Carina dan ook toen ze samen in de keuken nog wat hapjes bijmaakten voor onder de film.

„Welnee," weerde Marcella dat verlegen af. „Volgens mij reageert hij zo uit gewoonte op vrouwen."

„Echt niet. Ik ken mijn neefje langer dan vandaag en hij is niet zo snel onder de indruk van vrouwen. Meestal zitten ze hem achterna, tot zijn grote ongenoegen trouwens."

Marcella ging hier niet op in, maar haar hart maakte een klein sprongetje. Behalve Joris had ze nog nooit een vriendje gehad, dus dit soort aandacht van mannen was haar vreemd. Maar het voelde prettig, moest ze zichzelf toegeven.

Even later, terwijl ze de film bekeken, pakte Arthur ongezien voor de anderen haar hand vast en Marcella voelde zich duizelig worden van opwinding.

Hoe kan dit, vroeg ze zich af. De afgelopen uren was haar hele leven overhoop gegooid en alles wat voor haar lag was onzeker, toch voelde ze zich prettig. Ze besloot er niet verder over na te denken, maar gewoon te genieten van het moment. Alles was zo chaotisch, dit kon er ook nog wel bij. Vreemd spontaan voor haar doen, glimlachte ze hem warm toe.

HOOFDSTUK 4

De kater kwam de volgende ochtend. Hoewel Marcella vanwege haar zwangerschap geen druppel alcohol gedronken had, bonkte haar hoofd en was ze het liefst voor de rest van de dag onder het dekbed blijven liggen. Wat had ze precies gedaan? Flarden van herinneringen aan de vorige avond kwamen bovendrijven in haar hoofd, hoewel dat met watten gevuld leek te zijn. Vaag wist ze nog dat Arthur op een gegeven moment een arm om haar schouders geslagen had, zodat ze dicht tegen hem aan gekropen de film had afgezien. Later, bij het afscheid, had hij haar apart genomen en gezoend.

O nee! Kreunend verborg Marcella haar gezicht in het kussen. Hoe had ze dat kunnen doen? Ze was nota bene nog geen vierentwintig uur bij haar vriend weg en bovendien zwanger! Alsof haar leven nog geen puinhoop genoeg was! Voor dit soort dingen hadden haar ouders haar altijd gewaarschuwd, herinnerde ze zich. Nette meisjes deden dit niet. Nette meisjes trouwden keurig met hun eerste vriendje, hadden pas seks na het voltrekken van het huwelijk en kregen daarna een paar kinderen. De rest van hun leven keken ze dan niet meer naar andere mannen om. Op dit moment leek dat Marcella een zeer benijdenswaardig scenario toe en vroeg ze zich af waarom ze niet beter naar haar ouders had geluisterd. Het klonk misschien uiterst saai, maar het was beter dan de chaos waar ze zich nu in bevond. In verwachting van de ene man en verliefd op een andere, kon dat? Hoewel verliefd wellicht een erg groot woord was. In ieder geval had Arthur diepe indruk op haar gemaakt, dat was zeker. Marcella vond hem meer dan alleen maar aardig.

„Dat is wederzijds," wist Carina toen Marcella tijdens het ontbijt haar verwarde gevoelens onder woorden probeerde te brengen.

„Maar wat moet ik ermee?" vroeg Marcella zich af.

„Ervan genieten zolang het duurt," meende Carina optimistisch. „Waarom ben jij toch altijd zo zwaar op de hand? Hoe vaak ontmoet je nou een leuke man met wie het klikt? Zodra dat fenomeen zich voordoet moet je je niet afvragen of het wel kan, je moet ervoor gaan."

„In dit geval kan dat alleen maar problemen opleveren."

„Dat zie je dan wel weer. Meid, durf te leven! Je hoeft toch niet verplicht eenzaam in een hoekje te zitten kniezen omdat je toevallig een kind van een andere man krijgt dan degene waar je op dat moment mee omgaat?" zei Carina terwijl ze nog een broodje smeerde en een geeuw achter haar hand verborg. Het was laat geworden de vorige avond en in tegenstelling tot Marcella had zij wel aardig wat wijn op.

„Een kind?" herhaalde Marcella langzaam.

„Een kind, ja, een baby." Carina keek haar vriendin verbaasd aan. „Dat is namelijk het logische gevolg van zwanger zijn," hielp ze haar fijntjes herinneren.

„Weet je dat ik nog niet eens zover heb door gedacht? De test was positief, dus ik ben zwanger, punt. Verder dan dat was ik nog niet eens gekomen."

„Dan zou ik daar maar eens mee gaan beginnen. Tenzij je alsnog tot een abortus besluit natuurlijk, in dat geval is het niet nodig."

Marcella schudde haar hoofd. „Ik ben bang dat ik te ouderwets ben opgevoed om een abortus voor mezelf goed te praten. Oké, ik krijg dus een kind. En dan? Wat moet ik met een baby?"

„Je kunt het ook afstaan voor adoptie," adviseerde Carina. „Heb je Arthur trouwens verteld dat je zwanger bent?"

„Nee, maar dat zal ik dan maar snel doen."

„Waarom? Voorlopig zou ik daar nog even mee wachten als ik jou was. Jullie hebben met elkaar gezoend, dat wil niet zeggen dat je een langdurige, serieuze relatie met hem begonnen bent. Misschien heb je over een week wel weer schoon genoeg van hem. Sterker nog, misschien was het een eenmalige flirt en zie je hem nooit meer terug."

„Hij komt me straks halen om me naar Wilma en Johan te brengen."

Carina floot. „Zo! Dan heeft hij het echt van je te pakken, als hij zelfs zijn geliefde werk even in de steek laat om iets voor een ander te doen. Arthur is normaal gesproken niet zo sociaal. Het is een fijne vent hoor," voegde ze snel aan haar woorden toe bij het zien van Marcella's betrokken gezicht. „Maar niet het type wat zich belangeloos inzet voor anderen, minder bedeelde mensen. Zijn carrière is heel belangrijk voor hem."

„Waarschijnlijk is hij beter af als hij zich op die carrière stort en mij uit zijn hoofd zet," zei Marcella somber.

„Doe niet zo zielig. Je bent zwanger, maar daardoor niet minder dan een ander. Als Arthur er eventueel problemen mee heeft, komt hij daar zelf wel mee, dat hoef jij niet voor hem te bepalen."

„Dan moet hij het toch eerst weten."

„Alles op zijn tijd, liefje, alles op zijn tijd," wuifde Carina. Ze stond op en begon handig de tafel af te ruimen terwijl Marcella de gootsteen vol liet lopen om af te wassen. „Je wilt hem toch niet meteen al afschrikken? Leer mij de mannen kennen. Serieuze mededelingen moet je nooit tijdens de eerste weken doen. Eerst wat plezier maken, dan komt het juiste moment vanzelf."

Gedachtig dit advies hield Marcella dan ook haar mond toen ze later samen met Arthur onderweg was naar het huis, hoewel de beslotenheid van zijn auto alle gelegenheid bood tot een ernstig gesprek. Daar was echter geen sprake van. Arthur was vrolijk en verliefd, Marcella angstig en onzeker. Ze vond het moeilijk om haar houding tegenover hem te bepalen, vooral omdat hij ondubbelzinnig liet blijken hoe leuk hij haar vond.

„Zie je er erg tegenop om in je nieuwe baan te beginnen?" vroeg hij op een gegeven moment met een onderzoekende blik in haar richting. „Je bent zo stil."

„Ik vind het altijd moeilijk om iets nieuws te starten," ontweek Marcella een rechtstreeks antwoord.

„Geldt dat ook voor nieuwe relaties? Je doet zo afstande-lijk vergeleken met gisteravond. Ik vind je leuk, Marcella, heel erg leuk. Ik wil je graag beter leren kennen en veel tijd met je doorbrengen." Arthur moest remmen voor een rood verkeerslicht en maakte van die gelegenheid gebruik om haar snel een zoen op haar wang te geven. „Of maai ik dan het gras voor iemands anders voeten weg? Heb je soms al een vriend en stelde het gisteravond niets voor?"

„Natuurlijk niet." Niet sinds gisterochtend, voegde Marcella daar in gedachten aan toe, maar het leek haar beter om dat niet te vertellen. Nog niet. Carina had gelijk, het zou onzin zijn om nu al met allerlei confidenties te komen. Ze kenden elkaar nog helemaal niet en misschien kwamen ze al heel snel tot de ontdekking dat ze totaal niet bij elkaar pasten, dan hoefde hij niet van al haar geheimen en perikelen op de hoogte te zijn. Ze moest trouwens eerst zelf eens al haar verwarde gevoelens op een rijtje zien te krijgen, want op dit moment was alles behoorlijk onover-zichtelijk.

„Dus ik maak wel een kansje?" Arthurs stem klonk luchtig, maar er lag een gespannen ondertoon in.

Marcella keek van opzij naar hem en bloosde toen zijn warme, blauwe ogen de hare vingen. Haar hart maakte een klein sprongetje en ze voelde haar hoofd licht wor-den.

„Een behoorlijk grote kans zelfs," antwoordde ze verlegen. Tot haar grote opluchting ging hij er verder niet op door, hij lachte alleen naar haar. Iets meer ontspannen leunde Mar-cella achterover in de comfortabele stoel van zijn luxe wa-gen. Het kwam allemaal wel goed, stelde ze zichzelf gerust. Er gebeurde niets voor niets. Het was geen toeval dat net in deze hectische periode van haar leven mensen als Wilma en Arthur op haar weg werden geplaatst. Ze moest een beetje vertrouwen in de toekomst hebben.

Na een kleine veertig minuten draaide Arthur de inrit in die naar het huis leidde. Diep onder de indruk keek Marcella om zich heen. Hoewel het erg koud was, scheen er een bleek winterzonnetje en die richtte zijn stralen precies op het huis.

„Wat schitterend," fluisterde ze. „Ik had geen idee dat het zo groot zou zijn en zo mooi."

„Ben je hier nog nooit geweest dan?" vroeg Arthur verbaasd. „Dus je hebt die baan aangenomen en woonruimte erbij geaccepteerd zonder dat je wist waar je terecht zou komen?"

„Ik eh… Ik heb het sollicitatiegesprek in Wilma's praktijk in de stad gevoerd," hakkelde Marcella. Ze was blij dat hij de wagen stil zette en ze uit kon stappen.

Wilma had de wagen al gezien en ze kwam nu de monumentale voordeur uit om Marcella te verwelkomen, samen met Nancy. Ze reageerde verrast toen ze zag wie de nieuwe bewoonster van het huis had gebracht.

„Nee maar, Arthur. Dat is nog eens een verrassing," zei ze terwijl ze haar neef op allebei zijn wangen zoende. „Ik geloof dat Marcella zo'n beetje onze hele familie kent."

„Sinds gisteravond pas," lachte Arthur. „Maar daar blijft het niet bij, jullie zullen me hier de komende tijd vaak zien." Hij knipoogde naar Marcella en wendde zich vervolgens tot zijn nichtje. „Zo krielkip, hoe is het met jou?"

„Lekker dik, zoals je ziet," zei Nancy. Ze stak uitdagend haar buik naar voren. Inmiddels was ze vijf maanden zwanger en dat was duidelijk zichtbaar.

Arthur schudde zijn hoofd. „Stommeling," schold hij gemoedelijk. In weerwil daarvan streek hij liefdevol door haar haren. „Zo kom je nooit meer aan de man," plaagde hij.

Nancy stak haar tong naar hem uit. „Dat zal wel meevallen," zei ze laconiek. „Tenslotte heeft Marcella jou blijkbaar ook gestrikt, dus alle hoop is nog niet voor me verloren."

„Maar Marcella is niet zwanger. Toch?" Plotseling argwanend keek Arthur naar het rode, geschrokken gezicht van Marcella en toen naar zijn tante, die haar blik afwendde en Nancy een por gaf. „Marcella?" Het klonk gebiedend.

Marcella beet op haar onderlip. „Sorry," zei ze zacht. Ze durfde hem niet aan te kijken.

Hij knikte langzaam, alsof hem nu ineens een heleboel dingen duidelijk werden. „En was je van plan om het mij ooit te vertellen?" vroeg hij vlak.

„Daar is nog geen gelegenheid voor geweest. We kennen elkaar nog maar net."

„We hebben net drie kwartier samen in een auto doorgebracht, waarbij ik mijn gevoelens voor je bloot heb gelegd. Dat was een uitstekende gelegenheid geweest," meende Arthur sarcastisch.

„Het spijt me."

„Mij ook." Over haar hoofd heen staarde hij in de verte, vanuit zijn ooghoeken zag hij dat Wilma zich tactvol verwijderde, een tegenstribbelende Nancy met zich meetrekkend. „Ik dacht... Ach, laat ook maar. Het heeft geen nut meer om het daar verder over te hebben."

Hij wilde zich omdraaien en weglopen, maar Marcella trok hem aan zijn mouw terug. „Dus dit was het?" wilde ze weten. „Je zet er zomaar een punt achter nog voor het echt begonnen is en dat alleen maar omdat ik toevallig zwanger ben?"

„Het is nogal wat. Ik zie het absoluut niet zitten om nu al een kind op te voeden, zeker niet als het een kind van een ander is. Ik ben daar liever eerlijk over. Ik wel." Hij legde extra nadruk op die laatste twee woorden.

Pijnlijk getroffen liet Marcella hem los. „Dat is gemeen. Ik ben zelf nog niet eens aan de gedachte gewend dat ik zwanger ben, laat staan dat ik al een beslissing genomen heb. Zelf ben ik er ook niet blij mee, Arthur. Het is me overkomen, ik heb er niet voor gekozen."

„Dat verandert niets aan de feiten. Sorry, ik heb gewoon geen zin in dergelijke complicaties. Ik ben vierentwintig, nog veel te jong om zo'n verantwoording op me te nemen. Ik werd gisteravond op slag verliefd op je, maar als ik dit geweten had, had ik die gevoelens niet kenbaar gemaakt."

„Wat ben jij hard en oppervlakkig," verweet Marcella hem.

Hoewel ze die ochtend nog tegen Carina had gezegd dat zij en Arthur beter niets samen konden beginnen, wilde ze hem nu met alle geweld tegenhouden om weg te gaan. „Jij gaat dus alleen voor ongecompliceerd plezier en vooral niets dieper. Maar dit had jou ook kunnen gebeuren, Arthur. Jij kunt een vrouw in het hele prille begin van een relatie zwanger maken, ga je er dan ook zonder meer vandoor?"

„Laten we nu niet net doen of dit mijn kind is," reageerde Arthur ongeduldig. „Ik heb je al gezegd dat ik dit niet zie zitten, voor de rest hoef ik me niet te verantwoorden. Het ga je goed, Marcella. Sterkte met alles."

Hij stapte in en reed weg, Marcella eenzaam achterlatend op de brede inrit. Met brandende ogen staarde ze de wagen na. Het was ook te mooi om waar te zijn, dacht ze wrang. Het gebeurde alleen maar in romans dat de zielige, alleenstaande, zwangere vrouw hals over kop verliefd werd op een man die dezelfde gevoelens had en die ervoor zorgde dat alle moeilijkheden uit de weg werden geruimd, waarna ze nog lang en gelukkig samen leefden. Het werkelijke leven was een stuk harder en realistischer. Ze zou het in haar eentje moeten klaren. Dat kon ze ook, ze was sterk genoeg, maar waarom voelde ze zich dan zo rot? Ze kende Arthur pas een paar uur, toch greep dit afscheid dieper in dan het verlaten van Joris, waar ze bijna zeven jaar mee samen was geweest. Ze was zo in haar gedachten verdiept dat ze niet eens merkte dat Wilma opnieuw naar buiten was gekomen en naast haar kwam staan.

„Geen goed begin voor je, hè?" zei ze meelevend. „Was Arthur erg kwaad?"

„Nee, kwaad is het goede woord niet. Hij was teleurgesteld en hard. Vooral hard. Zakelijk. Hij wil dit soort complicaties niet. Waarschijnlijk heeft hij ook wel gelijk. Een kind krijgen van een ander is niet de meest ideale start voor een relatie."

„Maar dat besef maakt het niet minder moeilijk," begreep Wilma. Ze sloeg een arm om Marcella's schouder en troonde haar mee naar binnen. Ze waakte ervoor om deze jonge vrouw te troosten met nietszeggende clichés, evenmin leek het haar raadzaam om op te merken dat ze Arthur nog maar pas ontmoet had, dus dat ze er wel snel overheen zou komen. Gevoelens waren niet af te meten aan het aantal uren dat je iemand kende, wist ze. Juist vanwege alle bijkomende omstandigheden was dit een heel gevoelige klap voor Marcella.

Binnen maakte Marcella kennis met Emma Wilderink, de vijftigjarige huishoudster die al jaren op dit landgoed woonde en met Greet Manning, de werkster die twee dagen per week alle grote schoonmaakklussen voor haar rekening nam.

„De bewoonsters zullen zelf ook hun steentje bij moeten dragen in de huishouding," vertelde Wilma. „Zo verwacht ik dat iedereen haar eigen kamer schoon en netjes houdt en dat iedereen meehelpt met klusjes als tafeldekken en afwassen. Het is hier tenslotte geen vakantieoord voor de meisjes, ze hoeven niet in de watten gelegd te worden. Jouw kamer ligt op de eerste verdieping. Als je na de bevalling besluit je baan hier voort te zetten en hier dus ook blijft wonen, krijg je er een kamer bij voor de baby."

„Ik ben er nog helemaal niet uit of ik de baby wil houden," zei Marcella eerlijk.

„Dat besluit hoef je nu ook nog niet te nemen, daar heb je nog alle tijd voor. Voorlopig ben jij onder dak en hebben wij hulp voor de administratie, de tijd leert vanzelf wel hoe het verder gaat," zei Wilma vriendelijk. Ze pakte één van Marcella's koffers op. „Kan jij de tweede nemen? Dan wijs ik je meteen je kamer. De komende dagen is er nog weinig te doen voor je, dus kun je je op je gemak installeren en inwerken. Johan zul je vanavond ontmoeten, hij is nu op zijn werk."

Terwijl ze praatte liep Wilma de monumentale trap op naar de eerste verdieping. Marcella zag een brede gang, waar diverse deuren op uitkwamen.

„Allemaal slaapkamers," wees Wilma. „Nancy heeft de kamer tegenover jou."

Precies op dat moment kwam Nancy haar kamer uit. „Sorry voor daarnet, hoor," zei ze achteloos. „Ik kon natuurlijk niet weten dat Arthur niet op de hoogte was, het was ook niet bijster slim van je om zoiets te verzwijgen." Ze sprak op een denigrerend toontje en Marcella voelde een bijna onbedwingbare neiging opkomen om dit dwarse kind een klap te verkopen. Via Carina was ze precies op de hoogte van de omstandigheden waarin Nancy in verwachting was geraakt.

„Over slim gesproken: wie is ook al weer de vader van jouw kind?" vroeg ze dan ook scherp.

Als twee kemphanen stonden ze tegenover elkaar, tot Wilma ingreep.

„Hier schieten we niets mee op," zei ze kalm, maar resoluut. „Iedereen heeft zijn eigen verhaal en zijn eigen moeilijkheden, daar gaan we elkaar niet op aanvallen. Nancy, jij gaat Emma helpen met de voorbereidingen voor het avondeten en Marcella, jij gaat je spullen uitpakken." Ze opende de deur van Marcella's kamer en schoof de koffer naar binnen. Nancy mompelde nog iets, maar Wilma negeerde haar.

„Sorry," zei Marcella. Zonder om zich heen te kijken ging ze op de rand van het bed zitten, dat een prominente plek innam in het midden van de kamer. „Dat had ik niet mogen zeggen, het werd me eventjes teveel."

„Nancy is niet makkelijk, maar waarschijnlijk kunnen we dat van geen één meisje verwachten dat hier terechtkomt," merkte Wilma rustig op. „Daar zul je mee om moeten kunnen gaan. Maak je daar nu nog maar niet druk om. Pak je koffers uit en probeer dan een uurtje te slapen. Je ziet eruit alsof je het nodig hebt."

Ze verliet de kamer en voor het eerst keek Marcella eens goed om zich heen. Dit zou dus voorlopig haar domein zijn. Het viel haar niet tegen. De kamer was ruim, zonnig en schoon. De meubels die erin stonden waren van zwaar, donker hout en de gordijnen van dik velours. Niet echt haar smaak en zeker niet modern, maar het geheel maakte wel een warme, gezellige indruk. Met wat persoonlijke spulletjes erin was er zeker wel wat van te maken. Daar zou ze dan meteen maar mee beginnen. Hoewel ze dood-moe was, zocht ze toch eerst een plekje voor al haar spul-len. Haar kleding verdween in de massieve, eikenhouten linnenkast, een enkel snuisterijtje kreeg een plekje op de tafel. Achter een gordijn ontdekte Marcella een wastafel met een paar planken en een spiegel erboven, waar ze haar toiletspullen neerzette. Binnen een half uurtje was ze klaar, want zoveel bezat ze niet. Ze kleedde zich uit en stapte het bed in, dat onverwachts zacht en comfortabel was.

Ze had verwacht dat ze na alle emoties uitgeput in slaap zou vallen, maar niets was minder waar. Met wijdopen ogen staarde ze naar het plafond. Hier lag ze dan, in een wildvreemd huis met wildvreemde mensen. In gedachten beleefde ze de laatste vierentwintig uur weer. De test, haar plotselinge ontslag, de ruzie met Joris, haar vlucht uit de flat, de ontmoeting met Arthur en vrijwel direct daarna hun breuk. Ze rilde onder het warme dekbed. Alles lag zo over-hoop dat het maar goed was dat ze Arthur niet meer zou zien, hield Marcella zichzelf voor. Het was allemaal al inge-wikkeld genoeg zonder dat soort verwikkelingen er nog eens bij. Voorlopig moest ze zich eerst op haar eigen leven richten. Beslissingen nemen voor de toekomst, haar baan zo goed mogelijk uitvoeren en alles op een rijtje zien te krijgen. Daar had ze geen relatie bij nodig, dat moest ze zelf doen. Pas daarna zou er misschien weer eens ruimte komen voor een man in haar leven.

Toch, ondanks deze stoere gedachten, bleef het beeld van Arthur op haar netvlies gebrand staan. Vreemd, want het gezicht van Joris kon Marcella zich nog maar amper voor de geest halen.

HOOFDSTUK 5

Het duurde niet lang voor Marcella haar draai in het huis had gevonden. Ze vond het een uitdaging om de administratie op te zetten en de rest van haar werkzaamheden maakte haar dagen afwisselend genoeg om niet te veel te piekeren over haar eigen situatie. Samen met Wilma voerde ze de intakegesprekken met hun nieuwe bewoonsters, ze praatte veel met de meisjes en als het mogelijk was bemiddelde ze tussen de tieners en hun ouders. Het was al een paar keer voorgekomen dat ze op deze manier had gezorgd dat een meisje terug kon naar haar ouderlijk huis en dat gaf haar wonderlijk veel voldoening.

„Je hebt het wel naar je zin, hè?" constateerde Wilma op de dag dat Marcella precies twee maanden in het huis verbleef.

„Ik vind het heerlijk," beaamde Marcella enthousiast. „Toen ik bij Joris introk, ben ik een opleiding voor administratief medewerkster gaan doen, omdat die niet zo lang duurde en daar altijd wel werk in te vinden is, maar nu merk ik pas dat ik nog veel meer kwaliteiten heb. Het voeren van moeilijke gesprekken bijvoorbeeld, ik heb nooit geweten dat ik dat kon."

„Terwijl het je prima afgaat," complimenteerde Wilma haar. „Ik ben heel blij dat Carina jou met mij in contact heeft gebracht, een betere medewerkster hadden we niet kunnen treffen."

Marcella bloosde van plezier bij deze woorden van haar werkgeefster. Het was voor het eerst dat ze zoveel voldoening had in een baan. De paar jaar die ze voor het administratiekantoor had gewerkt, was ze weliswaar niet met tegenzin naar haar werk gegaan, maar ook niet met veel zin. Ze deed daar wat ze moest doen en daar hield het mee op. Haar nieuwe taken voerde ze echter uit met hart en ziel. Juist omdat ze zelf ongepland zwanger was en haar toekomst er heel onzeker uitzag, begreep ze de tieners zo goed. Ook al was zij dan een aantal jaren ouder, de gevoelens van angst deelde ze met de meisjes die hier woonden. „Ben jij eigenlijk zelf al naar de verloskundige geweest?" informeerde Wilma.

„Nog niet. Morgen ga ik met Lucia naar haar toe, dan zal ik meteen een afspraak maken," beloofde Marcella. „Wat vind jij trouwens van Cindy? Ik kan geen hoogte van haar krijgen."

„Daar doet ze dan ook alle moeite voor. Ze weigert te zeggen wat haar achtergrond is, het enige wat ik van haar weet, is dat ze van huis is weggelopen en dat haar vriend hun verkering uit heeft gemaakt nadat ze hem verteld had dat ze een kind krijgt." Wilma zuchtte. „Dit zijn de moeilijkste gevallen, want je kunt niet helpen als je niets weet. Ik kan natuurlijk wel dreigen dat we haar uit huis zetten als ze het adres van haar ouders niet geeft, maar dat doen we toch niet. Ik vind het echter een onverteerbaar idee dat ergens op deze wereld twee mensen doodongerust zijn over het lot van hun dochter."

„Of niet," merkte Marcella wrang op. „Sommige ouders vinden het wel best als ze geen last meer hebben van hun kind. Ik hoef alleen maar aan mijn eigen ouders te denken. Ze hebben hevig geprotesteerd toen ik met Joris samen wilde gaan wonen, maar eenmaal uit huis heb ik nooit meer iets van ze vernomen. Brieven en kaarten die ik stuurde, werden zonder meer geretourneerd en ze hebben me heel duidelijk gemaakt dat ik wat hen betreft niet meer besta."

„Maar ze wisten wel dat je leefde en dat je onder dak was," zei Wilma spits. „De ouders van Cindy kunnen daar alleen maar naar gissen. Enfin, we blijven het proberen, hoe zwijgzaam ze ook is. Ze heeft trouwens gezegd dat ze veertien is, maar ook dat betwijfel ik. In haar gedrag is ze in ieder geval stukken ouder en ze komt behoorlijk volwassen over."

„Waren ze allemaal maar zo," grijnsde Marcella terwijl ze achter haar computer kroop om het dossier van hun nieuwste bewoonster bij te werken.

Terwijl haar vingers automatisch de toetsen bewerkten, gleden haar gedachten naar de meisjes die onder dit dak verbleven, om diverse redenen. Van Cindy, die er nu net twee dagen was, wisten ze inderdaad niets, maar sommige andere verhalen waren ronduit schrijnend. Zo waren ze de avond ervoor opgeschrikt door de onverwachte en onaangekondigde komst van Gwen Hildebeek, een zeventienjarig meisje dat in paniek gevlucht was. Ze was zwanger geraakt na een verkrachting, iets wat ze overigens verzwegen had voor haar vader. Sinds het overlijden van haar moeder was haar vader ziekelijk bezorgd voor zijn enige dochter en Gwen vreesde zijn reactie als hij te horen zou krijgen wat haar overkomen was. De zwangerschap kon ze echter niet geheim houden. Nadat ze hem in tranen had opgebiecht wat er aan de hand was, was hij in woede ontstoken. Hij had haar uitgescholden voor hoer en slet en geloofde niet dat ze verkracht was, had Gwen verteld. Haar vader was zo ontzettend kwaad geweest dat ze zonder iets mee te nemen het huis uit was gestormd. Na urenlange rondzwervingen had ze zich uiteindelijk doodmoe gemeld bij een politiebureau en daar hadden ze ervoor gezorgd dat ze bij hen was gekomen. Het was een triest, aangrijpend verhaal. Marcella en Wilma hadden net uitgebreid over Gwen gepraat, maar ze hadden allebei nog geen idee hoe ze dit aan gingen pakken. Eerst moest het meisje maar eens tot rust komen, hadden ze besloten. Nadat ze hortend en stotend haar verhaal had verteld, was ze volledig ingestort. Ze hadden haar in bed gelegd en daar lag ze nu nog, zonder iets te zeggen en zonder te eten of te drinken, apathisch voor zich uitstarend. Het wachten was nu op hun vaste huisarts, Gregor van Ginderen, die Gwen zou onderzoeken.

Hij kwam een uur later en Marcella bracht hem naar de kamer van Gwen, hem ondertussen kort inlichtend over haar omstandigheden. Daarna liep ze naar de grote keuken om Emma te helpen. Officieel hoorde dat niet tot haar taken, maar ze vond het leuk om te doen. Bovendien was ze liever bezig dan dat ze stil zat, want dan gingen haar gedachten met haar op de loop. Ze wilde niet denken over wat er allemaal gebeurd was en hoe het nu verder moest. Van Joris had ze niets meer gehoord en dat vond ze helemaal niet erg, maar Arthur miste ze nog steeds, ondanks dat ze hem maar zo kort gekend had.

Overdag kon ze het aardig van zich afzetten, maar 's nachts nam hij een prominente plaats in haar hoofd en haar hart in. In de donkere uren van de nacht fantaseerde ze over hoe het had kunnen zijn en dichtte ze hem eigenschappen toe die hij waarschijnlijk helemaal niet bezat, maar waardoor ze steeds meer naar zijn gezelschap ging verlangen.

„Dat arme schaap heeft het niet makkelijk," zei Emma meewarig, doelend op Gwen. „Ik zal een extra lekker toetje voor haar maken."

Marcella glimlachte. Eten was Emma's vaste remedie voor alle kwalen, zowel lichamelijke als psychische. De huishoudster kon behoorlijk mopperen en was vaak stug en chagrijnig, maar ze had een hart van goud en moederde over de meisjes alsof het haar eigen dochters waren.

„Hallo, is hier iemand?" Het vrolijke gezicht van Carina kwam om de hoek van de keukendeur en Marcella sprong verrast overeind. Ze begroette haar vriendin met twee hartelijke zoenen.

„Wat heerlijk om jou weer eens te zien," zei ze uit de grond van haar hart.

„Ach ja, je kent het spreekwoord, hè? Als Mohammed niet naar de berg komt…" Ze zweeg veelbetekenend.

„Sorry." Marcella begreep de hint onmiddellijk. „Ik heb het zo razend druk gehad de afgelopen weken. Ten eerste moest ik me natuurlijk helemaal inwerken, ten tweede hadden we gelijk al een aantal bewoners waarvoor het nodige geregeld moest worden. Dit is geen kantoorbaantje van negen tot vijf, dat heb ik allang door."

„Maar het bevalt je blijkbaar wel," constateerde Carina. „Je ziet er goed uit."

„Ik voel me hier op mijn plek," gaf Marcella toe.

„En ze doet het uitstekend," kwam Emma nu. „Ik ben dan

wel slechts de huishoudster, maar ik heb mijn ogen en oren niet dicht zitten."

„Niemand zal beweren dat jij 'slechts' de huishoudster bent," zei Marcella met een warme klank in haar stem. Ze mocht Emma graag, ondanks het gemopper van de vrouw. „Jij bent onmisbaar in het huis, Emma. De parel die ieder bedrijf graag zou willen hebben."

„Ja, ja, het is goed met je," bromde Emma. „Willen jullie koffie?"

„Kijk, zie je wel?" grinnikte Marcella met een knipoog naar Carina. „Onmisbaar."

Terwijl Emma zich weer over het schoonmaken van de groente ontfermde, schoven Carina en Marcella aan de grote, ronde keukentafel om gezellig bij te kletsen.

„Sorry dat ik dit onderonsje verstoor," klonk ineens een verstoorde stem. Gregor van Ginderen stond groot en ongenaakbaar in de keuken. Hij keek met een misprijzende blik naar de twee jonge vrouwen. „Is mevrouw Burggraaf er niet?"

„Nee, maar alles wat u over Gwen te zeggen heeft, kunt u bij mij kwijt," zei Marcella rustig.

„Hm, ik had het liever met mevrouw zelf besproken. Loopt u even mee?"

In de gang, waar niemand hen kon horen, stelde Gregor haar op de hoogte van Gwens gezondheidstoestand. „Lichamelijk gezien mankeert ze niets, alleen haar bloeddruk is iets aan de hoge kant, maar dat is niet verwonderlijk in haar omstandigheden. Psychisch is het een ander verhaal. Ze heeft een behoorlijk trauma opgelopen. Die verkrachting heeft ze nooit kunnen verwerken en de reactie van haar vader kwam daar nog eens bovenop. Eigenlijk wil ik haar het liefst doorsturen naar een psycholoog, maar dat heeft ze geweigerd. Ze denkt zelf dat ze het allemaal wel aankan, vooral omdat ze voorlopig hier kan blijven en hulp heeft."

„Ze is nog niet meerderjarig, we zouden haar kunnen dwingen," dacht Marcella.

„Daar zie ik het nut niet van in. De ervaring heeft ons geleerd dat hulp op het geestelijke vlak alleen zin heeft als de patiënt zelf volledig meewerkt. Bovendien zullen de instanties haar nergens plaatsen als ze zelf niet gemotiveerd is. Dergelijke hulpverlening is tegenwoordig een luxe, de wachtlijsten zijn ellenlang."

„Het lijkt me toch dat iemand in haar omstandigheden voorrang kan krijgen," hield Marcella vol. Ze wist zelf ook wel dat het zo niet werkte, maar deze man bracht het slechtste in haar naar boven. Hij was zo arrogant en autoritair dat ze hem bijna automatisch tegen wilde spreken.

„Als assistente van mevrouw Burggraaf zou u zich wat beter op de hoogte moeten stellen van de regels en beperkingen binnen de geestelijke gezondheidszorg," zei Gregor strak. „Hou haar in ieder geval goed in de gaten en bel me meteen als er iets is wat je niet vertrouwt. En probeer haar goed te laten eten," voegde hij daar nog aan toe voor hij met snelle passen naar de voordeur liep.

„Ik zal haar voeren," bromde Marcella obstinaat. Hij draaide zich om en keek haar met opgetrokken wenkbrauwen aan, maar gaf geen commentaar op deze opmerking. Daarvoor voelde hij zich natuurlijk te ver boven haar verheven, dacht Marcella nijdig en onredelijk. Wilma had nogal hoog over deze huisarts opgegeven, maar zij vond hem een arrogante kwal.

„Leuke vent," zei Carina even later waarderend, totaal in tegenspraak met Marcella's gedachten.

„Vind je?" vroeg Marcella dan ook cynisch. „Hij heeft anders behoorlijk wat kapsones."

„Dat is niet waar," nam Emma het voor Gregor op. „Het is een prima huisarts, met hart voor zijn patiënten. Hij heeft de praktijk nog niet zo lang, maar iedereen uit het dorp loopt met hem weg. Hij is zeer geliefd hier, vooral omdat iedereen altijd bij hem terechtkan. Zelfs 's nachts, kom daar nog maar eens om bij een dokter in de stad."

„Hij kwam op mij anders niet echt over als een warmvoelend, meelevend persoon," merkte Marcella op.

„Iedereen heeft wel eens een slechte dag, een dokter is ook maar een mens," wees Emma haar terecht. „Misschien had hij weer eens ruzie met zijn vrouw."

„Is dat zo'n lastig mens dan?" wilde Carina weten.

Emma kneep haar lippen echter stijf op elkaar, alsof ze al spijt had van die opmerking. „Ik roddel niet graag over anderen," zei ze afwijzend.

„Ik weet het niet, ik ken haar niet," zei Marcella op de vragende blik van Carina. „Maar als Gregor mijn man was, zou ik ook lastig worden." Ze negeerde het minachtende gesnuif van Emma en wierp een blik naar buiten, waar na een fikse regenbui de zon nu uitbundig scheen. „Zullen we een stuk gaan wandelen? Het ruikt buiten altijd zo lekker na een bui. Emma, ik neem de mobiel mee. Bel je me als er iets is?"

Even later wandelden de twee vriendinnen op hun gemak langs de keurig onderhouden bloemperken. De tuin strekte zich voor hen uit en was overal bijna pijnlijk netjes, zodat ze het niet waagden om buiten de paadjes te lopen. Tuinman Joop Mannings legde zijn hele ziel en zaligheid in deze tuin, wist Marcella. Hij zou het hen beslist niet in dank afnemen.

„Je moet de groeten hebben van Arthur," zei Carina plotseling.

Marcella schrok van deze onverwachte mededeling. Zodra Carina de keuken binnen was gestapt, had ze zich moeten bedwingen om niet naar Arthur te informeren, maar ze had niet verwacht dat Carina zelf over hem zou beginnen. Zeker niet op deze manier.

„Daar heb ik nogal veel aan," reageerde ze dan ook stug.

„Volgens mij heeft hij spijt van zijn overhaaste reactie," ging Carina onverstoorbaar verder. „Hij vraagt heel vaak naar je."

„En moet ik daar blij om zijn?" vroeg Marcella zich af. „Hij ging er zonder meer vandoor toen hij hoorde dat ik in verwachting ben, hij heeft me niet eens de kans gegeven om iets uit te leggen. Die groeten kan hij dan ook wel laten."

„Hij heeft er spijt van," zei Carina nog een keer. „Ik ken mijn neef goed genoeg om met zekerheid te kunnen zeggen dat hij het zwaar van je te pakken heeft. Voor hem is deze situatie ook niet makkelijk, Marcel. Hij ontmoet een meisje waar hij hals over kop verliefd op wordt en dan blijkt ze een kind van een ander te krijgen. Je kunt het hem niet kwalijk nemen dat hij niet stond te juichen. Hij schrok ervan en handelde daarnaar."

„En nu heeft hij jou hierheen gestuurd om te polsen of hij nog een kansje maakt?" begreep Marcella ineens. Haar hart begon zwaar te bonken en ze voelde haar hoofd licht worden.

„Zoiets," gaf Carina na een lichte aarzeling toe. „Hij heeft dat niet met zoveel woorden gezegd, maar een goed verstaander heeft maar een half woord nodig. Hij zit in ieder geval behoorlijk met zichzelf in de knoop. Gisteren zei hij nog dat hij zichzelf wel voor zijn kop kon slaan omdat hij niet rustig met je gepraat heeft."

„Praten verandert echter niets aan de feiten," merkte Marcella spits op. „Of we er nu lang of kort over praten, ik blijf zwanger."

„Maar je wist toch nog niet of je de baby wilde houden?" Onderzoekend keek Carina haar aan.

Het duurde even voor Marcella hier antwoord op gaf. Ze ging zitten op een bankje tegenover de vijver en staarde nadenkend voor zich uit. „Dat weet ik nog steeds niet," zei ze uiteindelijk.

„Dan is er toch weinig aan de hand?"

„Ik zei dat ik het niet weet, dus misschien kom ik nog wel tot de conclusie dat ik de baby dolgraag wil," zei Marcella licht geïrriteerd.

„En Arthur komt dan misschien wel tot de conclusie dat het niets uitmaakt dat hij niet de biologische vader is," zei Carina daarop.

Marcella hield even hoorbaar haar adem in. Op deze manier had ze het nog niet bekeken, ook al had ze al heel wat uurtjes dromen en fantaseren over Arthur achter de

54

rug. Maar in die fantasieën was er simpelweg geen sprake van een baby, dan waren ze gewoon gelukkig met elkaar zonder problematische omstandigheden. Wat Carina nu zei, kon echter ook heel goed de realiteit worden. Arthur stond nu weliswaar volkomen afwijzend tegenover het kind, maar dat kon in de loop der tijd heel goed veranderen. Misschien was hij na de geboorte wel zo blij en gelukkig dat het hem niets meer kon schelen dat hij niet degene was die het kind verwekt had en wilde hij niets liever dan met zijn drieën een gezinnetje stichten. Mits ze dat dan zelf ook wilde, voegde Marcella daar in gedachten snel aan toe, want het nieuwe leven dat in haar lichaam groeide zei haar nog helemaal niets. Vaak vergat ze zelfs dat ze zwanger was, zo weinig plek nam de baby in haar gevoelsleven in. Langzaam begon het te zingen binnen in haar en haar ogen glansden.

„Volgens mij zie jij het al helemaal zitten," zei Carina. „Zijn jullie in je gedachten soms al getrouwd en bezig met het volgende kind om het gezin compleet te maken?"

„Oké, ik loop erg hard van stapel," gaf Marcella lachend toe. „Het is niet zozeer omdat ik dat graag zou willen, maar meer omdat die mogelijkheid er inderdaad is. Niemand kan voorspellen hoe de toekomst eruit ziet, het kan wel heel anders uitpakken dan we nu denken en verwachten."

„Dus ik kan Arthur een beetje hoop geven?" vroeg Carina. Marcella knikte langzaam, met een blos op haar wangen. „Zeg hem maar dat de weg nog niet helemaal afgesloten is. Als hij net zoveel aan mij denkt als ik aan hem, komt het vast wel goed. Vreemd, we hebben elkaar pas een paar uur meegemaakt, toch voelt het goed. Het lijkt wel een soort herkenning."

„Leuk, dan worden we familie van elkaar," fantaseerde Carina alvast voorbarig met haar mee.

De rest van de dag voelde Marcella zich licht, opgewonden en gelukkig. Bij ieder telefoontje veerde ze op in de verwachting dat het Arthur kon zijn. Het gesprek met Carina had haar nieuwe hoop gegeven en ze was niet eens teleurgesteld toen de avond verstreek zonder bericht van hem. Het komt wel, wist ze vol vertrouwen.

Het lukte haar om Gwen zover te krijgen dat ze een paar hapjes at en wat dronk en ze kreeg het zelfs voor elkaar dat Cindy iets los liet over haar beweegredenen om naar het huis te komen.

„Mijn moeder is geflipt toen ze ontdekte dat ik een kind moet krijgen," zei ze schouderophalend. „Ze eist een abortus, ik ben weggelopen omdat ik dat niet wil. Ik ben pas veertien, ze zou me kunnen dwingen."

„Ben je echt pas veertien jaar?" wilde Marcella weten. „Eerlijk gezegd krijgen we de indruk dat je ouder bent."

„Dat hoor ik mijn hele leven al. Met een moeder als de mijne ben je vroeg volwassen, dat kan ik je verzekeren," zei Cindy bitter. Ze weigerde nog steeds haar achternaam of het adres van haar ouders te geven, toch had Marcella die avond een voldaan gevoel toen ze in bed stapte. Bij allebei de meisjes was ze een stapje verder gekomen en ieder stapje was er tenslotte één. Ze kon ook niet verwachten dat ze zonder meer hun vertrouwen aan haar schonken. De meisjes zaten hier niet voor niets, die waren minimaal een keer in hun vertrouwen beschaamd, dat mocht ze niet vergeten.

De volgende ochtend ging ze met Lucia van Zon naar de praktijk van Dana Schuurmans, de verloskundige die alle zwangere meisjes van het huis onder controle hield. Lucia was inmiddels twee weken in het huis, maar vormde niet echt een probleemgeval. Ze was thuis weggelopen omdat haar ouders woedend hadden gereageerd op het bericht dat ze zwanger was van een vriendje, die ze toch al niet zagen zitten. Wilma en Marcella hadden een aantal keren met de ouders gepraat, eerst zonder en later met Lucia erbij en er was besloten dat het meisje terug zou gaan naar het ouderlijk huis, maar dat ze eerst een paar weken in het huis zou logeren om wat tot rust te komen en wat afstand te nemen. De ouders waren van de eerste schrik bekomen en hadden hun dochter alle hulp toegezegd. Wilma had er

56

het volste vertrouwen in dat het goed kwam in dat gezin. „Dit soort gevallen heb ik al heel vaak gezien in mijn praktijk," zei ze tegen Marcella. „Ouders schrikken zich natuurlijk dood als hun dochter met zo'n bericht thuiskomt en in die eerste emoties loopt het vaak flink uit de hand, waarna zo'n meisje vaak geen andere uitweg ziet dan ervandoorgaan. Meestal komt het na een paar gesprekken en een beetje tijd wel weer goed. Meisjes als Gwen vormen, gelukkig, een uitzondering. Daar is veel meer voor nodig, maar als het dan uiteindelijk goed komt, op welke manier dan ook, is de voldoening ook veel groter."

Na een grondig onderzoek verklaarde Dana de vijf maanden zwangere Lucia kerngezond. „Zoek wel zo snel mogelijk een verloskundige in de woonplaats van je ouders," adviseerde ze. „Laat even weten wanneer je terug gaat en wie dan je zwangerschap verder begeleidt, dan zorg ik dat zij je dossier krijgt." Daarna wendde ze zich tot Marcella. „Mijn volgende patiënte heeft afgezegd, als je wilt, kan ik nu meteen jouw eerste controle doen."

„Nu meteen?" vroeg Marcella benauwd. Het voorstel overviel haar, want in tegenstelling tot de meeste andere aanstaande moeders, was ze nog helemaal niet bezig met het onderwerp 'zwangerschapscontrole'. Tot nu toe leek de gedachte aan haar zwangerschap nog erg abstract en kon ze het van zich afzetten, als ze eenmaal officieel onder behandeling was, kon dat voor haar gevoel niet meer. Dan was het echt. Onontkoombaar. Ze kon echter zo snel geen aannemelijke smoes verzinnen om het uit te stellen, dus kleedde ze zich uit terwijl Lucia in de wachtkamer plaatsnam.

„Alles ziet er veelbelovend uit," zei Dana nadat ze Marcella's buik had gevoeld, haar bloeddruk had gemeten en het ijzergehalte had bepaald door middel van een vingerprik. „Ik ga nu eens proberen of we het hartje al kunnen horen. Hoe ver ben je precies?"

„Ongeveer dertien weken," antwoordde Marcella automatisch.

„Dan moet het lukken. Dat is altijd een heel bijzonder moment," vertelde Dana opgewekt terwijl ze met de doptone over Marcella's buik gleed.

Marcella hoorde een hoop gerommel en gesuis, tot Dana's gezicht oplichtte en ze de doptone stil hield. In de spreekkamer was een snel, ritmisch gebonk te horen, waarvan Marcella eerst niet begreep wat het voorstelde.

„Dat is de hartslag van je baby," verduidelijkte Dana bij het zien van Marcella's gezicht. „Het klinkt heel goed en krachtig."

Marcella beet op haar lip en wendde haar blik af. Dit zou een ontroerend moment moeten zijn, besefte ze, maar ze voelde helemaal niets. Het had de hartslag van ieder willekeurig persoon kunnen zijn wat ze hoorde, ze werd er niet warm of koud van. Als ze de baby op dit moment zou verliezen, zou ze er geen traan om laten, realiseerde ze zich met een schok. Ze vond het een rotgedachte, maar hij sloop haar hoofd in zonder dat ze er zelf invloed op leek te hebben. Het maakte de toekomst er niet aantrekkelijker op.

HOOFDSTUK 6

„Heb jij eigenlijk al een zwangerschapscontrole gehad?"
Vanachter haar bureau keek Marcella Cindy vragend aan.
Cindy trok onwillig met haar schouders. „Nee," gaf ze toe.
„Dan wordt het toch wel eens tijd." Marcella wierp een blik
op Cindy's buik, die onder haar wijde trui al aardig begon
te groeien. „Hoe ver ben je?"
„Vijf maanden."
„Vijf al? Je zei dat je weggelopen bent omdat je moeder een
abortus eiste, maar dat kan helemaal niet meer als je al zo
ver bent."
„Dat weet mijn moeder niet. Ik heb ook weinig kans gekre-
gen om het haar te vertellen. Zodra ik zei dat ik zwanger
ben, ging ze volledig door het lint en hing ze meteen aan de
telefoon om iemand te zoeken die alles kon regelen, zoals
ze het uitdrukte. Een normaal gesprek hebben we niet
gevoerd. Ze greep direct naar de valium," zei Cindy kortaf.
„Ben je bang voor je ouders?" wilde Marcella weten.
Weer trok Cindy met haar schouders, iets dat ze vaak deed.
Het was een onverschillig, maar tegelijk hulpeloos gebaar.
„Mijn ouders zijn gescheiden toen ik een baby was, ik heb
mijn vader nooit gekend. En mijn moeder... Ik ben niet
bang in de zin dat ze me slaat of zo, maar ze is erg domi-
nant. Angst dat ik niet tegen haar op kan en uiteindelijk
dan toch doe wat zij wilt, voel ik wel. Vandaar mijn vlucht."
Marcella knikte langzaam. „Oké, daar kan ik begrip voor
opbrengen, maar je zult toch echt naar de verloskundige of
gynaecoloog moeten en daar hebben we je gegevens voor
nodig."
„Mijn moeder is particulier verzekerd, dan krijgt zij de
rekeningen thuis en kan ze op die manier dit adres achter-
halen." Er klonk beginnende paniek in Cindy's stem en
Marcella legde even kalmerend haar hand op de smalle
schouder.
„Als jij je baby wilt houden, kan je moeder je nergens
anders toe dwingen," zei ze geruststellend. „Hou er trou-

wens goed rekening mee dat dit geen anoniem tehuis is, we zijn een officiële instantie die overal bekend is. Ons nummer staat gewoon in het telefoonboek. Een medische controle is noodzakelijk, Cindy. Je wilde absoluut geen abortus, dat betekent dat je de verantwoordelijkheid op je hebt genomen om dit kind gezond geboren te laten worden."

Op dat moment werd er op de deur van het kantoor geklopt en kwam Wilma binnen. „Sorry dat ik stoor, maar ik heb je even nodig, Marcella." Ze liep naar het bureau en boog zich erover heen om iets aan Marcella te vragen. Terwijl de twee vrouwen een fluisterend overleg voerden, bladerde Cindy gedachteloos in één van de kranten die op het lage, ronde tafeltje lagen.

„Ik weet genoeg, bedankt." Wilma haastte zich naar buiten en Marcella wendde zich weer tot Cindy. Het meisje, dat er net nog zo blozend en gezond uit had gezien, zat nu met een spierwit gezicht verstard in haar stoel. Ze staarde als gebiologeerd naar de krant op haar schoot.

„Wat is er?" vroeg Marcella gealarmeerd. Ze kwam achter haar bureau vandaan en knielde bij Cindy neer.

„Ze is gewoon gegaan," zei Cindy schor. „Ik ben weggelopen, ze heeft geen idee waar ik zit of hoe het met me gaat, maar ze is toch gewoon gegaan."

„Wat bedoel je?" Marcella schudde licht aan Cindy's schouder. De holle blik in de ogen van het meisje maakte haar angstig. „Wie is waar heen gegaan? Praat tegen me, Cindy." Plotseling stond Cindy op, waarbij Marcella bijna haar evenwicht verloor. De krant werd met een verachtelijk gebaar op tafel gegooid.

„Mijn moeder!" zei Cindy hard, wijzend op de krant. „Dat jetset feest is blijkbaar belangrijker dan het lot van haar enige dochter. Een normale moeder zou doodongerust naast de telefoon blijven zitten om op bericht te wachten of ze zou zelf gaan zoeken, maar mijn moeder natuurlijk niet. Die moest naar een feestje!" Die laatste woorden spuwde ze bijna uit.

Marcella raapte de krant op en bekeek de foto en het artikel die Cindy zo overstuur hadden gemaakt. Het was een verslag van een feest dat gegeven werd ter ere van het honderdjarig bestaan van een beroemde schouwburg en heel bekend Nederland was daarbij aanwezig. De foto toonde een stralende Irene van der Mortel, een actrice die al in heel wat films had geschitterd en wiens naam garant stond voor hoge aantallen bezoekers in de bioscopen. De nog jonge actrice, die Marcella op hooguit vijfentwintig jaar schatte, zag er schitterend uit. Ze droeg een wit met zilveren jurk die aan alle kanten het woord haute couture uitstraalde, haar haren waren kunstig opgestoken en het knappe, regelmatige gezicht was perfect opgemaakt. De grote ogen glansden en het hele plaatje straalde uit dat ze een gelukkige, zelfverzekerde vrouw was.

„Wat wil je nu eigenlijk zeggen?" vroeg Marcella verward. Ze kon deze vrouw onmogelijk in verband brengen met Cindy.

„Irene van der Mortel is mijn moeder," verklaarde Cindy. Ze keek met kille ogen naar de foto. „Hoewel moeder waarschijnlijk niet de juiste benaming is. Bij een moeder denk je toch aan iemand die je verzorgt, af en toe verwent en die van je houdt, eigenschappen die haar vreemd zijn. Ze is in ieder geval de vrouw die mij op de wereld heeft gezet."

„Dan moet ze je wel heel erg jong gekregen hebben," zei Marcella verwonderd.

Cindy lachte schamper. „Vergis je niet, ze is vierendertig. Plastische chirurgie en de juiste make-up doen veel. Ze vindt het belangrijk om er jong uit te zien, belangrijker dan hoe het met haar dochter gaat."

„Ik wist helemaal niet dat Irene van der Mortel een dochter had."

„Dat weet niemand, ik ben altijd in een hoekje geschoven en de pers mocht er absoluut geen lucht van krijgen dat ze moeder van een tiener is. Het zou haar imago schaden als de mensen te weten komen hoe oud ze werkelijk is," zei Cindy sarcastisch. „Hoe denk je dat de pers zou reageren als bekend wordt dat ze op het punt staat oma te worden?

61

Ik wilde niet voor niets niet zeggen wie ik ben, dat is me van kleins af aan al ingepeperd. Eén keer werden we door een fotograaf betrapt in het park toen we een wandeling maakten met mijn kinderjuffrouw erbij. Mijn moeder beweerde ijskoud dat die vrouw haar huishoudster was en ik haar onwettige dochter. Mijn kinderjuf heeft een flink bedrag gekregen omdat ze de waarheid niet onthulde. Sindsdien ben ik nooit meer met mijn moeder ergens heen geweest, want ze wilde niet met mij gezien worden."

„Wat vreselijk voor je." Marcella twijfelde niet aan het verhaal, daarvoor was Cindy's reactie te oprecht geweest. „Kom, ga weer zitten. Je bent erg geschrokken van die foto, hè?"

Cindy knikte gelaten. „Ja. Ik ben er inmiddels wel aan gewend dat ze zich niet veel aan me gelegen laat liggen, maar dat ze gewoon naar dat feest is gegaan, slaat alles. Ze ziet er ook niet bepaald uit alsof ze al nachten niet geslapen heeft." Ze trok de krant opnieuw naar zich toe en keek nogmaals naar de grote foto.

„Dat zegt niet alles. Wat je net al zei, make-up verdoezelt een hoop," merkte Marcella op.

„Maar niet alles."

Marcella zweeg, want hier kon ze weinig tegenin brengen. Ze kon zich levendig voorstellen dat Cindy zwaar gekrenkt was omdat haar moeder de bloemetjes buiten zette en zich totaal geen zorgen leek te maken om haar verdwenen, zwangere tienerdochter. Ze beweerde wel zo stoer dat ze eraan gewend was, maar het moest enorm pijn doen, dat kon niet anders.

„Waarom mag ze eigenlijk niet weten waar je bent?" vroeg ze. „Als ze echt zo bang is dat het bekend wordt, kan ze je weinig doen."

„Waarschijnlijk is het een tweede natuur geworden om te zwijgen," antwoordde Cindy stroef. „Ik weet niet beter. Mijn moeder is machtig en ze weet precies hoe ze iemand haar wil op kan leggen.Trouwens, ik…" Ze stokte, maar Marcella begreep haar.

„Je hoopte dat ze ongerust zou zijn en dat ze je zou gaan zoeken, waarbij ze er maling aan zou hebben dat de pers er lucht van zou krijgen, omdat jij het belangrijkste bent," vulde ze aan.

„Al had ik natuurlijk kunnen weten dat ik daarin bedrogen uit zou komen," zei Cindy cynisch, maar met tranen in haar ogen. „Het kan me ook eigenlijk niets meer schelen. Bel haar maar om te vertellen waar ik zit en dat ze mijn papieren, kleding en wat persoonlijke spullen kan laten brengen. Als ze stennis maakt, dreig je maar met de pers, dan bindt ze wel in."

Ze stormde het kantoor uit en liep in de gang bijna Gwen omver, die haar agressief wegduwde. „Kan je niet uitkijken?" snauwde ze. Cindy gaf daar geen antwoord op. Ze rende de trap op en sloeg even later haar eigen kamerdeur met een knal achter zich in het slot.

„Neem het haar maar niet kwalijk," zei Marcella verontschuldigend tegen Gwen. „Ze heeft het nogal moeilijk op het moment."

„Wie niet?" zei Gwen bitter. Haar ogen stonden hard in het smalle gezicht en haar mond vormde een dunne streep. „Dat is geen reden om als een kip zonder kop iedereen omver te lopen."

„Het was een ongelukje. Wilde je iets vragen?" vroeg Marcella, met moeite haar ongeduld bedwingend. Ze mocht dit meisje niet, al was ze de eerste om toe te geven dat Gwen weinig reden had om aardig en sympathiek te doen. Het was geen wonder dat ze hard en cynisch was na alles wat ze mee had gemaakt.

„Nee, ik was op weg naar de keuken," zei Gwen haastig.

Zonder Marcella nog een blik waardig te keuren, liep ze snel door en Marcella staarde haar met gefronste wenkbrauwen na. Er klopte iets niet, voelde ze instinctief. Gwen was wel érg snel geweest met haar antwoord, alsof ze iets te verbergen had. Ze zette die gedachte echter uit haar hoofd en wierp een blik op haar horloge. Bijna half zes, nog een half uurtje voor het avondeten. Ze wist dat Wilma een paar belangrijke telefoontjes aan het voeren was en besloot na het eten het probleem van Cindy met haar en Johan samen te bespreken. Ze zou het ook aan Wilma overlaten om Irene van der Mortel in te lichten over de verblijfplaats van haar dochter. Die kon dat soort gesprekken diplomatieker en beleefder voeren dan zijzelf, wist Marcella. Hoewel ze van nature verlegen en onzeker was, kon haar grote mond nog wel eens met haar op de loop gaan als ze kwaad was en kwaad was ze nu zeker. Ze begreep niet dat een moeder zo kon handelen. Als zij ooit moeder zou worden, zou ze het heel anders doen, nam ze zich voor. Zij zou haar kinderen liefde en geborgenheid geven, een échte moeder zijn.

Ineens drong het met een schok tot haar door dat ze binnen afzienbare tijd inderdaad moeder zou worden. Niet voor het eerst had ze daar de hele dag niet aan gedacht. Even vertrok haar mond. Waar bleef ze nou met haar hoogdravende gedachten over een échte moeder? Ze was niet eens in staat om rekening te houden met haar zwangerschap, laat staan met een kind. Was dat niet een teken dat ze absoluut niet geschikt was voor het moederschap en dat ze haar baby beter af kon staan aan mensen die er wel goed voor zouden zorgen? Marcella kreeg het benauwd van alle gedachten die ineens op haar afvlogen en besloot naar buiten te gaan om een luchtje te scheppen voor Emma het avondeten op zou dienen.

Met haar handen diep in haar zakken en haar hoofd naar beneden stapte ze stevig door de enorme tuin, zonder belangstelling voor wat er om haar heen gebeurde. Ze merkte niet dat er een wagen de inrit in kwam rijden, schrok pas op toen haar naam door de verder stille tuin weerklonk. Even bleef ze als verstard staan. Ze kende die stem. Het was een vertrouwde stem, al had ze hem dan nog niet vaak gehoord. Langzaam, bang dat ze het mis had, keek ze in de richting waar het geluid vandaan gekomen was. Daar stond Arthur, zoals ze al zo vaak gefantaseerd had. Marcella hield haar adem in. Was dit echt of ging haar fantasie met haar op de loop? Was ze soms bezig om gek te worden? Weer riep hij haar naam en toen wist ze dat ze het zich niet verbeeld had. Een wilde vreugde maakte zich van haar meester. Precies datgene wat ze verwacht had na dat gesprek met Carina eergisteren, was nu gebeurd. Hij was teruggekomen! Ademloos wachtte ze tot hij vlak voor haar stond.

„Arthur," fluisterde ze.

„Ben ik nog welkom?" vroeg hij, hoewel in haar ogen het antwoord op die vraag al duidelijk te lezen stond. „Het spijt me dat ik zo bot reageerde, Marcella. Ik raakte in paniek en wilde alleen maar weg."

„Het geeft niet," zei ze, op slag vergetend hoeveel pijn zijn gedrag haar had gedaan.

„Je bent terug en dat is het belangrijkste."

„Ik kon je niet vergeten," zei hij eenvoudig. „Ik heb nooit geloofd in liefde op het eerste gezicht, maar nu moet ik wel. Ondanks dat we elkaar maar net kenden, bleef ik aan je denken en bleef ik me afvragen hoe het had kunnen zijn." Hij lachte even. „Hoor mij nou, ik had nooit gedacht dat ik ooit nog eens dergelijke zinnen zou zeggen, maar het is de simpele waarheid."

Marcella hief haar gezicht naar hem op. „Als je nu eens ophield met praten en me kuste?" stelde ze voor met een gelukkige glans in haar ogen.

Hij gaf maar al te graag gehoor aan deze uitnodiging. Zijn armen sloten vast om haar heen en ze verloren zich in een lange omhelzing. Marcella had het gevoel dat ze eindelijk thuiskwam na een lange reis. Hoewel er nog niets uitgesproken was tussen hen en er nog heel wat problemen op de loer lagen, voelde het goed en veilig in Arthurs armen. Ze slaakte een zucht van geluk.

Later slenterden ze met de armen om elkaar heen door de tuin. Zwijgend en genietend van het moment, al wisten ze allebei dat er nog heel wat te bepraten viel. Maar dat kwam later wel, nu waren ze even een gewoon, verliefd stel.

„Blijf je eten?" vroeg Wilma aan haar neef toen ze zijn aan-
wezigheid ontdekte. „Emma heeft net opgediend."

„Eigenlijk wilde ik Marcella meenemen om samen met
haar ergens te eten," zei Arthur. „Zou Emma erg kwaad op
me worden als er een persoon minder aan tafel zit dan
waar ze op gerekend had?"

„Als je het haar zelf maar vertelt," zei Wilma. Lachend keek
ze hem na toen hij zich naar de keuken begaf. „Met die
charme van hem zou Emma het hem nog vergeven als hij
iedereen meenam en ze voor niets had gekookt," vermoedde ze. Ze keek naar Marcella, die er opeens heel anders uitzag. „Kind, je staat hier zachtjes te stralen en dat alleen
maar door die rare neef van me. Is alles weer goed tussen
jullie?"

„Op dit moment in ieder geval wel," knikte Marcella. „Maar
natuurlijk valt er nog heel wat te bepraten. Het probleem waardoor het stuk liep, bestaat tenslotte nog
steeds."

„Alleen schijnt Arthur dat nu niet meer erg te vinden, heb
ik zo het idee. Hij is tenslotte niet voor niets naar je toege-
komen. Fijn voor je." Wilma knikte haar hartelijk toe, ze
gunde haar medewerkster al het geluk ter wereld. „Ga
maar lekker met hem uit en geniet ervan, dat heb je wel
verdiend. De laatste maanden heb je niets anders gedaan
dan werken."

„O, over werken gesproken." Snel lichtte Marcella Wilma in
over het gesprek dat ze met Cindy had gevoerd en Wilma
beloofde het verder af te handelen.

In plaats van naar een restaurant nam Arthur Marcella mee
naar zijn eigen flat. „Ik hoop dat je het niet erg vindt," zei
hij verontschuldigend. „Ik heb eten van de traiteur laten
komen omdat ik hoopte dat je met me mee kwam en ik wil
liever rustig thuis met je praten dan in een druk restaurant
waar de ober je ieder moment komt storen."

Arthurs woning bleek een van alle gemakken voorziene
vierkamerflat te zijn, midden in het centrum van de stad,
op de twaalfde verdieping van een enorm flatgebouw. De

inrichting was licht en modern en de ruime kamers boden een opgeruimde aanblik.

„Ik hou niet van rommel," verklaarde Arthur nadat Marcella daar een opmerking over had gemaakt.

„Dat is te zien, het is pijnlijk netjes." Marcella bekeek alles op haar gemak terwijl Arthur in de keuken het eten opwarmde. Hoewel de flat mooi en gerieflijk was, voelde ze zich er niet erg op haar gemak. De sfeer die de meubels opriep was zakelijk en kil, vond ze. Zij hield meer van hout, veel kussens en veel planten en dan mocht er best hier of daar wat troep liggen. Ze dacht aan haar eigen kamer, waar ze een hoekje had gecreëerd met een makkelijke stoel en een klein tafeltje waar een stapel tijdschriften op lag, en ook wat losse spulletjes. Zo'n volgestouwd tafeltje zou hier vreselijk uit de toon vallen, dacht ze terwijl haar ogen over alle spullen gleden. Zelfs de foto's die in witte lijsten aan de muren hingen, pasten qua kleur bij de meubels en de stoffering. Waarschijnlijk had Arthur ze er speciaal bij uitgezocht in plaats van juist die foto's op te hangen waar hij een dierbare herinnering aan had. Ze huiverde even en vroeg zich af of zijn interieur zijn manier van leven weergaf. Strak, zakelijk en rechtlijnig, zonder overbodige ballast. Als hij zo in het leven stond, was het niet zo verwonderlijk dat hij er vandoor was gegaan bij de ontdekking van haar zwangerschap. Des te waardevoller was het dan nu dat hij daarop terug gekomen was, dacht Marcella blij.

Ze drentelde naar de keuken, waar Arthur druk bezig was met het dekken van de tafel. Ook dat werd uiterst zorgvuldig gedaan, met het bestek kaarsrecht naast de borden en een kandelaar met kaars precies in het midden van de tafel.

„Hoe vind je mijn behuizing?" vroeg Arthur trots.

„Mooi," antwoordde Marcella enigszins bezijden de waarheid. „Heel iets anders dan het huis waar ik vertoef. Mijn kamer is ingericht met donkere eiken meubels."

„Heeft het huis eigenlijk geen officiële naam?" wilde Arthur weten terwijl hij de dampende schalen op tafel zette en een stoel voor Marcella aanschoof.

„Jawel, huize Sophia," vertelde Marcella. „Maar zo kent niemand het. Wijd en zijd staat het bekend als 'het huis' en iedereen weet over welk huis het dan gaat, vandaar. Net zoals iedereen weet dat je Elvis Presley bedoelt als je het over de King hebt."

Met smaak at ze van het maal, ondertussen spraken ze over koetjes en kalfjes, tot ze klaar waren en Marcella haar bord van zich afschoof.

„Dit is heel gezellig," zei ze. „Maar niet waar ik voor gekomen ben. Ik ben heel erg blij dat jij opeens voor me stond, maar er is niets veranderd, Arthur. Ik ben nog steeds zwanger."

„Maar niet bepaald een gelukkige, aanstaande moeder," reageerde Arthur daar op. „Ik heb met Carina gepraat en zij vertelde me dat je niet tot een abortus kon besluiten vanwege je degelijke opvoeding. Dat kan ik begrijpen, Marcella, dat is ook een hele zware beslissing. Ik heb echter ook begrepen dat je het kind niet wilt houden."

„Dat is erg voorbarig, daar ben ik nog helemaal niet uit."

Arthur keek verbaasd op bij deze verklaring. „Ben je er blij mee dan?" vroeg hij onzeker. „Laten we meteen even heel duidelijk zijn: ik ben niet van gedachten veranderd wat dat kind betreft. Ik wil beslist geen vadertje en moedertje spelen, zeker niet van andermans kind. Jij bent niet meer uit mijn gedachten geweest sinds die ene avond, maar ik ben alleen naar je toe gegaan omdat Carina me zei dat je de baby afstaat voor adoptie."

Hij keek haar vol aan en Marcella aarzelde. Razendsnel vlogen de gedachten door haar hoofd heen. Nu zeggen dat ze de baby wilde houden, betekende het einde van hun prille relatie, dat was duidelijk. Was ze daartoe bereid? Nee, wist ze. Toegeven dat ze de baby niet wilde en af zou staan, kon ze echter ook niet over haar lippen krijgen.

„Deze zwangerschap was zeker niet gepland en kwam als een enorme schok," zei ze langzaam, daarmee de kerk in het midden latend. „Het betekende tevens het einde van mijn relatie, hoewel die niet veel meer voorstelde. Direct daarna ontmoette ik jou. Door al die snel op elkaar volgende gebeurtenissen is de baby niet echt realiteit voor me, maar iets abstracts. Ik kan me gewoon absoluut niet voorstellen dat ik een kind krijg en binnenkort moeder ben."

„Dus dat is geen probleem, je staat de baby af," concludeerde Arthur daaruit. Het klonk opgelucht. Over de tafel heen greep hij haar handen en kneep daar zachtjes in. Marcella voelde zich week worden bij dit simpele gebaar. De afgelopen maanden waren eenzaam geweest voor haar, ondanks alle mensen die het huis bevolkten. Ze had er alles voor over om Arthur nu niet opnieuw te verliezen en ging daarom niet tegen zijn woorden in. Als hij maar bij haar bleef, later zagen ze wel weer. Tenslotte kon ze zich nog steeds niets voorstellen bij de baby, dus de kans was inderdaad groot dat ze hem of haar inderdaad af zou staan. En zo niet, stel dat ze de baby toch wilde houden, dan was hun relatie tegen die tijd vast en zeker zo hecht dat Arthur daar geen bezwaar tegen zou hebben, meende ze optimistisch. Dat duurde tenslotte nog zo lang.

„Je hebt geen idee hoe gelukkig je me maakt," fluisterde Arthur ergens vlak bij haar oor. „Jou heb ik altijd gewild, vanaf de eerste seconde dat ik je zag, maar een baby niet. Vader worden is iets wat me ooit wel eens zal gebeuren, alleen niet de komende tien jaar. Ik moet er niet aan denken."

„Doe dat dan ook niet," raadde Marcella hem glimlachend aan. Alle negatieve gedachten en het kleine stemmetje in haar hoofd dat haar probeerde te vertellen dat dit niet goed was, duwde ze bewust naar de achtergrond. Toen hun lippen elkaar raakten, hield ze zichzelf voor dat ze eindelijk gelukkig was. Die hele nare periode lag achter haar, nu had ze Arthur en kon ze weer vooruit kijken.

HOOFDSTUK 7

Het leven zag er plotseling veel aantrekkelijker uit voor Marcella. Het viel iedereen in het huis op dat haar humeur een stuk verbeterd was, al had ze nog steeds momenten dat ze stilletjes zat te piekeren. Haar buik begon te groeien, maar ze droeg nog steeds haar gewone kleren, alsof ze niet toe wilde geven aan datgene wat zich in haar lichaam voltrok. Ze bande het uit, wilde er niet aan denken. Als ze 's ochtends wakker werd, was het vaak net even of er niets aan de hand was en er geen baby bestond, maar één blik op haar buik was genoeg om te beseffen wat de harde realiteit was. Haar relatie met Arthur floreerde echter en dat maakte veel goed. Omdat ze allebei een drukke baan hadden, zagen ze elkaar niet vaak, maar ze waren allebei gelukkig als ze in elkaars gezelschap verkeerden. Meestal verbleven ze dan in Arthurs flat. Marcella was niet zo'n uitgaanstype en hij vond dat wel best. Toegeven dat hij van Marcella hield, was nog heel iets anders dan haar met haar zwangere buik kennis laten maken met zijn vrienden. Hij zou blij zijn als de bevalling achter de rug was en ze deze hele periode konden vergeten.

Zo vergleed de winter in een zachte lente. De tuin rondom het huis, de trots van Joop Mannings, werd steeds mooier nu de eerste voorjaarsbloemen aarzelend hun kopjes boven de aarde staken.

Nancy kreeg haar eerste weeën op de vroege ochtend van 1 april en ze kreunde toen dat besef tot haar doordrong. „Nee hè, dat heb ik weer. Straks ben ik de risee van mijn school als ze dat horen."

„Wacht eerst maar af of de baby vandaag komt," adviseerde Wilma haar nichtje rustig. Ze had zelf dan wel geen kinderen, maar wist genoeg van dit onderwerp af om te weten dat bevallingen soms heel lang konden duren. Het ging echter snel. Dana Schuurmans kwam in het begin van de middag langs en constateerde dat Nancy al zes centimeter ontsluiting had, waarna ze naar het ziekenhuis vertrokken.

Wilma en Johan hadden besloten dat de bevallingen van de meisjes in het ziekenhuis plaats moesten vinden, omdat daar voldoende medische begeleiding aanwezig was. Johan zat nu op zijn werk, maar Wilma begeleidde haar jonge nichtje en liet de zorg van het huis aan Marcella over. Er waren niet veel meisjes op dat moment. Lucia was inmiddels met haar dochtertje terug gekeerd naar haar ouderlijk huis, evenals enkele andere tijdelijke bewoners. Cindy en Gwen waren er nog wel. Irene van der Mortel had erin toegestemd dat haar dochter voorlopig in het huis zou blijven, na een lang gesprek met Wilma en Johan.

„Als het maar niet bekend wordt," had ze bedongen. „Ik kan mijn carrière wel vergeten als dit nieuws uitlekt." Cindy leek zich erin berust te hebben, al wist Marcella dat ze het moeilijk had met de hele situatie. Ze praatte vaak met de tiener en had zich een aardig beeld gevormd van haar eenzame jeugd. Het was niet vreemd dat Cindy troost en liefde had gezocht in de armen van de eerste de beste jongen die haar leuk vond, maar de prijs die ze daarvoor betaalde, was hoog.

Gwen had nog steeds geen contact met haar vader. Hij weigerde haar te zien en geloofde nog steeds niet dat haar zwangerschap het gevolg was van een verkrachting.

„Hij is diep teleurgesteld in me," zei Gwen bitter tegen Marcella. „Dat dat andersom ook geldt, komt geen seconde in hem op. Hij is het slachtoffer, degene die het moeilijk heeft en dat verwijt hij mij."

„Misschien komt het nog goed," probeerde Marcella haar te bemoedigen. „Waarschijnlijk voelt hij zich schuldig omdat hij jou niet voor deze ellende heeft kunnen behoeden en verdringt hij die gevoelens door zich zo op te stellen. Zolang hij jou de schuld geeft, hoeft hij niet over zijn eigen rol na te denken."

„Zo kan je iedereen wel verdedigen. Ik heb altijd veel van mijn vader gehouden, maar op deze manier hoeft het van mij niet meer," zei Gwen hard. „Hij heeft afgedaan voor me. Nu ik hem het hardst nodig heb, laat hij me stikken."

„Het valt voor je vader ook niet mee," probeerde Marcella nog, maar Gwen lachte smalend.

„Nee, hij heeft het zwaar," hoonde ze. „Gelukkig heb ik daar geen last van." Ze wierp Marcella nog een spottende blik toe en verliet met opgeheven hoofd het kantoortje waar ze hadden zitten praten.

Marcella zuchtte en leunde achterover in haar stoel. Gwen was ontzettend moeilijk, dacht ze. Ze probeerde vaak met haar te praten, maar ze was niet voor rede vatbaar en torpedeerde ieder voorstel tot hulp. Ze weigerde resoluut naar een psycholoog te gaan en verkondigde hoog dat ze haar eigen problemen wel op zou lossen. Ondertussen kreeg ze steeds vaker last van nachtmerries, was ze afwisselend agressief en depressief en gedroeg ze zich als een echte stoorzender in het huis. Ze bemoeide zich overal mee en leverde ongevraagd commentaar op alles wat zich binnen de muren van het huis afspeelde. Gwen was kwaad op de hele wereld en jammer genoeg had ze ook alle reden voor dat gevoel. In een vertrouwelijke bui, na een heftige nachtmerrie, had ze Marcella toevertrouwd dat haar verkrachter de beste vriend van haar vader was. Hoewel ze dat gedeelte voor hem verzwegen had, kreeg ze nu het gevoel dat haar vader haar afgedankt had omdat hij zijn vriend niet kwijt wilde raken. Al met al een hele gecompliceerde situatie, waarbij psychiatrische hulp echt geen overbodige luxe was, peinsde Marcella. Als ze maar een manier konden vinden om Gwen zover te krijgen. Hoewel iedereen kon zien dat ze er langzamerhand aan onderdoor dreigde te gaan was er geen sprake van een gedwongen opname in een psychiatrische kliniek, omdat zoiets pas mogelijk was als de betreffende persoon een gevaar voor zichzelf of anderen vormde. Als het te laat was dus, in de meeste gevallen. Wat dat betrof was de geestelijke gezondheidszorg in dit land een aanfluiting. Iedereen had zijn mond vol over privacy en rechten, maar daadwerkelijk handelen was er niet bij, waardoor patiënten en hun omgeving meer leden dan noodzakelijk was. Marcella had daar al heel wat staaltjes van meegemaakt sinds ze in het huis werkte en ze was af en toe echt verbijsterd over de gang van zaken binnen de geestelijke gezondheidszorg. Sommige regels waren zo belachelijk dat ze zich afvroeg of die door patiënten waren verzonnen, want ze kon er met haar hoofd niet bij dat die gemaakt waren door mensen met een normaal werkend gezond verstand.

Marcella werd uit haar overpeinzingen opgeschrikt doordat er op haar deur geklopt werd. Even later kwam Gregor van Ginderen binnen. Er lag een bezorgde trek op zijn gezicht.

„Kan ik even met je praten?" vroeg hij. „Ik heb van Emma begrepen dat Wilma er niet is en ik zit met een probleemgeval."

„Natuurlijk, ga zitten," noodde Marcella, benieuwd wat er aan de hand was. Zij en Gregor lagen elkaar niet zo, nog steeds niet. Ze vond hem stug en uit de hoogte, al had ze inmiddels wel begrepen dat zij de enige was die er zo over dacht. Zijn patiënten liepen met hem weg en iedereen waardeerde hem.

„Ik heb een meisje bij me dat onderdak zoekt, ze zit nu bij Emma in de keuken," viel Gregor met de deur in huis. Ze is vijftien jaar en vijf maanden zwanger."

„Dat is geen enkel probleem," zei Marcella. „Tenslotte is dit een huis voor zwangere tienermeisjes." Dat laatste klonk ironisch en Gregor keek haar even kwaad aan.

„Er zit een heel verhaal aan vast. Penny was vroeger een patiënte van mij, voordat haar ouders twee jaar geleden naar de randstad verhuisden. Zij kreeg daar een vriendje, met het bekende vervolg. Hij heeft haar niet laten zitten bij de ontdekking van haar zwangerschap, desondanks heeft Penny het kort daarna met hem uitgemaakt omdat ze niet meer verliefd was en enkele karaktertrekjes in hem ontdekte die haar niet bevielen."

„Wat is het toch jammer dat ze daar nooit eerder aan denken en even wachten met samen naar bed gaan tot ze elkaar kennen," viel Marcella hem in de rede.

Gregor reageerde niet op die opmerking, hij keek alleen met opgetrokken wenkbrauwen naar haar duidelijk zichtbare buik in haar strakke kleding en Marcella bloosde.

„In ieder geval zijn toen de problemen begonnen," vervolgde hij. „Haar vriendje, Marek, meent dat hij alle rechten heeft op de baby en weigert Penny los te laten. Hij wil met haar trouwen, of zij het daar nu mee eens is of niet. Hij stalkt en bedreigt haar en haar familie en ten einde raad is ze gevlucht. Ten eerste om hem te ontlopen, ten tweede in de hoop dat hij in ieder geval haar familie met rust zal laten nu zij weg is. Ze is niet voor niets bang, want hij blijkt een behoorlijk agressief mannetje te zijn. Toen ze met haar vader aangifte deed van bedreiging, kregen ze te horen dat hij al jaren een bekende van de politie is. Inbraak, overval en mishandeling staan uitgebreid in zijn strafblad. Penny is naar mij, haar vroegere huisarts, gekomen omdat ze niemand anders wist."

„Natuurlijk kan ze hier terecht," zei Marcella. „We hebben nog nooit een meisje in moeilijkheden geweigerd."

„Hier zitten echter risico's aan vast," waarschuwde Gregor. „De kans dat Marek haar opspoort en hier kabaal komt maken is echt niet denkbeeldig, zulke jongens zijn tot heel veel in staat. Het liefst zou ik Penny in een blijf-van-mijn-lijfhuis onderbrengen, maar alles zit tot de nok toe vol. Een andere oplossing zie ik niet."

„Met dit soort werk lopen we altijd dergelijke risico's," zei Marcella kalm. „Ik kan uiteraard niet in mijn eentje alle beslissingen nemen, maar ik kan me niet voorstellen dat Wilma en Johan haar onder dergelijke omstandigheden niet in huis zouden nemen. In ieder geval kan ze nu blijven, dan praat ik er zo snel mogelijk met hen over. Misschien weten zij nog iets anders, maar we laten dat kind echt niet aan haar lot over."

„Dank je wel, Marcella." Er verscheen een opgeluchte trek op Gregors gezicht. „Ik ken Penny al vanaf haar geboorte en ik zat er echt mee in mijn maag. Het liefst had ik haar eigenlijk zelf in huis genomen om anderen geen risico's te laten lopen, maar dat kan ik niet maken. In zo'n kleine gemeenschap als hier blijft zoiets niet onopgemerkt en men zou er schande van spreken dat ik als volwassen man zo'n meisje in huis zou hebben. Niemand zou geloven dat er niets achter steekt, want mensen smullen nu eenmaal van dergelijke sensatieverhalen."

Marcella keek verbaasd op bij deze woorden. „Zo vreemd zou het toch niet zijn als jij en je vrouw een meisje in huis nemen? Je kan altijd zeggen dat ze je nichtje is of zo."

Gregors blik versomberde. „Als mijn vrouw nog bij me zou wonen, ja," zei hij. „Manon is er vorige week vandoor gegaan, na maandenlang ruzie en ellende. Jarenlang, eigenlijk. Ze is het er nooit mee eens geweest dat ik me begroef in zo'n achtergebleven gebied, zoals zij het altijd uitdrukte."

„O, eh, sorry," stamelde Marcella slecht op haar gemak. Ze beet op haar lip en ontweek zijn ogen, die ondoorgrondelijk op haar gericht waren.

„Het geeft niet. Het verbaast me dat je niet op de hoogte was, zo'n verhaal doet meestal snel de ronde."

„Ik kom weinig in het dorp, bovendien luister ik niet naar roddels," verdedigde Marcella zichzelf. „Het spijt me, ik vind het echt erg voor je."

„Ik niet." Het klonk droog. „Het is nooit leuk om tot de ontdekking te komen dat je huwelijk mislukt is, maar het afgelopen jaar was zo'n aaneenschakeling van ruzies en verwijten dat het een opluchting is dat ik nu alleen woon."

Marcella tikte peinzend met haar pen op het bureaublad. Dat klonk wel heel nuchter en dapper, maar ze onderkende de eenzaamheid achter zijn woorden. „Ik geloof er niets van," verklaarde ze dan ook ronduit. „Je moet je toch heel beroerd voelen nu."

„Ik heb me wel eens prettiger gevoeld, dat wel," gaf hij toe. „Maar van twee kwaden is een echtscheiding waarschijnlijk de beste keus. Het is alleen… Ik heb heel erg verlangd naar rust in huis, maar het is nu wel heel erg stil en leeg."

„Kom dan wat vaker hierheen," nodigde Marcella hem tot

haar eigen verbazing hartelijk uit. „Je weet dat je altijd welkom bent, niet alleen in je functie als onze vaste huisarts."
Hij keek haar verrast en verbaasd aan. „Een heel lief aanbod, dank je wel. Dat had ik van jou niet verwacht."
Weer kleurde Marcella's gezicht donkerrood. „Ik ben minder onaardig dan je denkt," mompelde ze.
„Dat begin ik ook te geloven." Hij grinnikte ineens vriendschappelijk. „Zal ik je dan nu voorstellen aan Penny?"
Ze volgde hem naar de keuken en maakte daar kennis met het vijftienjarige meisje, dat ineengedoken op een stoel zat en schuw om zich heen keek. Ondanks haar opbollende buik was ze mager en haar ogen leken te groot voor het smalle, bleke gezichtje.
„Dank u wel," zei ze zacht nadat Marcella haar op de hoogte had gebracht van het feit dat ze voorlopig in ieder geval kon blijven. „Ik ben alleen zo bang dat hij me vindt."
„Maak je niet ongerust, we kunnen hem wel aan," sprak Marcella met meer moed dan ze voelde. Eén blik op Penny had haar al geleerd dat Gregor niet overdreven had met zijn verhaal. In de grote ogen was pure angst te lezen.
Ze bracht Penny naar haar kamer en keerde daarna terug naar de keuken om een kop welverdiende koffie te halen. Tot haar verbazing was Gregor er ook nog steeds. Hij zat aan de ronde tafel genoeglijk met Emma te praten.
„Ik dacht dat huisartsen het altijd zo druk hadden," merkte ze op.
„Ik heb vandaag geen dienst," vertelde Gregor. „Dat wordt geregeld met twee huisartsen uit naburige gemeenten, anders zou ik nooit een dag vrij hebben. Penny had puur geluk dat ze me thuis trof."
„Blijf je dan eten?" nodigde Emma hem uit.
Gregor keek naar Marcella. „Alleen als de vrouw des huize dat goed vindt," zei hij op plagende toon.
„Ik geef mijn toestemming," zei Marcella genadig.
„Nu moet ik het alleen nog goed vinden. Of heb ik soms ineens niets meer te vertellen nu mijn vrouw er niet is?" klonk de stem van Johan uit de deuropening. Hij kwam de

keuken binnen en gooide achteloos zijn jas en tas op een stoel. Hoewel Johan en Wilma hun privé vertrekken in de zijvleugel hadden, kwam hij steevast eerst de keuken in zodra hij van zijn werk kwam. Al sinds het begin was dat de plek waar iedereen samen kwam, meer nog dan de riante huiskamer. Hij gaf Gregor een stevige handdruk.

„Gezellig, een gast aan tafel," zei hij hartelijk.

„Plus een nieuwe bewoonster," lichtte Marcella hem maar direct in. In summiere bewoordingen vertelde ze hem Penny's verhaal en Johan was het met haar eens dat ze het meisje niet weg konden sturen, vooral omdat het huis toch een paar honderd kilometer verwijderd was van de randstad, waar Penny woonde en waar ze Marek had ontmoet.

„Jullie doen hier goed werk," merkte Gregor op. „Zonder jullie had ik geen andere keus gehad dan Penny terug te sturen naar haar ouders en ik ben bang dat ze dan was gaan zwerven. Het arme kind is wanhopig, ze denkt echt dat Marek haar familie met rust zal laten zolang zij niet bij ze is."

„Ik hoop het ook voor haar, maar eerlijk gezegd heb ik er een hard hoofd in," zei Johan bezorgd. „Dat soort lui deinst nergens voor terug. Helaas maak ik daar op school vaak genoeg voorbeelden van mee, hoewel het hier veel minder ernstig is dan in de vier grote steden. Eén van mijn leerlingen kwam vandaag voor het eerst weer op school na een gevangenisstraf van zes maanden wegens geweldpleging. Door de andere leerlingen werd hij binnengehaald als een held. Dat soort dingen baart me enorm veel zorgen."

„De wereld wordt harder," beaamde Gregor. „En door de regering wordt er steeds minder geld uitgetrokken voor opvang en hulp, terwijl er ook nog eens geen aandacht besteed wordt aan preventie van misdaden. Soms vraag ik me af waar dat naar toe moet. Kinderen van nu hebben het echt niet makkelijk, daarom is het goed dat er mensen zoals jullie zijn die daadwerkelijke hulp bieden. Dat mag best wel eens gezegd worden."

„Er komt ook een soort van eigenbelang bij kijken. Vooral

Wilma vond geen voldoening meer in haar werk en verlangde ernaar om iets zinvols te doen. Dankzij die erfenis is haar dat gelukt, anders waren we waarschijnlijk nog jarenlang op dezelfde voet verder gegaan," vertelde Johan. Dankbaar nam hij een beker koffie van Emma aan, die ondertussen zwijgend doorgegaan was met haar werk.

„Maar jullie hadden na die erfenis ook lui achterover kunnen leunen en een luxe leventje kunnen leiden," zei Marcella. Ze strekte haar hand uit naar de rinkelende telefoon en luisterde naar wat er gezegd werd. „Fantastisch. Dus alles is goed? Morgen al? Dan moet ik snel wat regelen." Ze legde neer en keek naar de vragende gezichten die naar haar toegekeerd werden. „Nancy heeft een dochter, Charlotte," vertelde ze enthousiast. „Alles is vlot verlopen, de baby weegt acht pond en moeder en kind maken het goed. Vannacht moet ze nog even blijven, maar morgenochtend mogen ze naar huis. Ik ga snel nog even naar het dorp voor de winkels sluiten, slingers en ballonnen halen."

„Zou Nancy daar wel behoefte aan hebben?" vroeg Johan zich af. „Zo feestelijk is het niet, een kind dat op haar zestiende een kind krijgt."

„Iedere baby die geboren wordt heeft recht op een warm welkom," meende Marcella echter. „Hoe de situatie ook is, de geboorte van een gezond kind is een reden tot vreugde."

„O ja? Geldt dat voor jouw baby ook?" vroeg Johan. Hij keek haar doordringend aan, want hij wist hoe ze worstelde met haar zwangerschap.

„Mijn baby zal ook welkom zijn. Misschien niet voor mij, maar dan toch wel voor de mensen die hem of haar adopteren," antwoordde Marcella daar zacht op.

„Sta je de baby af?" vroeg Gregor ongelovig.

„Waarschijnlijk wel. Heb je daar iets op tegen?" Het klonk agressief.

„Dat is jouw beslissing, daar kan ik weinig tegenin brengen. Maar begrijpen doe ik het niet." Gregor bleef rustig, ondanks haar plotseling vijandige blik. „Je bent vierentwintig, dus geen puber meer. Je hebt een baan, onderdak en een relatie, wat doet jou in vredesnaam denken dat je niet in staat zult zijn om zelf voor je kind te zorgen?"

„Ik heb niet gekozen voor deze zwangerschap, bovendien zit mijn vriend niet bepaald te springen om het kind van een ander op te voeden."

„Dan is hij niet de juiste man voor je," meende Gregor stellig.

Marcella stond op. Toen Gregor zich zo bezorgd toonde over Penny had ze hem ineens sympathiek gevonden, maar door deze opmerking draaide hij die gevoelens weer volkomen de nek om. „Dat zijn jouw zaken niet," zei ze stijfjes. „Als jullie me nu even willen excuseren, ik ga naar het dorp."

Met rechte rug en haar hoofd fier omhoog liep ze de keuken uit, maar diep van binnen voelde ze zich helemaal niet zo zelfverzekerd. Het was allemaal al zo moeilijk, al deed ze dan graag of er weinig aan de hand was. Als iedereen nou een andere mening ging verkondigen, wist ze het helemaal niet meer.

HOOFDSTUK 8

„Dit is heerlijk. Tegen zo'n eerste, echte lentedag kan niets op," meende Marcella. Genietend leunde ze achterover tegen de duinpan die hen tegen de wind beschutte. Met haar gezicht opgeheven naar de zon kon ze zich voorstellen dat het al hoog zomer was.

„Ik vind het anders nog behoorlijk fris," merkte Arthur op. „Kijk maar uit dat je geen kou vat."

„Welnee, het is heerlijk. Die temperatuur is net mooi zo, dat hele warme hoeft van mij niet."

„Nou, ik kan niet wachten tot het kwik weer oploopt, het liefst tot boven de dertig graden." Arthur kwam op zijn hurken naast haar zitten en speelde wat met het fijne zand, dat hij tussen zijn vingers door liet glijden.

In zijn maatpak en perfect gepoetste schoenen viel hij hier uit de toon, peinsde Marcella.

Zelf droeg ze een ruim joggingpak, dat enigszins slobberig om haar lijf viel. Ze bezat het al jaren. Ooit was ze een periode behoorlijk dik geweest en het joggingpak stamde nog uit die tijd. Nu kwam het goed van pas, want ze had weinig zin om kapitalen uit te geven aan positiekleding. Het interesseerde haar gewoonweg niet hoe ze eruit zag, maar voor deze gelegenheid was ze in ieder geval beter gekleed dan Arthur, ontdekte ze met een binnenpretje. Ze kon hem uittekenen in zijn kostuums met dure stropdassen en manchetknopen. Deze strandwandeling was dan ook haar idee geweest en Arthur had er slechts met tegenzin in toegestemd.

„Ik heb plannen om deze zomer naar Griekenland op vakantie te gaan," vervolgde hij. „Wat vind jij daarvan?"

„Moet je vooral doen als je daar zin in hebt," antwoordde Marcella loom.

„Ik wil natuurlijk samen met jou gaan. Hou jij van zulke vakanties? We hebben het daar eigenlijk nog nooit over gehad." Vragend keek hij haar aan.

Marcella ging rechtop zitten en sloeg haar armen om haar

opgetrokken knieën heen. „Ik heb eigenlijk geen idee wat ik leuk vind," peinsde ze. „Mijn ouders huurden altijd een bungalow in Nederland, we gingen nooit ver weg. Met Joris ben ik niet eens op vakantie geweest. Hij was het liefst thuis, later hadden we er geen geld meer voor."

„Dan gaan we dus inderdaad naar Griekenland, dan merk je wel hoe het je bevalt," besliste Arthur. „Het is natuurlijk belachelijk dat je nog nooit in het buitenland bent geweest, dat kan echt niet. Ik zal een hotel voor ons boeken en dan zal ik jou daar eens leren wat echt vakantie vieren is. Je zult er van genieten," voorspelde hij.

„Ik weet het nog niet, hoor," hield Marcella de boot af. „In de zomer moet ik bevallen."

„Des te beter. Dan gaan we na de bevalling, dan kun je rustig bijkomen van alles. Wanneer is precies de uitgerekende datum?" Arthur keek verstoord op bij Marcella's luide schaterlach.

„Dat jij überhaupt weet dat er zoiets bestaat als een uitgerekende datum," hikte ze. „Dit is de eerste keer dat ik jou een term hoor gebruiken die bij een zwangerschap hoort en het past helemaal niet bij je."

„Ik ben heus niet volslagen achterlijk, hoor," zei Arthur beledigd.

„Nee schat," beaamde Marcella dat gehoorzaam. „Het komt omdat je nooit over de zwangerschap praat, daarom klonk het ineens zo zot."

„Waarom zou ik erover praten? Voor mij telt die zwangerschap niet, dat weet je. Ik zal blij zijn als alles straks achter de rug is en we geen last meer hebben van de baby."

Langzaam doofden de pretlichtjes in Marcella's ogen, zoals iedere keer als Arthur een dergelijke opmerking maakte. Hoewel ze zelf geen enkele binding voelde met het wezentje in haar buik, kon ze het niet goed hebben dat Arthur zich zo opstelde. Hij deed alsof de baby een wegwerpartikel was, iets waar ze zo snel mogelijk vanaf moesten.

„Ik weet trouwens helemaal niet of ik wel vrij kan krijgen," zei ze daarom stug. „We kunnen moeilijk het huis een paar weken sluiten tijdens de zomer."

„Je hebt toch gewoon recht op vakantie? Doe niet zo raar. Als je niet met me op vakantie wil, zeg dat dan gewoon. Kom niet met allerhande smoesjes aan." Korzelig stond Arthur op en met zijn rug naar haar toe staarde hij uit over de zee. Hij was gek op Marcella, maar wist vaak niet wat hij aan haar had. Ze leek zo'n lief, gedwee meisje, maar af en toe was ze ineens behoorlijk obstinaat en onvoorspelbaar.

„Het zijn geen smoesjes, ik weet gewoon niet hoe alles loopt," zuchtte Marcella. „Eerst bevallen, dan de rest. Mijn leven staat gewoon even in de wacht, zo voelt dat. Ik kan nog niet verder plannen dan de bevalling."

„Zeg dat dan gewoon, daar kan ik heus wel begrip voor opbrengen."

Was dat zo, vroeg Marcella zich in stilte af. Ze had nog niet vaak gemerkt dat Arthur begrip toonde voor haar omstandigheden. Het was voor hem een uitgemaakt zaak dat ze de baby af zou staan, dus hoefde daar verder niet meer over gepraat te worden, volgens hem. Zo ging het met de zwangerschap ook. Dat onderwerp was taboe tussen hen en hij negeerde de lichamelijke ongemakken die het voor Marcella met zich meebracht.

Hij hielp haar nu wel toen ze moeizaam probeerde overeind te komen, maar negeerde haar opmerking dat haar buik behoorlijk in de weg ging zitten.

„De baby schopt de laatste tijd ook erg veel," zei ze expres. „Moet je eens voelen." Ze pakte zijn hand en legde die op haar buik, maar hij trok hem terug alsof hij zich verbrandde.

„Laat dat!" gebood hij kortaf.

„Het is niet besmettelijk, hoor," spotte Marcella.

„Ik hou daar niet van. Het zou anders zijn als de baby van mij was, maar in dit geval zie ik er het nut niet van in om gezellig de aanstaande vader te spelen."

Zwijgend liepen ze verder langs de vloedlijn. Pas later, toen ze iets dronken op een beschut terras, werd de sfeer tussen hen weer wat meer ontspannen.

„We schuiven de vakantieplannen gewoon even in de ijskast," besloot Arthur. „Tenslotte kunnen we altijd nog een last minute boeken en we zijn niet gebonden aan de schoolvakanties."

„We zien wel," zei Marcella. „Ik moet toch eerst met Wilma en Johan overleggen. Ik kan niet verwachten dat ik een paar weken vakantie krijg nadat ik ook al vrij heb gekregen om te bevallen en te herstellen."

„Daar zijn anders speciale regelingen voor. In het bedrijfsleven noemen ze dat zwangerschapsverlof," merkte Arthur geïrriteerd op omdat ze weer niet enthousiast was.

„Daar heb je gewoon recht op, evenals op je vakantie. Bij mij op kantoor werkt een vrouw die eerst zwangerschapsverlof had, toen bevallingsverlof, daarna nam ze ouderschapsverlof op en vervolgens al haar vakantiedagen. In totaal heeft ze een jaar niet gewerkt."

„Daar moet ik niet aan denken. Trouwens, op een kantoor zal dat makkelijker gaan dan in ons huis. Behalve de administratie, waar eventueel nog een uitzendkracht voor ingeschakeld kan worden, doe ik natuurlijk duizend-en-één andere dingen."

„Onbetaald," gooide Arthur daar tussendoor.

„Mijn salaris is prima, ik heb niets te klagen."

„Daar gaat het niet om. Jouw salaris is gebaseerd op achtendertig uur per week werken. Je draait echter veel meer uren, dus zou je ook meer uitbetaald moeten krijgen."

„Mijn werk is niet uit te meten in een bepaald aantal uren, vooral niet omdat ik er ook woon, dus automatisch ook 's avonds en in de weekenden te maken heb met de meisjes. Als ze behoefte hebben aan een gesprek zeg ik niet dat ze tot maandagochtend moeten wachten."

„Dat bedoel ik juist," zei Arthur triomfantelijk. „Je zou die extra uren bij moeten houden, dat is overwerk."

Marcella tikte op haar voorhoofd, een gebaar dat hij niet bepaald kon waarderen. „Ik hou van mijn werk, ik voel me betrokken bij de meisjes en ik verdien genoeg, dus daar ga ik echt niet over zitten zeuren."

„Dat klinkt heel leuk, maar toekomst zit er natuurlijk niet in. Wat kun je er nu mee bereiken? Je zou moeten gaan studeren, Marcella."

„Waarom zou ik?" Marcella was oprecht verbaasd bij dit voorstel. „Ik heb het in het huis enorm naar mijn zin."

„Het is een leuk baantje voor even," zei hij neerbuigend. „Maar een carrière kun je het natuurlijk niet noemen. Nederland zit te springen om ambitieuze vrouwen die bereid zijn om hard te werken en iets te bereiken. De goede instelling heb je daar al voor, want je bent niet te beroerd om extra uren te draaien, je moet alleen nog wat zakelijker worden op dat punt."

„Nee, dank je," weerde Marcella dat af. „Ik zie er het nut niet van in om te studeren en voor het bedrijfsleven ben ik al helemaal niet geschikt. Vergeet niet dat ik ook op een administratiekantoor heb gewerkt, waar ik alleen maar achter de computer zat. Wat ik nu doe, bevalt me veel beter, juist door de afwisseling en door de voldoening die je voelt als je iemand hebt kunnen helpen. Dit werk leeft veel meer, het is persoonlijker."

„Je verdient nog niet de helft van wat ik per maand heb."

„Hè Arthur, hou erover op. Alsof geld alles is in het leven. Het mooiste is natuurlijk een baan die je met hart en ziel kunt uitvoeren en waar ook nog eens een dik salaris tegenover staat, maar dat is slechts voor weinigen weggelegd. Als ik moet kiezen, ga ik echter liever voor de voldoening en niet voor het geld. Ik verdien trouwens behoorlijk. Het is minder dan in mijn vorige baan, maar per saldo hou ik veel meer over omdat ik kost en inwoning vrij heb, dus ik heb helemaal geen klagen. Jij zit anders in elkaar, dat weet ik, maar dat is geen reden om mijn mening niet te respecteren."

„Ik wou je alleen maar helpen," zei Arthur stijfjes.

„Nee, je wilt me veranderen zodat ik meer aan jouw wensen tegemoet kom," legde Marcella de vinger op de zere plek.

Niet voor het eerst bedacht ze dat zij en Arthur heel veel van elkaar verschilden. Hij was zakelijk, ambitieus en rationeel, terwijl zij gevoelig en zorgzaam was en weinig waarde hechtte aan materieel bezit. Toch vormde dat geen probleem voor hun relatie, al waren er wel eens wat irritaties over en weer, zoals vandaag. Maar dat kwam in iedere relatie voor. Tenslotte waren zij en Joris ook heel verschillend geweest, stelde Marcella zichzelf gerust. Ze stond er even niet bij stil dat die relatie totaal verkeerd was afgelopen.

Ze hield van Arthur en was gelukkig met hem, de rest was van minder belang.

„We hebben een nieuwe bewoonster," vertelde Wilma aan Marcella. „Laura Heldeman, zestien jaar en vier maanden zwanger. Ik heb haar de oude kamer van Nancy gegeven."

„Weggelopen van huis?" informeerde Marcella. Dat was schering en inslag bij de meisjes die in het huis bivakkeerden.

„Samen met haar vriendje," zei Wilma.

Marcella keek verbaasd op. „O? Dat horen we niet vaak. Wat doe je met die jongen? Blijft hij ook hier?"

„Nee, natuurlijk niet, hoewel hij vast van plan is om Laura vaak op te komen zoeken. Maar ja, hij is zelf pas zeventien, dus of daar veel van terecht komt? Ik betwijfel het, al weet je het natuurlijk nooit zeker. Laura heeft haar ouders nog niets verteld. Ze komt uit een streng christelijk milieu en durft eenvoudigweg niets te zeggen uit angst voor de reacties van haar ouders. Haar vaders handen schijnen nogal los te zitten, heb ik begrepen."

„Hm. Ik heb inmiddels de ervaring dat de verhalen van de jongeren over hun ouders zwaar overtrokken zijn. Over het algemeen zijn het gewone, liefhebbende mensen, maar zodra ze ook maar iets verbieden worden ze door hun kroost bestempeld als superstreng en ouderwets," meende Marcella.

„Toch moeten we het serieus nemen. Milo, het bewuste

vriendje, komt trouwens uit eenzelfde milieu en ook hij durft thuis niet met de waarheid voor de dag te komen. Allebei hun ouders hebben trouwens geen idee van hun relatie met elkaar."

„Waar zijn ze nu?"

„Ze zijn samen in de tuin aan het wandelen, Milo moet over een kwartiertje weg. Natuurlijk moeten Laura's ouders ingelicht worden, maar ik heb ze nog niet kunnen bereiken. Volgens Laura zijn ze een dagje weg met hun kaartclub en ze weten niet beter dan dat hun dochter braaf vanuit school naar huis gekomen is en daar vanavond op ze wacht."

„Dat zal dan behoorlijk tegenvallen. Bel je ook naar de ouders van Milo?" wilde Marcella weten.

„Nee," antwoordde Wilma beslist. „Dat zijn onze zaken verder niet, wij hebben alleen te maken met Laura. Zij verblijft hier, Milo niet."

„Toch klopt dat ergens niet. Hij heeft net zo goed zijn verantwoordelijkheid. Enfin, het is al heel wat dat hij haar niet direct in de steek heeft gelaten. Dat hebben we in ieder geval nog niet meegemaakt hier," meende Marcella terwijl ze opstond. „Verder nog bijzonderheden? Dan ga ik nu kennis met haar maken."

„Ze heeft al een behoorlijke ruzie met Gwen achter de rug. Toen die merkte dat Laura niet alleen was, maar Milo bij zich had, heeft Gwen haar even duidelijk gemaakt dat de verkering vast niet lang meer zal duren. Laura reageerde daar nogal gepikeerd op en binnen een paar seconden vlogen ze elkaar zowat in de haren."

„Daar is bij Gwen weinig voor nodig," wist Marcella somber. „Als die geen reden heeft om ruzie te maken, verzint ze wel iets. Ik heb nog nooit een meisje meegemaakt dat zo moeilijk is."

„Niet alleen voor anderen, voornamelijk voor zichzelf. Ik heb medelijden met haar," zei Wilma.

Marcella knikte. „Ik ook, maar dat maakt het niet simpeler. Is er nu echt geen manier om haar psychiatrische hulp te bieden?"

Wilma schudde haar hoofd. „Was het maar waar," ver- zuchtte ze. „Ze is nog net minderjarig, dus in principe zou haar vader haar kunnen dwingen, maar dan komt ze op een wachtlijst terecht en tegen de tijd dat ze dan aan de beurt is, is ze achttien en kan ze alsnog weigeren. Trouwens, haar vader laat niet veel aan haar gelegen liggen. Ik heb diverse gesprekken met die man gevoerd, maar hij blijft erbij dat het haar eigen schuld is. Had ze zich maar niet als een hoer moeten gedragen, zegt hij keihard."

„Leuk. Het zal je vader zijn. Ik ga kijken of ik Laura kan vin- den. Als Milo straks weg moet, kan ze wel wat gezelschap gebruiken, denk ik zo."

Marcella was een fantastische medewerkster, dacht Wilma tevreden bij zichzelf. Het was een heel goed idee gebleken om haar eerste ingeving te volgen en Marcella deze baan aan te bieden. Ze kweet zich met hart en ziel van haar taak en geen moeite was haar teveel om het de meisjes naar de zin te maken. Bovendien hield ze de administratie perfect op orde, veel beter dan Wilma zelf zou kunnen. Jammer dat ze zelf zo overhoop lag met haar gevoelens betreffende de zwangerschap. Ze beweerde dan wel zo stoer dat ze de baby waarschijnlijk af zou staan, maar Wilma had al een paar keer gezien dat Marcella onbewust haar hand beschermend op haar buik hield. Ze stond niet zo onver- schillig tegenover de baby als ze zelf dacht. Wilma hoopte maar dat Marcella zich hierin niet teveel door Arthur zou laten beïnvloeden, maar dat ze de uiteindelijke beslissing, hoe die ook uit zou vallen, helemaal zelf zou nemen.

Het onderwerp van haar gedachten was inmiddels de tuin ingelopen. Zoekend keek ze om zich heen, tot ze op het bankje bij de vijver een eenzaam figuurtje zag zitten.

„Hallo, jij moet Laura zijn. Ik ben Marcella en ik werk hier," zei ze vriendelijk terwijl ze haar een hand gaf.

Laura keek met doffe ogen naar haar op. „Laura Helde- man," mompelde ze.

„Is je vriend al weg?" vroeg Marcella. Ongevraagd nam ook zij plaats op de bank.

„Hij moest op tijd thuis zijn," antwoordde Laura afwezig.

„Zodat zijn ouders er niet achter komen wat hij gedaan heeft," begreep Marcella. „Vind je dat niet een beetje laf? Jouw ouders worden vanavond ook ingelicht over wat er aan de hand is."

„Milo is niet laf!" beet Laura fel van zich af. Ze stond op en keek Marcella met vijandige ogen aan. „Je weet er helemaal niets vanaf! Milo is een schat en hij houdt van me. Zodra hij klaar is met zijn studie gaan we trouwen, maar als zijn ouders erachter komen dat hij iemand zwanger heeft gemaakt, trekken ze hun handen van hem af en kan hij niet verder studeren. Dan moet hij ergens een baantje gaan zoeken en dat zou niet slim zijn." Ze draaide zich om en liep met snelle passen in de richting van het huis.

Marcella volgde haar iets langzamer. Dat was waarschijnlijk niet zo'n beste opmerking van haar geweest, gaf ze zichzelf toe. Maar Laura had er wel érg heftig op gereageerd, alsof ze zichzelf van haar eigen woorden moest overtuigen. Ze vroeg zich af in hoeverre die Milo oprecht was, maar dat zou de toekomst uit moeten wijzen.

Bij de ingang van het huis aangekomen botste ze tegen Gregor op, die net naar buiten kwam.

„Ho," zei hij. Hij pakte haar bij haar schouders vast voor ze haar evenwicht kon verliezen en keek haar vriendelijk aan. „Niet zo haastig, dat is nergens goed voor."

„Dat kan ik net zo goed tegen jou zeggen, jij kwam naar buiten stormen," zei Marcella vinnig. Snel maakte ze zich van hem los. „Is er iemand ziek?"

„Nee, ik heb een zwangere patiënte afgeleverd."

„Alweer? Je hebt het er maar druk mee," spotte Marcella. „Wat zouden wij zonder jouw klandizie moeten beginnen?"

Gregor gaf met zijn wijsvinger een tikje tegen haar neus, zoals je bij een kind zou doen. „Kleine haaiepin," zei hij geamuseerd. „Dit is overigens niet zo'n dramatisch geval als Penny, hoewel je altijd af moet wachten hoe het afloopt. Sabrina is twintig, dus niet meer zo piepjong, maar raakte totaal in paniek toen ik haar net na een onderzoek vertelde dat ze zwanger is. Hoogzwanger zelfs, volgens mij. Een echo zal uit moet wijzen hoe ver ze precies is, maar ik kan de baby duidelijk voelen en volgens mij duurt het niet lang meer. Ze heeft al die maanden gewoon de pil geslikt en nooit iets gemerkt."

„Dat is wel iets om van te schrikken," was Marcella het met hem eens.

„Ze woont samen, maar volgens haar wil haar vriend absoluut geen kinderen en ze weet niet hoe ze hem het nieuws moet vertellen. Ze is doodsbang dat hij haar op straat zal zetten of dat hij op zijn minst woedend wordt, vandaar dat ik haar even hier gebracht heb. Johan en ik gaan nu naar die vriend toe om het hem te vertellen."

„Wat een service. Mijn huisarts zou daar niet over piekeren."

„In de stad is zoiets heel iets anders dan in een dorp. Ik ken iedereen hier persoonlijk en weet veel van de achtergronden af. Sabrina heeft het niet altijd even makkelijk gehad. Haar ouders zijn twee jaar geleden kort na elkaar overleden en sindsdien is ze bang om verlaten te worden, dus ik kan haar reactie goed begrijpen," zei Gregor.

„Succes dan," wenste Marcella. „Ik ben benieuwd hoe het afloopt."

„Ik hoop straks terug te keren met Max voor een gelukkige hereniging," glimlachte Gregor terwijl hij het portier van zijn auto opende voor Johan. Hij stak nog even groetend zijn hand op voor hij zelf ook instapte.

Marcella moest toegeven dat ze Gregor in eerste instantie totaal verkeerd had beoordeeld. Ze begon nu te begrijpen waarom zijn patiënten zo met hem weg liepen. Hij was aardig, begripvol en nam de tijd voor zijn patiënten. Zeker sinds zijn vrouw hem verlaten had en er niemand meer op hem wachtte als hij thuis kwam. Zijn werk was voor Gregor een welkome afleiding, iets wat Marcella heel goed begreep. Zelf stortte ze zich ook op haar taken in het huis, omdat ze anders maar ging zitten piekeren. Het was vandaag in ieder geval druk genoeg, met twee nieuwe bewoners in een uur tijd. Eigenlijk was dit Marcella's vrije dag, maar ze toog toch naar de keuken in plaats van naar haar eigen kamer. Daar was het een drukte van belang. Zowel Cindy, Laura en Gwen zaten aan de ronde tafel, plus een jonge vrouw die Marcella niet kende, maar waarvan ze begreep dat dit de bewuste Sabrina moest zijn. Penny was zoals gewoonlijk de grote afwezige. Zij zocht nooit het gezelschap van anderen en moest er af en toe met haar haren bijgesleept worden om te voorkomen dat ze zou vereenzamen. Wilma en Johan stonden erop dat alle bewoonsters gezamenlijk de maaltijd aan tafel nuttigden en dat deed Penny dan ook zonder mopperen, maar ze zat er altijd zwijgend bij en verdween zo snel mogelijk weer naar haar eigen kamer. Wat zij te weinig sprak, deed Gwen teveel, dacht Marcella bij zichzelf. Het meisje had gewoonlijk het hoogste woord, al kwam er niet veel aardigs over haar lippen. Ze bleef dwars en chagrijnig, al had ze ook depressieve buien waarbij ze urenlang stil voor zich uit kon zitten staren.

Cindy vond ze de leukste van het stel. Ondanks haar eenzame jeugd en de wetenschap dat haar moeder haar als een last beschouwde, was ze meestal vrolijk en behulpzaam. Volgens Johan kwam dat omdat ze erkenning zocht en het mensen graag naar de zin wilde maken, als reactie op haar moeders onverschillige gedrag. Van Laura was het nog even afwachten hoe die zich in de groep zou handhaven en Marcella was benieuwd hoe die zich zou ontwikkelen. Dat was het leuke van haar werk, al die verschillende types waar ze mee in aanraking kwam en waar ze mee om moest leren gaan. Geen enkel meisje was gelijk aan het andere en ze vereisten allemaal een eigen aanpak. Ze vond het heerlijk en dankbaar werk om te ontdekken hoe ze het beste met de meisjes individueel om moest gaan. De verhalen waren vaak schrijnend, zoals bij Gwen, maar de voldoening was enorm.

Hoe kwam Arthur er in hemelsnaam bij dat dit slechts een aardig baantje was en verder niets? Marcella voelde zich hier helemaal op haar plek en als het aan haar lag zou ze hier nog heel lang werken. Of Arthur het daar nu mee eens was of niet.

HOOFDSTUK 9

De maaltijd verliep die avond in eerste instantie rustig. Gwen kreeg plotseling, zoals wel vaker gebeurde, één van haar depressieve buien en staarde somber en zwijgend voor zich uit. Penny was altijd stil en Laura, voor wie alles nog nieuw en onwennig was, prikte lusteloos in haar eten. Sabrina keek bij ieder geluidje verwachtingsvol naar de deur, maar Johan en Gregor lieten op zich wachten. Marcella was benieuwd hoe dit af zou lopen. Haar gedachten gingen terug naar de dag dat ze zelf haar zwangerschap ontdekte. Zij had toen ook geen flauw benul gehad hoe Joris zou reageren en had zich afgevraagd of hij blij of kwaad zou zijn. Ze hoopte dat het voor Sabrina beter af zou lopen dan voor haar indertijd.

Alleen Cindy babbelde er zoals gewoonlijk op los. Zij was altijd vrolijk en opgewekt en verlevendigde iedere maaltijd met haar verhalen.

„Kan jij je mond niet eens houden?" snauwde Gwen ineens. Ze gooide haar vork op tafel en keek Cindy vijandig aan. „Iedere avond dat gekwek van jou, het hangt me mijlenver de keel uit."

„Dat is dan jouw probleem," gaf Cindy vinnig terug. Hoe aardig en vriendelijk ze over het algemeen ook was, ze liet zich beslist niet intimideren. Als het nodig was, kon ze behoorlijk goed van zich afbijten.

„Je zou eens wat meer rekening met anderen kunnen houden," zei Gwen kort en met een bijtende ondertoon in haar stem.

Cindy lachte honend. „En dat moet jij zeggen! Meid, jij bent de stoorzender hier in huis, ik niet. Ga op je eigen kamer zitten als mijn gezelschap je niet bevalt."

„Ophouden!" kwam Wilma streng tussenbeide. Ze greep niet snel in als er onenigheid tussen de meisjes onderling ontstond, maar tijdens de maaltijden wenste ze geen ruzie. Meestal maakte het genoeg indruk als ze haar stem verhief, dit keer hielp het niet.

„Dat maak ik zelf wel uit," gilde Gwen over haar toeren. „Zij mag wel voortdurend praten over van alles en nog wat, maar er mag door een ander vooral niets over gezegd worden. Cindy is het lievelingetje hier, dat weten we allemaal, maar dat is geen reden om mij de mond te snoeren."

„Kalmeer een beetje," verzocht Wilma in een poging het obstinate meisje tot rede te brengen. „Met dergelijke klachten kun je altijd naar me toe komen, maar we handelen dat niet op deze manier af. Nu zijn we aan het eten."

„Ik hoef niet meer." Met een gebaar vol walging schoof Gwen haar bord weg. Door de ruwe manier waarop dat gebeurde, ging de helft van haar eten over de tafel. Vervolgens stond ze met een bruusk gebaar op. „Ik ga naar mijn kamer, ik heb geen behoefte meer aan jullie gezelschap."

„Doe normaal," riep Cindy haar na. „Je gedraagt je alsof jij het hier voor het zeggen hebt, maar we zitten allemaal in hetzelfde schuitje, hoor. Jij hoeft echt niet met fluwelen handschoentjes aangepakt te worden. Zoek liever hulp voor je problemen in plaats van ze op anderen af te reageren."

Gwen, die net de keuken uit wilde lopen, bleef in de deuropening staan en draaide zich om. De blik die ze Cindy toewierp, bevatte pure haat, zodat iedereen ervan schrok. Zelfs Wilma, die toch heel wat gewend was.

„Ik krijg jou nog wel," zei ze. Het klonk zacht, maar juist daardoor enorm onheilspellend. Er ging een dreiging van haar woorden uit die Cindy even deed huiveren. Gwen glimlachte triomfantelijk toen ze dat zag. Zonder verder nog iets te zeggen, liep ze kalm weg, de rest verbijsterd achter latend. Even wist niemand iets te zeggen, want Gwens woorden hadden diepe indruk gemaakt. Het had niet als een loos dreigement geklonken.

„Mag ik ook van tafel?" vroeg Penny zacht. „Ik heb niet zo'n trek meer."

Wilma keek naar haar witte, betrokken gezichtje en knikte. Penny kon heel slecht tegen dergelijke scènes, omdat die haar herinnerden aan alles wat ze met Marek mee had gemaakt.

„Ga maar, van gezellig samen eten is toch al geen sprake meer," zuchtte ze. Ze verontschuldigde zich tegenover de twee nieuwelingen en verzekerden hen dat dit echt niet de normale, dagelijkse gang van zaken was. „Maar met zoveel probleemgevallen bij elkaar escaleert het wel eens," voegde ze daar aan toe.

„Ik ga wel even naar Gwen toe," zei Marcella terwijl ze opstond. „Ze liep wel heel kalm weg, maar volgens mij is ze behoorlijk over haar toeren. Ik vraag me af hoe lang dit nog goed gaat, zeker voor de baby. Die moet toch ook te lijden hebben onder dit alles. Wanneer is ze ook alweer uitgerekend?"

„Nog zes weken," wist Wilma. „Net als Cindy trouwens, ze zijn ongeveer even ver. Voor jou schiet het trouwens ook op zo langzamerhand. Nog twee maanden, hè?"

„Zoiets, ja." Marcella zuchtte. Ze praatte liever niet over haar eigen zwangerschap, nog steeds niet. Desondanks leefde ze heel erg mee met de anderen.

Laura monsterde Marcella's buik. „Ik kan me niet voorstellen dat ik er over enkele maanden ook zo uit zal zien."

„Dat hoeft niet," kwam Sabrina nu. Het was het eerste dat ze zei sinds ze aan tafel waren gegaan. „Kijk maar naar mij. Volgens dokter van Ginderen ben ik al zo'n beetje aan het eind, maar ik ben amper aangekomen. Ik kan bijna al mijn gewone kleren nog aan."

„Hoe voel jij je eigenlijk?" wilde Wilma weten. Ze keek Sabrina opmerkzaam aan. De jonge vrouw zag er grauw uit, vond ze. Af en toe kneep ze haar ogen dicht alsof ze pijn had.

„Ik heb kramp in mijn buik," bekende Sabrina nu. „Niet constant hoor, maar het komt wel steeds terug. Het is de dat de dokter me verteld heeft dat ik zwanger ben, anders zou ik denken dat ik ongesteld moet worden. Zo ongeveer voelt het, alleen heviger. Denk je dat hij zich vergist heeft?"

Ze keek hoopvol in het rond, maar zag alleen maar bezorgde gezichten.

„Ik denk eerder dat jouw bevalling begonnen is," zei Marcella langzaam. Ze vergat op slag haar voornemen om naar Gwen toe te gaan.

„Hopelijk komen Johan en Gregor snel terug," zei Wilma. Haar wens kwam direct uit. Ze was nog maar amper uitgesproken of de keukendeur vloog open en een onbekende jongeman stormde naar binnen, iets rustiger gevolgd door Johan en Gregor.

„Sabrina!" De man pakte haar vast en trok haar uit de stoel. Zijn armen sloten als een bankschroef om haar heen en hij begon haar te overladen met zoenen. „Doe me dat nooit meer aan. Ik werd gek van ongerustheid toen je maar niet thuis kwam. Ik heb al je vriendinnen al gebeld om te vragen of zij wisten waar je was."

„Maar Max, ik…"

„St, het is al goed. Ik weet wat er aan de hand is en het maakt me helemaal niets uit. Samen krijgen we dat kindje wel groot," onderbrak Max haar.

„Weet je dat zeker? Meen je dat?" Sabrina lachte en huilde tegelijk.

„Lieverd, als ik jou maar niet kwijtraak, daar heb ik alles voor over."

„Maar… Je hebt altijd gezegd dat je geen kinderen wilt."

„Toen wist ik nog niet dat jij in verwachting was," zei hij onlogisch.

„O Max!" Geëmotioneerd sloeg Sabrina nu op haar beurt haar handen om zijn nek. „Ik ben zo bang geweest dat je me in de steek zou laten."

„Hoe zou ik dat kunnen? Ik hou van je," verzekerde hij haar.

„En de baby?"

„Daar zal ik ongetwijfeld ook van gaan houden. Tenslotte is hij of zij van ons samen. Dat komt wel goed schat, maak je niet ongerust, tenslotte hebben we nog alle tijd om ons voor te bereiden. Wanneer wordt ons kind geboren?"

„Nu," fluisterde Sabrina angstig. Ze kromp ineen toen een felle wee door haar lichaam scheurde. Het werd ineens menens.

„Wat zeg je?" Max verbleekte en keek verstard toe hoe Gregor Sabrina te hulp schoot.

„Ik heb weeën. Al een paar uur, geloof ik, maar nu wordt het wel heel erg," kreunde ze. Weer dook ze in elkaar.

„Dit gaat heel snel," constateerde Gregor. Hij wenkte Johan naderbij. „Help me om haar op een bed of een bank te leggen, want het ziekenhuis halen we niet meer."

Samen brachten ze Sabrina naar een slaapkamer op de begane grond, die momenteel niet bewoond werd. Zwaar leunde ze tussen de mannen in, af en toe ineen krimpend van de pijn. Kleine zweetdruppeltjes parelden op haar voorhoofd. Max stond nog steeds als een standbeeld in de keuken, te beduusd om iets te doen, terwijl Wilma haastig wat handdoeken, een kruik en kleertjes pakte. Emma was op Gregors bevel op weg naar zijn auto om zijn dokterskoffer te pakken.

„Gaat het?" vroeg Marcella aan Max. Meelevend legde ze een hand op zijn schouder.

„Ik weet het niet." Hij schudde zijn hoofd, niet bevattend wat er allemaal gebeurde. „De dokter heeft gezegd dat ze een kind moet krijgen, maar niet dat het al zo snel zou zijn. Ik begrijp er niets van. Een zwangerschap duurt toch negen maanden?" Hij keek haar hulpeloos aan en onwillekeurig begon Marcella te grinniken.

„Deze heeft ook negen maanden geduurd, hoor, het is geen wereldwonder," verzekerde ze hem. „Omdat Sabrina al die tijd gewoon de pil heeft geslikt, heeft ze niet geweten dat ze zwanger was. Ze is ook niet echt dik geworden in die tijd. Niet zoals ik." Ze staarde even langs haar eigen lichaam naar beneden. Haar buik stak enorm uit en belette haar het zicht op haar tenen. „Als dat wel het geval was geweest, was er waarschijnlijk wel eerder een lampje gaan branden bij jullie," zei ze met een glimlach.

„Maar wat moet ik nu doen?"

„Meende je wat je net zei?" vroeg Marcella.

Max knikte heftig, alsof hij bang was dat ze aan zijn woorden twijfelde.

„Dan maakt het toch ook niet uit of de baby nu geboren wordt of over enkele maanden?"

„Nee, waarschijnlijk niet," zei hij verward.

„Ga dan snel naar haar toe, anders mis je het meest belangrijke moment uit jullie leven," adviseerde Marcella hem. „Hier de gang in, tweede kamer rechts."

„O ja. Ja, natuurlijk," stotterde Max. Hij spurtte de bewuste kamer in en Marcella keek hem lachend na. Arme jongen, het viel ook niet mee voor hem. Horen dat je vader zou worden en nog geen uur later dat wonder al meemaken, het was niet vreemd dat hij van slag af was!

„Spannend, hè?" genoot Cindy. Zij en Laura zaten nog steeds aan de grote keukentafel. Met grote ogen volgden ze de gebeurtenissen rondom hen. Het was plotseling een chaotische toestand in het huis. Emma kwam binnen rennen met Gregors koffer, Wilma maakte een wiegje, waar ze er een aantal van in voorraad hadden, in orde en Johan had de taak op zich genomen om koffie te zetten. Daar zou iedereen straks wel aan toe zijn, vermoedde hij.

Marcella stak haar hand uit naar de rinkelende telefoon en meldde zich.

„Hai, met mij," klonk Arthurs bekende stem in haar oor. „Moet je luisteren. Een vriend van me was uitgenodigd voor de première van die nieuwe musical vanavond, maar hij is plotseling verhinderd en heeft zijn kaartjes aan mij gegeven. Wat vind je ervan? Het belooft een spectaculaire avond te worden. Het is een galapremière, dus dan weet je het wel. Het wemelt er van de bekende Nederlanders en de pers is uiteraard ook aanwezig. Red je het om over drie kwartier klaar te staan?" Zijn stem klonk enthousiast.

Marcella sloot haar ogen. Natuurlijk klonk zo'n onverwachts uitstapje heel aantrekkelijk, zeker naar een dergelijk evenement, maar ze moest er niet aan denken om zich nu nog helemaal op te doffen om straks stalend op de rode loper te verschijnen. Trouwens, daar had ze veel meer tijd voor nodig dan drie kwartier, dacht ze bij zichzelf. Zoals ze zich nu voelde, zou een week nog niet genoeg zijn om zich toonbaar te maken. Ze was doodmoe. Ze had overigens absoluut geen enkel kledingstuk dat in aanmerking zou komen om gedragen te worden naar een galapremière. Het enige wat haar nog goed paste, was het oude joggingpak dat ze nu droeg.

„Dat gaat niet," antwoordde ze dan ook. „Er ligt hier momenteel iemand te bevallen, dus ik kan niet weg."

„Daar heb jij toch niets mee te maken?" zei Arthur geërgerd. „Het is vijf uur geweest, Marcella, jouw dagtaak zit erop."

„Het is hier een gekkenhuis, ik kan niet zomaar weglopen. Trouwens, ik voel er weinig voor," zei Marcella eerlijk. „Ik heb totaal niets om aan te trekken, ik zie er niet uit en ik ben hartstikke moe."

Even viel er een stilte aan de andere kant van de lijn. „Te moe om met mij uit te gaan, maar niet te moe om te werken?" klonk het toen.

Marcella zuchtte diep. Zo klonk het inderdaad nogal cru, moest ze toegeven. „Ik hoef niet persé te werken, maar ik kan en wil niet zomaar weg. Het is een chaotische toestand hier, bovendien hebben we een nieuwe bewoonster die nodig even op haar gemak gesteld moet worden. Het arme kind weet niet wat haar overkomt."

„Ik begrijp het al. Alles is belangrijker dan ik. Fijn dat ik weet waar ik aan toe ben," zei Arthur ironisch.

„Probeer het alsjeblieft te begrijpen," verzocht Marcella. „Ik ben zeven maanden zwanger en behoorlijk moe. Me nu helemaal optutten om stralend aan jouw arm te verschijnen is me gewoon te veel, dat red ik niet. Je zou trouwens weinig eer met me inleggen in mijn oude joggingpak."

„Dat lijkt me inderdaad niet zo geslaagd, nee. Die zwangerschap van jou vind ik overigens behoorlijk lastig worden. Mijn vakantieplannen moesten de ijskast al in, nu dit weer.

Ik heb het zo langzamerhand gehad, Marcella," zei Arthur kortaf.

„Ik zal de baby vragen wat eerder geboren te worden, omdat dat jou beter uitkomt," gaf ze ironisch terug.

Hij reageerde niet op die opmerking, groette alleen kort en verbrak de verbinding. Langzaam legde ook Marcella de hoorn op de haak.

„Problemen?" informeerde Johan.

„Zo kun je het niet noemen," hield Marcella zich groot. „Arthur inviteerde me voor een avondje uit, maar ik heb geen zin."

„En nu is hij beledigd," begreep Johan. „Ik ken mijn neefje. Niks van aantrekken, morgen is dat weer over bij hem."

„Dat hoop ik," zei Marcella. Ze vond het vervelend dat hij kwaad op haar was, maar ze moest er nu echt niet aan denken om in vol ornaat de deur uit te gaan.

Net als hij, wenste ze dat de tijd vleugels zou krijgen en haar zwangerschap snel achter de rug zou zijn. Dan konden ze pas echt samen opnieuw beginnen, hetzij met zijn tweeën, hetzij met zijn drieën, al naar gelang Arthur zou reageren als hij de baby eenmaal zou zien. Een klein stukje van haar hart hoopte nog steeds dat hij overstag zou gaan en zou verklaren dat het hem niet uitmaakte dat hij niet de biologische vader was, dat hij toch wel van het kind hield omdat het van haar was. Een ander deel van haar hart verlangde echter naar de tijd dat ze haar leven kon voortzetten zonder de last van een kind op haar schouders. Het afstaan voor adoptie en dan écht opnieuw beginnen, met een schone lei. Net doen of al die jaren met Joris niet bestaan hadden.

Haar gedachten werden onderbroken door een iel kinderhuiltje. Verrast draaide iedereen zijn gezicht naar de deur, alsof ze verwachtten dat de nieuwe wereldburger daardoor naar binnen zou komen lopen.

„Het is een jongen," kwam Wilma even later vertellen. Ze zag er beduusd uit. „Wie had dat een uur geleden kunnen denken? Hij is helemaal gezond, volgens Gregor."

„Met Sabrina ook alles goed?" vroeg Johan.

Wilma knikte opgelucht. „Ja, het was een supersnelle bevalling. Dat klinkt heel prettig, maar ze had het behoorlijk zwaar. Ze heeft zich er echter prima doorheen geslagen."

„En Max?"

Wilma begon te lachen. „Ik heb nog nooit een gelukkigere vader gezien. Hij aanbidt zijn zoontje nu al, al wist hij een uur geleden nog niet eens dat hij vader zou worden. Het is echt ongelooflijk wat zo'n piepklein mensje teweeg kan brengen bij een mens. Al zijn stoere beweringen dat hij geen kinderen wilde, zijn als sneeuw voor de zon verdwenen. Volgens mij gelooft hij op dit moment zelf niet eens dat hij dat ooit geroepen heeft. Hij zit nu vol aanbidding met zijn zoon in zijn armen."

Marcella luisterde stil naar dit relaas. Het kon dus inderdaad dat iemand plotseling van gedachten veranderde na de geboorte van een kind, dat bleek nu wel weer. Max was volledig omgeslagen, dat kon bij Arthur dus ook gebeuren straks. Ze wist alleen zelf niet waar ze op moest hopen, wat het beste was. Het kind dat in haar lichaam dapper doorgroeide, betekende nog steeds niets voor Marcella. Ze zag haar buik groeien en voelde de baby bewegen, maar ze had er geen voorstelling bij. Fantaseren over hoe haar kindje eruit zou zien, deed ze nooit en evenmin maakte ze plannen voor de toekomst. Eerst bevallen, dan de rest. Die gedachte hield haar inmiddels al zeven maanden op de been, want anders kon ze het niet overzien. Haar leven had zo'n andere wending genomen sinds de ontdekking van haar zwangerschap dat ze af en toe nog niet kon geloven dat het allemaal echt gebeurd was.

„Sabrina en Max blijven vannacht hier," vertelde Wilma verder. „Gregor wil liever niet dat ze nu weggaat, omdat de kans op nabloedingen bij een snelle bevalling altijd groter is. Bovendien hebben ze natuurlijk helemaal niets in huis voor een baby en ze hebben geen idee hoe ze hem moeten verzorgen. Morgen regelt hij kraamzorg voor ze en dan gaan ze naar hun eigen huis."

„Dat is goed. Wij hebben wel genoeg luiers, voeding en kleertjes liggen om ze de eerste dagen door te helpen," bedacht Johan. „Dan hoeft Max niet onmiddellijk achter een uitzet aan en kan hij eerst even bijkomen van alle emoties."

„Geloof dat maar niet," lachte Wilma. „Het liefst zou hij nu al naar een babyzaak stappen om zijn zoon helemaal in de nieuwe spullen te steken. Hij had het al over voetbalschoenen."

Johan schudde zijn hoofd. „Over impulsief gesproken. Enfin, beter zo dan andersom. Iedereen koffie? Ik zal voor Gregor, Max en Sabrina ook maar inschenken. Marcella, jij ook?"

„Nee, ik ga eerst naar Gwen," besloot Marcella. „Daar is niets van gekomen door al die toestanden ineens. Het arme kind zal zich wel heel alleen en ongelukkig voelen nu."

Daar was echter weinig van te merken. Gwen zat met een ondoorgrondelijk gezicht te lezen en reageerde amper op Marcella's komst.

„Gaat het weer een beetje met je?" vroeg Marcella bezorgd.

„Met mij is niets aan de hand," antwoordde Gwen afwerend.

„Je leek me anders behoorlijk overstuur."

„Ik was niet overstuur, ik was kwaad," verbeterde Gwen haar. „Dat stomme kind zit altijd maar te kletsen over niets, daar wordt een normaal mens gestoord van. Je had overigens wel eens wat eerder naar me toe kunnen komen als je zo bezorgd bent. Dat hele incident is al uren geleden."

„We hadden een plotselinge noodtoestand beneden," verontschuldigde Marcella zich. „Sabrina is bevallen, hier in huis. Het ging ineens zo snel dat ze niet meer vervoerd kon worden."

„O," was Gwens lauwe reactie. „Ja, dat gaat natuurlijk voor. Zoals alles en iedereen altijd voor gaat, mijn welzijn komt op de laatste plaats."

„Dat is niet waar. We willen je allemaal helpen," zei Marcella onmiddellijk. „Maar je geeft ons zo weinig kans. Waarom wil je niet naar een psychiater?"

„Ik ben verkracht, niet gek."

„Je hoeft je niet te schamen voor psychische problemen," probeerde Marcella voorzichtig. Het was niet voor het eerst dat ze door Gwen probeerde door te dringen.

„Ik heb geen zielenknijper nodig, ik dop mijn eigen boontjes wel," weerde Gwen stug af. „Die Cindy is nog lang niet van me af."

Er kroop een koude rilling over Marcella's rug. Gwen was iets van plan, dat was duidelijk. Ze keek als een kat die een vogel te pakken had.

„Waarom doe je zo?" vroeg ze zich af. „Cindy heeft je niets gedaan, ze is juist altijd even vriendelijk."

„Ach ja, de lieve, heilige Cindy, waar vooral niemand aan mag komen," hoonde Gwen. „Altijd even aardig en bescheiden, het lievelingetje van iedereen. Bah, ik walg van dat kind! Iedereen kijkt haar naar de ogen en geen moeite is teveel voor haar."

„Je bent jaloers," constateerde Marcella kalm. „Maar waarom? Cindy is hier ook niet voor niets, jullie hebben allemaal je problemen."

Gwen maakte een verachtelijk gebaar met haar hand. „Ga haar kleine zorgjes nou niet vergelijken met wat ik moet doorstaan, alsjeblieft. Dat kind weet niet eens wat moeilijkheden zijn, maar daar komt ze binnenkort wel achter."

Marcella zweeg, want ze wist absoluut niet wat ze hier tegenin moest brengen. Ze kreeg geen vat op Gwen, wat ze ook zei. De moeheid die ze al eerder gevoeld had, sloeg ineens in volle hevigheid toe. Ze wankelde even toen ze opstond en er verschenen zwarte vlekken voor haar ogen. Haar hoofd gonsde.

„Ik hoop dat je nadenkt voor je iets doet waar je later spijt van krijgt," zei ze zwak.

Gwen grijnsde alleen maar en met een onbehaaglijk gevoel liep Marcella terug naar beneden.

„Kijk uit." Gregor was net op tijd bij haar om haar op te

vangen voor ze van de laatste treden van de trap afviel.

„Sorry, ik ben een beetje duizelig." Marcella streek met een vermoeid gebaar het haar van haar voorhoofd af. Haar ogen stonden dof, zag Gregor bezorgd. „Hoe is het met moeder en kind?"

„Die maken het prima, in tegenstelling tot jou, zo te zien. Waarom ga je niet lekker je bed in? Volgens mij vergeet jij af en toe even dat je ook zeven maanden zwanger bent."

„Dat vergeet ik het liefst zoveel mogelijk," zei Marcella kort. Ze glipte langs hem heen voor hij kon vragen wat ze daarmee bedoelde. Maar hij had wel gelijk, ze kon inderdaad beter naar bed gaan, moest ze zichzelf bekennen. Ze was zo moe dat ze het gevoel had dat ze ieder moment om kon vallen.

Ze wenste iedereen welterusten en ging nog even bij Sabrina kijken voor ze opnieuw de trap naar haar eigen kamer opging. Ze vond een stralend gelukkig echtpaar, dat met blossen van opwinding naar hun pasgeborene keek. Marcella feliciteerde ze en stapte even later met gemengde gevoelens haar bed in. Sabrina had er zo gelukkig uitgezien. Was dat wat een kind met je deed? Ze wist het niet. Automatisch gleden haar handen over haar eigen dikke buik, maar ze voelde er niets bij. De baby reageerde met wild getrappel op de aanraking, maar Marcella's hart bleef leeg.

HOOFDSTUK 10

De volgende ochtend kwam Marcella erachter wat Gwen bedoeld had met haar dreigementen. Nog voor de ontbijttafel helemaal gedekt was, rinkelde de telefoon al. Het bleek iemand van een roddelblad te zijn.

„Wij hebben informatie binnen gekregen dat actrice Irene van der Mortel een veertienjarige dochter zou hebben, die zwanger is en bij u in het tehuis verblijft," zei een keurige stem. „Klopt dat?"

„Daar kan ik u geen antwoord op geven," zei Marcella haastig. Misschien iets té haastig, dacht ze meteen spijtig bij zichzelf. Waarschijnlijk had ze beter net kunnen doen of ze heel erg verbaasd was om het daarna glashard te ontkennen.

„Dan klopt het dus," constateerde de stem aan de andere kant van de lijn droog. „Kunt u mij vertellen hoe het meisje heet en wanneer ze moet bevallen?"

„Ik zei dat ik u geen antwoord kon geven," viel Marcella scherp uit. „Zelfs als dit verhaal waar zou zijn, zou ik dat noch ontkennen, noch bevestigen. Ik weet gewoon nergens van."

„Maar ik weet in ieder geval voorlopig even genoeg en achter de rest komen we ook nog wel," hoorde ze nog net voor ze de verbinding verbrak.

Het zweet brak haar uit. Nu dit weer. Alles kwam wel tegelijk de laatste dagen. De ene complicatie na de andere stapelde zich op. Enfin, het beste kon ze nu maar meteen Cindy waarschuwen en Wilma en Johan inlichten. Voor ze dat deed, keek ze echter eerst even om het hoekje bij Sabrina en Max. Ze waren al wakker, maar lagen nog wel in bed. Kleine Thijs lag pontificaal tussen hen in, met zijn oogjes gesloten en zijn vuistjes gebald naast zijn hoofdje.

„Hij is vannacht maar één keer wakker geworden voor zijn voeding," vertelde Sabrina trots. „Goed, hè?"

„Het is een modelbaby," prees Marcella. „Hoe is het nu met jullie?"

„Ik geloof het nog steeds niet helemaal," bekende Max. „Ik heb steeds het idee dat ik nog slaap en het allemaal niet echt is gebeurd, maar dat ik het gedroomd heb."

„Als het dan maar geen nachtmerrie is," lachte Marcella.

Hij schudde resoluut zijn hoofd. „Dat zeker niet. Ik kan me het leven nu al niet meer zonder Thijs voorstellen, hoe gek dat misschien ook klinkt. Het is net of hij er altijd geweest is."

„Hoe reageerde jullie familie eigenlijk?" wilde Marcella nieuwsgierig weten. „Die zullen wel verrast geweest zijn."

„Dat is zacht uitgedrukt," lachte Sabrina. „Het liefst hadden ze hier allemaal gisteravond al op de stoep gestaan, maar dat hebben we gelukkig tegen kunnen houden."

„Het had best gemogen hoor. Geen hordes tegelijk natuurlijk, maar bijvoorbeeld jullie ouders hadden best kunnen komen."

Sabrina's gezicht betrok. „Mijn ouders leven niet meer," zei ze.

Marcella kon zichzelf wel voor haar hoofd slaan. Dat had Gregor haar verteld, herinnerde ze zich. Dat was één van de redenen waarom Sabrina zo bang was dat Max haar zou verlaten, omdat ze kort na elkaar allebei haar ouders had verloren en dat nog niet verwerkt had.

„Mijn ouders wonen aan de andere kant van het land," zei Max snel, om de gespannen stilte die er viel op te vullen. „Ze komen straks naar ons huis toe en blijven dan een week logeren, zodat ze ons kunnen helpen met de verzorging van Thijs. Ik heb vannacht geprobeerd hem een luier om te doen, maar dat ging niet echt handig." Hij maakt een verontschuldigend gebaar met zijn handen.

„Dat leer je snel genoeg, over een paar dagen weet je al niet meer beter," troostte Marcella hem.

„Mijn zus werkt bij zo'n tijdschrift voor jonge ouders, die heeft ons al een abonnement beloofd. Er schijnen heel wat tips in zo'n blad te staan," zei Sabrina. „Ze riep trouwens meteen dat mijn bevalling een prima verhaal oplevert voor het blad en dat ik er maar rekening mee moet houden dat er vandaag of morgen een journalist en een fotograaf bij me langs komen." Ze wierp een blik uit het raam waarvan Marcella net de gordijnen open had geschoven en veerde overeind. „Daar zijn ze al! Jeetje, dit had ik niet verwacht, zo vroeg op de morgen."

„Ik ben bang dat die hier niet voor jullie zijn," zei Marcella, die haar blik had gevolgd. Een aantal mannen met grote fototoestellen, voorzien van telelenzen, kwam het terrein op. In de verte zag ze zelfs een busje aan komen rijden met het logo van een bekend shownieuwsprogramma erop. Ze haastte zich naar de vleugel waar Wilma en Johan hun privé vertrekken hadden en lichtte ze snel in over het telefoontje dat ze even daarvoor gekregen had.

„Het nieuws schijnt zich heel snel te verspreiden en alle persmuskieten van verschillende bladen en programma's storten zich erop," berichtte ze somber.

Meteen daarna schalde de bel door het huis.

„Ik ga wel. Hou jij Cindy uit de buurt," zei Johan.

Op dit vroege tijdstip was Cindy nog op haar eigen kamer. Marcella rende, voor zover haar omvang dat toeliet, de trap op. In een flits zag ze dat de deur van Gwens kamer snel gesloten werd, maar ze ving nog net de triomfantelijke blik van het meisje op. Dus dat was het, begreep ze meteen. Ze hoefden zich niet langer af te vragen hoe de pers dit nieuwtje aan de weet gekomen was. Waarschijnlijk had Gwen alle roddelbladen en tv-stations ingelicht, te zien aan het aantal mensen dat zich inmiddels op de inrit verzamelden. Een blik uit het raam vertelde Marcella dat uit het busje nu een grote camera geladen werd.

Cindy bleek nog te slapen, maar Marcella schudde haar wakker en vertelde haar wat er aan de hand was.

„Het beste kun je voorlopig even op je kamer blijven, met de gordijnen dicht," adviseerde ze. „Je weet nooit wat ze door de ruiten heen voor foto's kunnen schieten, zeker beneden met al die grote ramen."

„Maar hoe kunnen ze dit nou opeens weten?" vroeg Cindy

zich af. „Mijn moeder zal absoluut haar mond niet voorbij gepraat hebben."

„Zoiets weet je nooit," antwoordde Marcella luchtig. Het leek haar beter om Cindy niet op de hoogte te stellen van haar vermoedens. De hele situatie was zo al gecompliceerd genoeg. Cindy was echter ook niet dom. Haar hersens werkten op volle toeren en plotseling schoot ze overeind in haar bed.

„Gwen!" riep ze uit. „Zij heeft dit geregeld, wedden?"

„Daar kun je haar niet zonder meer van beschuldigen," probeerde Marcella te sussen, hoewel ze diep in haar hart wel beter wist. De voldane blik van Gwen had boekdelen gesproken. Ze herinnerde zich nu ook dat Gwen op de gang had gestaan op het moment dat Cindy haar, Marcella, de waarheid over haar afkomst vertelde en dat ze heel raar gereageerd had toen ze betrapt werd. Ze had toen al direct het gevoel dat er iets niet klopte, maar ze deelde deze gedachten liever niet met Cindy. Als het inderdaad waar was, waar ze eigenlijk niet aan twijfelde, was Gwen wel heel doortrapt te werk gegaan. Al die tijd had ze haar mond gehouden over wat ze te weten was gekomen, wachtend op een gelegenheid om haar kennis te spuien en zo Cindy dwars te zitten. Bah, wat ontzettend laag! Marcella liet echter niets van haar gevoelens merken. „Het is die lui hun werk om zulke nieuwtjes op te sporen," zei ze in plaats daarvan. „Je weet nooit hoe ze lucht van iets krijgen."

„Stel dat je daar gelijk in hebt, dat één journalist toevallig iets op het spoor is gekomen, dan zal hij dat heus niet delen met zijn concurrenten," weerlegde Cindy die stelling. „In dat geval wil hij zelf de absolute primeur hebben, want dat levert enorm veel geld op. Volgens jou staat er echter een hele horde journalisten en fotograven buiten."

„En lui van dat showprogramma op tv," bekende Marcella zuchtend. Ze had kunnen weten dat ze Cindy niet voor de gek kon houden, die was heel bijdehand. „Wat ga je doen?" vroeg ze toen ze zag dat Cindy uit bed sprong en zich haastig begon aan te kleden.

„De pers te woord staan," zei die grimmig.

„Doe dat nou niet, dan wordt het helemaal zo opgeblazen. Johan is al bezig met ze af te poeieren."

Met iets van medelijden in haar blik keek Cindy Marcella aan. „Je hebt echt geen idee hoe die lui te werk gaan, hè? Die laten zich heus niet zomaar afschepen, geloof me. Desnoods blijven ze weken hier in de bosjes liggen tot ze een foto van me hebben genomen. Nieuws als dit laten ze echt niet aan hun neuzen voorbij gaan."

„Ze weten niet hoe je eruit ziet," merkte Marcella terecht op.

„Des te erger. Ze zijn in staat om iedere bewoonster te fotograferen en in hun blad te zetten met als kop: 'Is dit de dochter van Irene van der Mortel?' Dat wil ik jullie en de andere meisjes niet aandoen. Het beste lijkt me om ze gewoon tegemoet te treden en de waarheid te vertellen, dan hoeven ze niet te speculeren en is dat hele circus het snelste voorbij. Trouwens, ik gun Gwen de lol niet dat ik me verborgen moet houden. Ik ben van plan om net te doen of ik blij ben dat de waarheid eindelijk aan het licht is gekomen. Tenslotte hoef ik me nergens voor te schamen. Laat Gwen maar denken dat haar eigen streek zich tegen haar gekeerd heeft en dat ze me eigenlijk een dienst heeft bewezen. Op die manier heb ik er tenminste ook nog plezier van."

Met opgeheven hoofd liep Cindy haar kamer uit en Marcella kon niets anders doen dan haar volgen. Hoewel ze betwijfelde of deze aanpak succes zou hebben, had ze toch bewondering voor de doortastende manier waarop Cindy optrad, zeker gezien haar prille leeftijd. Het was niet voor het eerst dat ze bij zichzelf dacht dat Cindy zich veel ouder gedroeg dan ze werkelijk was. Wat dat betrof had haar wonderlijke opvoeding zijn sporen wel nagelaten.

Iedereen, behalve Gwen die wijselijk nog even in haar kamer bleef en Johan, die buiten de pers te woord stond, had zich verzameld in de keuken. De meisjes praatten druk door elkaar, Wilma probeerde de boel rustig te houden en

Emma mopperde over de ongewone situatie. Niemand luisterde echter naar haar, de bewoners van het huis waren ondertussen wel gewend dat Emma mopperde, want dat deed ze bijna altijd, al bedoelde ze het goed. Met een bleek gezicht, maar kaarsrechte houding, voegde Cindy zich naast Johan, die voor de monumentale voordeur de pers te woord stond en hen ervan probeerde te overtuigen dat er niets klopte van hun informatie.

„Laat maar, ik handel dit verder wel af," zei Cindy. Ze richtte zich tot de fotograven en journalisten die op de inrit dromden. „Jullie hebben gelijk. Ik ben Cindy Martins, de dochter van Irene van der Mortel," sprak ze luid en duidelijk. „En zoals jullie allemaal kunnen zien ben ik inderdaad in verwachting." Trots stak ze haar buik naar voren.

Fototoestellen begonnen te klikken, de camera draaide en Cindy werd overstelpt met vragen. Overal gaf ze kalm en waardig antwoord op, behalve op vragen die té persoonlijk waren. Ook weigerde ze de identiteit van de aanstaande vader bekend te maken.

Johan deed hoofdschuddend een stap naar achteren, de hal in, waar de rest inmiddels ook nieuwsgierig toe stond te kijken.

„Ik had ze net zover dat ze me begonnen te geloven," bromde hij.

„Ik denk dat Cindy dit heel goed aanpakt," sprak Wilma hem tegen. Met bewondering keek ze naar het jonge meisje dat zoveel te verduren kreeg, maar daar uitermate rustig onder bleef. „Die persmuskieten hadden ons toch niet met rust gelaten, zoveel weet ik er wel vanaf. Nu ze open en eerlijk is, is voor hun de noodzaak weg om ons te blijven achtervolgen. Ik vind het heel knap van haar. Alleen vraag ik me toch wel af hoe de pers aan deze informatie komt."

„Daar ben ik inmiddels achter, maar dat hoor je nog wel," zei Marcella met een blik op de andere meisjes.

Het hele huis stond op zijn kop vanwege dit gebeuren. De meisjes reageerden vol verbazing op het feit dat Cindy een beroemde moeder bleek te hebben en ze haalden haar als een heldin binnen toen de geïmproviseerde persconferentie achter de rug was en de pers het terrein verliet.

„Hoe is het om de dochter van een actrice te zijn? Waarom woon je niet bij haar? Waarom heb je dit nooit verteld?" De ene vraag volgde de andere op. „Ik zou daar mijn mond niet over hebben kunnen houden," beweerde Laura. „Je zult wel ontzettend trots op je moeder zijn."

Cindy trok even bitter met haar mond. Haar gezicht was wit vertrokken en ze stond te trillen op haar benen. „Daar heb ik niet zoveel redenen toe," zei ze strak.

„Hoezo?" Nieuwsgierig bekeek Laura haar. „Ze is hartstikke beroemd."

„Jongens, hou op en laat Cindy met rust," bemoeide Wilma zich ermee. „Ze heeft genoeg te verwerken. Goed gedaan, Cindy, ik ben trots op je." Ze knikte het jonge meisje hartelijk toe.

„Voelde ik dat zelf ook maar zo," zei Cindy triest. De tranen sprongen in haar ogen en het was iedereen duidelijk dat het haar allemaal even te veel werd. Wilma loodste haar haastig het kantoortje in en sloot de deur onverbiddelijk voor nieuwsgierige ogen. Eenmaal onttrokken aan het zicht barstte Cindy in huilen uit. „Ik vind het zo erg," snikte ze. „Mijn moeder zal woedend zijn en nu moet ik hier natuurlijk weg."

„Van mij hoef je nergens heen," zei Wilma vriendelijk terwijl ze haar een tissue toeschoof. „Hoe kom je daar nou bij?"

„Jullie zullen geen leven meer hebben zolang ik hier verblijf," voorspelde Cindy somber. „Ook al zijn ze nu op de hoogte, ze zullen me blijven achtervolgen. Geloof me, ik heb mijn hele leven al te maken met de manier waarop de pers zijn werk doet. Van nu af aan zal ik wekelijks in de roddelbladen staan en ieder blad zal proberen de primeur te krijgen als de baby geboren wordt. De andere meisjes zullen worden overvallen door vragen als ze gewoon op straat lopen, er zullen constant camera's op het huis gericht zijn en de bladen zullen vol komen te staan met speculaties. Ik denk trouwens niet dat mijn moeder het goed zal vinden dat ik hier blijf nu algemeen bekend wordt wat er aan de hand is. Dat zal haar reputatie teveel schaden." Het klonk bitter.

„We zien wel hoe het loopt," zei Wilma beslist. Op dat moment kon ze onmogelijk overzien wat voor gevolgen dit incident zou hebben, maar ze vreesde dat Cindy wel eens gelijk zou kunnen hebben met haar sombere beweringen. „Van ons hoef je in ieder geval niet weg, dat moet je niet denken. Zelfs nieuws als dit wordt snel genoeg verdrongen door andere roddels."

Cindy bleef echter somber gestemd, al liet ze daar niets van merken toen ze terugkeerde in de keuken voor een laat ontbijt. Gwen was inmiddels ook naar beneden gekomen en ze keek Cindy met toegeknepen ogen aan.

„Hé Gwen," lachte Cindy stralend. Aan niets was te merken dat ze tien minuten daarvoor als een zielig hoopje mens had zitten huilen en Marcella dacht bij zichzelf dat Cindy heel wat weg had van haar beroemde moeder. Ze was net zo'n goede actrice. „Dit is jouw werk, hè? Hartstikke bedankt, ik kan je niet vertellen hoe opgelucht ik ben dat het eindelijk in de openbaarheid is gekomen."

„Wat bedoel je?" vroeg Gwen van haar stuk gebracht. Dit was niet de uitwerking die ze gehoopt had.

„Ik zat er al heel lang mee in mijn maag dat ik niet kon vertellen over mijn moeder," loog Cindy staalhard. „Maar ja, ik kan moeilijk opeens met zo'n verhaal naar buiten komen, want dan denkt iedereen dat je op loopt te scheppen. Gelukkig heb jij dit nu mooi voor me geregeld." Ze sloeg haar op haar schouder alsof ze de dikste vriendinnen waren.

Marcella had moeite om haar lachen in te houden bij het zien van Gwens verbouwereerde gezicht. Dit was in ieder geval één-nul voor Cindy!

„Gwen, kom je even mee naar mijn kantoor?" Johan vroeg het vriendelijk, maar Gwen herkende de harde ondertoon in zijn stem en stond gedwee op.

„Die krijgt een moeilijk half uurtje," vermoedde Marcella. „Dat heeft ze dan ook wel verdiend," meende Wilma. „Zullen we nu eindelijk gaan ontbijten?"

Het bleef een chaotische dag. Cindy was hét onderwerp van gesprek tussen de meisjes onderling en de telefoon rinkelde voortdurend. Daar tussendoor kwam er ook kraamvisite voor Sabrina en Max en kwam Gregor langs om het kersverse ouderpaar naar hun eigen huis te brengen. Het gelukkige stel had weinig meegekregen van alle commotie, zo verdiept waren ze in hun wereldwonder Thijs.

Aan het begin van de middag arriveerde Irene van der Mortel in hoogsteigen persoon op het huis, voor het eerst sinds haar dochter hier verbleef. Haar komst veroorzaakte de nodige opschudding onder de meisjes, vooral door het uiterlijk van de actrice. Haar haren waren kunstig opgestoken en ze droeg een jurk die op een societyfeest niet zou hebben misstaan. Het korte, witte bontjasje dat ze om haar schouders droeg was absoluut misplaats onder het zachte lentezonnetje, maar ontlokte bewonderende kreten aan de meisjes die met open mond voor het raam stonden te kijken naar haar aankomst.

„Dit is een grof schandaal!" viel Irene meteen uit nadat Wilma haar binnen gelaten had in het kantoor en de deur achter haarzelf, Irene en Marcella gesloten had. „Ik neem aan dat iemand hier in huis verantwoordelijk is voor het naar buiten brengen van dit nieuws en ik zal dan ook niet nalaten om juridische stappen tegen jullie te ondernemen. Cindy gaat nu onmiddellijk met me mee, ik laat haar geen minuut langer hier."

„Zou u dat nou wel doen?" vroeg Wilma kalm. „Daar is Cindy echt niet bij gebaat. Het is zeer vervelend dat dit gebeurd is, maar het zal u toch ook wel een bepaalde rust geven. In ieder geval hoeft u nu niet langer bang te zijn dat uw geheim uitkomt."

„Nee, dat is een geruststelling," zei Irene spottend. „Hebben jullie enig idee hoe schadelijk dit is voor mijn carrière? Niet alleen het feit op zich dat ik een zwangere tienerdochter blijk te hebben, maar ook dat ze in een tehuis zit en ik niet zelf voor haar zorg. Mensen die kwaad willen, kunnen dat op een hele vervelende en verkeerde manier naar buiten brengen."

„Daar had u eerder aan kunnen denken," kwam Marcella nu. Het kostte haar moeite om niet te laten merken hoe kwaad ze was op deze vrouw.

Irene draaide zich om en monsterde Marcella met een kille blik. „Dat zijn jouw zaken niet. Mijn persvoorlichter heeft er momenteel zijn handen vol aan om de schade zoveel mogelijk te beperken, ik heb Cindy nodig om aan de hele wereld te laten zien dat we een goede band hebben."

„En dan zeggen ze nog dat hun verhalen niet op leugens gebaseerd zijn," kon Marcella niet nalaten op te merken.

„Ik zal Cindy inlichten over uw komst. Het gaat overigens goed met haar, fijn dat u zoveel belangstelling toont voor haar gezondheid."

Met een klap gooide ze de deur van het kantoor achter zich dicht, kokend van woede. Dit was toch wel het toppunt! In de periode dat ze in het huis woonde en werkte had ze al heel wat meegemaakt, maar dit sloeg alles. Irene had geen greintje interesse in haar eigen dochter, maar het arme kind moest wel opdraven om haar moeders reputatie te beschermen. Diep in haar hart hoopte Marcella dat Cindy in opstand zou komen en de pers de volledige waarheid over haar jeugd en haar leven zou vertellen, maar ze wist dat Cindy dat nooit zou doen. Ondanks alles zou ze haar moeder toch beschermen en het spelletje meespelen. Misschien was dat wel beter ook, anders zou Cindy helemaal geen leven meer hebben. Tenslotte was ze voorlopig nog wel afhankelijk van haar moeder, ze was pas veertien. Cindy reageerde inderdaad zoals Marcella verwacht had. Ze nam afscheid van alle bewoners en stapte een uur later bij haar moeder in de auto, met een bleek gezicht en een doffe blik in haar ogen.

„Dat arme kind," zei Wilma medelijdend terwijl ze haar

samen met Marcella nakeek. „Ik wilde dat ik meer voor haar kon doen."

Marcella knikte. „Als Cindy echt niet mee had gewild, hadden we misschien nog wel stappen kunnen ondernemen, maar nu staan we machteloos. Die Irene staat in haar recht en Cindy gaat vrijwillig mee. Het is triest. Ik vraag me af hoe dit verder gaat."

„In ieder geval zullen we via de bladen wel te weten komen wanneer de baby geboren wordt en wat het is," merkte Wilma ironisch op. Ze bewoog haar schouders alsof ze iets van zich af wilde schudden. „In ieder geval was dit weer een zeer enerverende dag. Enfin, we hebben het weer gehad. Sabrina en Max zijn naar huis, Cindy is weg, de rust is terug. Vanavond zullen we op tv wel het nodige te zien krijgen over Cindy en Irene, maar daarna kunnen we het achter ons laten en vergeten."

Ze had het nog nooit zo mis gehad.

HOOFDSTUK 11

Die avond zaten ze met zijn allen, behalve Penny die zo min mogelijk het gezelschap van de anderen opzocht, voor de televisie, in afwachting van het programma dat dagelijks het nieuws rond de sterren in de huiskamers bracht. In het voorstukje was het al uitgebreid aangekondigd.

„Actrice Irene van der Mortel blijkt zwangere puberdochter te hebben," schreeuwde de voice over de luisteraars toe terwijl een foto van Irene werd getoond.

„Alsof het wereldnieuws is," bromde Gwen gemelijk.

„Waarom heb jij het dan openbaar gemaakt als je er zo over denkt?" informeerde Wilma met opgetrokken wenkbrauwen. „Je bent niet dom, Gwen, je wist dat het zo zou lopen. Ben je nu soms jaloers op de aandacht die Cindy krijgt?"

Gwen snoof. „Jaloers?" zei ze verachtelijk. „Ik zou niet weten…"

„St, het begint," onderbrak Laura haar. Hoewel zij pas een paar dagen in het huis verbleef en Cindy het kortste had gekend, zat ze met glinsterende ogen voor de buis. Ze vond het machtig interessant allemaal en formuleerde in gedachten al de verhalen die ze haar vriendinnen over deze kwestie zou vertellen.

Het item begon met beelden van Irene van de afgelopen jaren, terwijl de commentator in het kort haar carrière beschreef.

„Maar wie mocht denken dat Irene nog jong en onschuldig is, vergist zich heel erg," vervolgde hij toen. „Vandaag is gebleken dat de actrice niet alleen moeder is van een veertienjarige dochter, maar dat ze zelfs binnenkort oma wordt. Ja, u hoort het goed. Irene van der Mortel, die haar echte leeftijd altijd geheim heeft gehouden en van wie de meeste mensen denken dat ze vijfentwintig is, wordt oma! Haar dochter is hoogzwanger van een vroeger vriendje. Het is niet niks als je puberdochter met zo'n mededeling thuiskomt, maar volgens Irene heeft ze het van het begin af aan geaccepteerd."

Vervolgens kwamen Irene en Cindy samen in beeld terwijl ze geïnterviewd werden. Irene lachte stralend en charmant in de camera, Cindy zat er bleekjes bij.

„Hoe komt het dat niemand op de hoogte was van uw moederschap?" vroeg de journalist ronduit. „Was dat een bewuste keuze om uw imago van jonge, sexy vrouw in stand te houden?"

„Absoluut niet," antwoordde Irene zonder blikken of blozen. Ze keek recht in de camera en zag er erg overtuigend uit. „Mijn bedoeling was om mijn dochter tegen de pers te beschermen. Ik wilde niet dat ze wekelijks met naam, toenaam en foto in de bladen zou staan, ze moest normaal op kunnen groeien. Kinderen van bekende Nederlanders worden op school afgerekend op dat feit, zeker als mama of papa op tv iets gezegd heeft wat niet iedereen bevalt. Of als mama bijvoorbeeld naakt op tv is geweest, wat ik in verschillende series gedaan heb. Ik zou het vreselijk hebben gevonden als Cindy daarmee gepest was. Kinderen kunnen erg wreed zijn onder elkaar. Bovendien heb ik zelf natuurlijk de nodige ervaring met de pers, ik weet dat ze behoorlijk agressief te werk kunnen gaan."

„Met alle respect, maar is dat niet een beetje overtrokken?" vroeg de journalist. „Ik moet eerlijk zeggen dat ik het niet zo geloofwaardig vind klinken, maar dat u dit gebruikt als excuus om te verdoezelen wat uw ware leeftijd ongeveer is."

Marcella grijnsde breed bij deze vraag. Zij wist wel zeker dat die journalist gelijk had en ze vroeg zich met leedvermaak af of en hoe Irene zich hieruit zou redden. Irene had echter niet voor niets al talloze prijzen voor haar acteerprestaties in ontvangst mogen nemen, bovendien was ze uitermate goed voorbereid op dit soort vragen.

„Denkt u dat?" vroeg ze. Om haar lippen krulde een amusant lachje. „Nou, het bewijs van mijn woorden is echter vandaag wel geleverd. De pers heeft zich hier zo massaal opgestort dat we niet eens in ons eigen huis konden blijven. Cindy heeft geen stap kunnen verzetten vandaag zonder dat ze op de hielen werd gezeten en haar zeer persoonlijke vragen werden gesteld. Ik had haar dit graag willen besparen."

„Volgens onze informatie woonde Cindy niet meer bij u thuis, maar zat ze ondergedoken in een tehuis voor zwangere tieners," merkte de journalist op.

Ook hier reageerde Irene spontaan en onbevangen op. „Dat klopt. Het leek ons de beste oplossing voor haar om een tijdje weg te zijn uit de stad en tot rust te komen. Ze had een erg moeilijke tijd achter de rug, vergeet dat niet. Het viel niet mee om haar juist in deze omstandigheden weg te laten gaan, maar het ging om haar welzijn."

„Heeft u wel eens een abortus overwogen?" was de volgende vraag.

„Natuurlijk heeft die mogelijkheid door mijn hoofd gespeeld, dat lijkt me logisch. Cindy wilde dat echter niet en dan houdt het op. Je kunt een kind nooit tot zoiets ingrijpends dwingen. Ik ben blij dat ze de consequenties van haar gedrag onder ogen ziet en niet voor de makkelijkste oplossing kiest. Maar ja, ze is dan ook een dochter van mij, het zit in de genen." Bij die opmerking sloeg Irene lachend haar arm om Cindy heen en kroelde even liefkozend door haar haren.

„Vreselijk, ik word hier toch een beetje onpasselijk van," bromde Johan. „Ze mag de mensen van haar Pr wel in goud vatten, want ze komt over als een zorgzame moederkloek die alleen het beste voor haar dochter wil en dolgelukkig is met de komst van haar aanstaande kleinkind. Wat een circus, zeg."

„Stil nou," vermaande Laura hem. Het meisje zat zowat in de televisie om maar geen woord te hoeven missen.

Er werden nog enkele vragen aan Cindy gesteld en ook zij gaf keurig antwoord, op een manier die Irene alleen maar tevreden kon stellen. Ze vormden het voorbeeldplaatje van hoe een moeder en een dochter met elkaar om hoorden te gaan. Het toonbeeld van de beroemde, hechte band tussen ouders en kinderen. Vervolgens kwam Irene's manager aan het woord, die alles wat zij had gezegd nog eens bevestigde en lachend eindigde met de woorden: „Zeg nou zelf, Irene van der Mortel is toch zeker de mooiste en jongst ogende oma van Nederland? Duizenden oma's zouden wat uiterlijk betreft zo met haar willen ruilen."

Na de interviews werden er beelden getoond van die ochtend, op de inrit van het huis. De presentator uitte zijn twijfel over Cindy's logeerpartijtje in het huis en wierp enkele kritische vragen op, maar Irene had haar rol zo vol overtuiging gespeeld dat er maar weinig kijkers waren die niet met haar meeleefden.

„O kijk, dat zijn wij!" riep Laura opgewonden. De camera was ingezoomd op Cindy's gezicht, waardoor ook de achtergrond dichterbij kwam. Door de grote ramen naast de voordeur waren Penny, Laura, Marcella en Wilma te zien. Het duurde slechts enkele seconden, maar Laura danste door de kamer heen alsof ze op slag beroemd geworden was.

„Wat zullen mijn vriendinnen jaloers zijn!" juichte ze. „Jongens, wat gaaf. Ik ben nog nooit op tv geweest."

„Je ouders zullen ook wel genieten," merkte Gwen cynisch op. „Iedereen die gekeken heeft weet nu dat hun dochter zwanger is geraakt en thuis is weggelopen. Echt gaaf, ja."

„Penny!" schrok Wilma ineens. „Daar hebben we helemaal niet aan gedacht, maar die vriend van haar kan dit ook gezien hebben natuurlijk."

„Ik denk dat het wel mee zal vallen," zei Johan bedachtzaam. „Ten eerste zit hij niet echt in de doelgroep voor dit soort programma's, ten tweede was het shot door het raam heel kort en onduidelijk."

„Nou, ik herkende ons toch ook?" zei Laura verontwaardigd.

„Omdat jij weet wie er achter die ramen stonden, dat is wat anders. Gewone kijkers zullen amper gemerkt hebben dat er mensen stonden, die keken alleen naar Cindy's gezicht. Ik geloof niet dat we ons hier echt druk over hoeven maken, maar we moeten wel even extra alert zijn. Zeg hier maar niets over tegen Penny, ze is al zo bang en onrustig. Dat kind is echt als de dood voor die jongen."

„Geen wonder als ik zo eens hoor wat ze met hem meegemaakt heeft," zei Marcella. „Hij bedreigde haar voortdurend en het is niet alleen bij dreigen gebleven. Bij haar ouders is een brandbom naar binnen gegooid en ze is ook al eens in elkaar geslagen door hem. Het is echt geen lieverdje."

„Daarom zullen we de boel de komende dagen extra in de gaten houden," besloot Johan.

Hij leek echter gelijk te krijgen met zijn voorspelling. Behalve journalisten die naar het huis kwamen en probeerden uitspraken te ontlokken die een ander licht op hele zaak zouden kunnen werpen en talloze telefoontjes van bekenden, bleef het rustig. Marek liet niets van zich horen en vertoonde zich ook niet op het huis, zodat ze na een aantal dagen durfden te constateren dat de tv uitzending geen gevolgen voor Penny had gehad.

„Gelukkig," zuchtte Marcella. „Ik kneep hem toch best wel."

„Zoals meestal had Johan dus toch weer gelijk," zei Wilma met een glimlach. „Hij blijft altijd rationeel, ook in paniek-situaties. Er is maar weinig wat hem van zijn stuk kan brengen." Ze wierp een blik uit het raam en zag de zilvergrijze sportwagen van Arthur de inrit op komen rijden. „Volgens mij komt je geliefde daar aan."

„Ja, we gaan vanavond naar de bioscoop," vertelde Marcella. „Eigenlijk heb ik er helemaal geen zin in, maar ik kan geen nee blijven zeggen als hij met me uit wil. Het liefst wil ik 's avonds echter gewoon lekker op de bank hangen of vroeg mijn bed induiken."

„Zeg dat dan gewoon. Je bent bijna acht maanden zwanger, zo vreemd is het niet dat je lichaam om rust vraagt. Arthur zal daar rekening mee moeten houden," meende Wilma terecht.

Marcella schudde haar hoofd. „Arthur is een schat en ik ben gek op hem, maar rekening houden met mijn zwangerschap is er niet bij. Hij staat er het liefst helemaal niet bij stil en kan niet wachten tot alles voorbij is."

„En jij?" wilde Wilma weten. „Heb jij al een beslissing genomen? Ik kan me niet aan de indruk ontrekken dat jij ook het liefst vergeet dat er een kind in je groeit."

„Ik kan nog steeds niet verder denken dan de bevalling zelf," bekende Marcella. „Alles daarna is één groot, zwart gat. Ik weet gewoon niet wat ik ermee aan moet."

„Daar had ik het niet over, ik heb het over nu. Je gaat naar de controles bij de verloskundige omdat het moet, maar daar houdt alles wel mee op. Je bent totaal niet met de zwangerschap bezig. Inmiddels is het toch ook wel eens tijd voor je verlof, maar steeds als ik iets in die richting wil zeggen, begin je over iets anders."

„Ik wil helemaal niet met verlof. Als ik niets te doen heb word ik gek van al dat gemaal in mijn hoofd, daar schiet een mens niets mee op. Trouwens, zoveel doe ik nou ook weer niet. Het praten met de meisjes en hun ouders en het werken aan de computer zijn niet bepaald bezigheden die een zware, lichamelijke belasting vormen. Reistijd heb ik ook al niet en ik heb de laatste weken niet nodig om mijn uitzet in orde te maken, dus wat moet ik met zwangerschapsverlof doen?"

„Je voorbereiden op de bevalling en proberen tot klaarheid te komen en een beslissing te nemen," merkte Wilma fijntjes op.

„Denk niet dat ik daar niet mee bezig ben, alleen is het me nog niet gelukt. Het hangt ook van Arthur af, hoe hij reageert na de bevalling. Misschien wil hij wel niets liever dan de baby houden en samen een gezinnetje vormen."

„Daar zou ik niet op rekenen, bovendien moet je het daar niet van af laten hangen. Het is jouw baby en jouw leven, dus ook jouw beslissing en niet die van hem. Ik begrijp uit je woorden dat je het kind dus onmiddellijk afstaat als Arthur het niet wil houden en dat vind ik een angstig idee. Sowieso is dat geen basis voor een relatie, want als je ooit

spijt mocht krijgen, ga je hem dat onherroepelijk verwijten."

„Jij denkt zo ver vooruit."

„Dat zou jij ook moeten doen. Deze beslissing is bepalend
voor de rest van je leven."

Ze werden in hun gesprek onderbroken omdat Arthur aan
de deur van het kantoor klopte en meteen daarna naar binnen liep.

„Ik dacht wel dat ik je hier zou vinden. Jij krijgt absoluut
geen genoeg van dit kantoor, hè?" lachte hij.

„En dat terwijl ze eigenlijk rust zou moeten nemen," kon
Wilma niet nalaten te zeggen. „Een zwangerschap is een
behoorlijke aanslag op een lichaam, maar Marcella gaat
gewoon door alsof er niets aan de hand is. Ze werkt, ze
gaat 's avonds op stap, noem maar op."

Marcella wierp haar een woedende blik toe, maar Wilma
blikte onverstoorbaar terug. „Vind je ook niet dat ze meer
rekening met haar lijf moet houden?" drong ze er bij Arthur
op aan.

„Marcella is een volwassen vrouw, ik neem aan dat ze zelf
heel goed weet tot hoe ver ze kan gaan," zei Arthur luchtig.
„Maak je geen zorgen, tantetje. We gaan alleen maar naar
de bioscoop, dus daar kan ze rustig blijven zitten."

Met zijn arm om haar heen voerde hij Marcella het kantoor
uit en Wilma keek hen hoofdschuddend na. In de afgelopen
maanden was ze veel om Marcella gaan geven en ze
beschouwde haar een beetje als de dochter die ze zelf
nooit had gehad. Haar houding baarde haar zorgen en ze
piekerde vaak over wat Marcella nog te wachten stond.
Zodra Arthur in de buurt was, leek ze er zelf geen eigen
mening meer op na te houden en gezien de beslissing die
haar te wachten stond, vond Wilma dit een zeer beangsti-
gende ontwikkeling.

Marcella voelde zich intussen, ondanks haar moeheid,
alleen maar gelukkig. Met Arthurs arm om haar schouder
heen had ze het gevoel dat haar niets kon overkomen.
Zoals steeds als ze samen waren, raakte ze helemaal in zijn

ban. De uitwerking die Arthur op haar had, had ze bij Joris nooit ervaren.

„Ben je echt zo moe?" vroeg Arthur voor hij het portier van zijn auto voor haar opende. „Als je liever thuis blijft moet je het zeggen hoor." Het klonk lief, maar Marcella hoorde heel goed de ontevreden klank in zijn stem. Hij zou het haar absoluut niet in dank afnemen als ze inderdaad thuis zou blijven, wist ze.

„Nee, we gaan lekker samen uit," antwoordde ze dan ook. „Het is alweer zo'n tijd geleden dat we een hele avond tijd voor elkaar hadden, ik verheug me er echt op."

„Dan is het goed." Hij zoende haar en stapte toen zelf ook in.

Op weg naar de stad vertelde Marcella hem honderduit over de gebeurtenissen die de laatste dagen in het huis hadden plaatsgevonden, te beginnen bij de onverwachte bevalling van Sabrina.

„Als je die Max had gezien," lachte ze. „Hij was totaal over-donderd en wist niet waar hij het zoeken moest toen Sabrina hem doodleuk vertelde dat de bevalling al begon-nen was. Hij dacht dat ze nog maanden de tijd hadden om aan het idee te wennen."

„Arme drommel," leefde Arthur met de hem onbekende Max mee. „Je zal zo'n verrassing voorgeschoteld krijgen. Hij zal het niet makkelijk hebben nu."

„Je hoeft met Max geen medelijden te hebben, hoor." Marcella grinnikte bij de herinnering. „Met zijn zoontje in zijn armen was hij alleen maar dolgelukkig. Hij kon zich absoluut niet meer voorstellen dat hij ooit de uitspraak had gedaan dat hij geen kinderen wilde hebben. Totale aanbid-ding, dat woord past nog het beste bij zijn gevoelens."

„Ik kan me daar weinig bij voorstellen," peinsde Arthur. „Als je je heel erg op een baby verheugt, is het wat anders, maar zo maar een kind in je schoot geworpen krijgen, moet toch enorm vreemd zijn."

„Toch hoor je dit vaker. Een baby schijnt enorm veel onge-kende gevoelens los te kunnen maken in een mens.

122

Adoptiefouders hebben ook vaak zulk soort verhalen. Het kindje dat zij in hun armen krijgen is helemaal vreemd, toch houden ze er altijd meteen van."

„Hm, ik heb altijd mijn bedenkingen bij zulk soort verhalen, volgens mij zijn ze zwaar overtrokken. Dat geldt overigens ook voor het ouderschap. Je maakt mij niet wijs dat alles alleen maar leuk en zaligmakend is, toch hoor je zelden een vader of moeder bekennen dat het ook wel eens tegenvalt. Dat is één van de laatste taboes hier in Nederland. Je bent verplicht het ouderschap als een wonder te zien, anders valt de hele gemeenschap over je heen."

„Over overdrijven gesproken," zei Marcella spits. Ze keek hem van terzijde aan. Arthurs mond was tot een smalle streep vertrokken, zijn ogen stonden hard. „De meeste ouders durven best wel toe te geven dat het hebben van kinderen heel erg zwaar is, maar dat schijnt het waard te zijn. Ouderliefde is iets heel abstracts, toch ken ik niemand die achteraf zegt spijt te hebben van het feit dat hij of zij kinderen gekregen heeft."

„Omdat zo'n opmerking niet geaccepteerd wordt binnen onze samenleving," hield Arthur vol. „Dat is vragen om ellende. Toch zijn er zat ouders die met dergelijke gevoelens worstelen. Denk alleen maar eens aan de kinderen die mishandeld worden, of die door hun eigen ouders worden vermoord of te vondeling worden gelegd. Allemaal mensen die het ouderschap niet aankunnen, maar nergens terecht kunnen voor hulp omdat dergelijke gevoelens onder het tapijt moeten worden geveegd."

Marcella zweeg, want hier kon ze niet veel tegenin brengen. Bijna wekelijks berichtten de kranten over familiedrama's waarbij ouders eerst hun kinderen en vervolgens zichzelf om het leven brachten, zonder dat iemand daar de ware achtergronden van wist. Vaak ging het juist om gezinnen die, naar de buitenwereld toe, heel normaal functioneerden.

„Dat zijn de meest extreme gevallen," zei ze uiteindelijk. „Uitzonderingen heb je natuurlijk altijd, in iedere situatie.

Het overgrote deel van de mensheid is echter gewoon gelukkig met zijn kinderen."

„Geluk dat wordt geïdealiseerd. Kinderen beknotten je in je vrijheid, je bent er voortdurend verantwoordelijk voor en een behoorlijke opvoeding kost heel veel tijd en energie," zei Arthur. „Zodra je daar klaar voor bent en er zelf voor kiest, is dat inderdaad geen probleem, maar zo'n voorbeeld als jij nu aanhaalt met die Max vind ik behoorlijk ongeloofwaardig."

„Een mens weet nooit van tevoren hoe hij in bepaalde situaties reageert. Wie weet ben jij straks ook helemaal verliefd op mijn baby als hij eenmaal geboren is," zei Marcella met een vaag gevoel van hoop in haar hart.

„Nooit," draaide Arthur dat echter resoluut de nek om.

„Dat weet je niet."

„Nou en of," zei hij grimmig. „Vergeet niet dat dit niet mijn kind is, dat maakt de zaak sowieso al heel anders. Ik had trouwens niet de intentie om jouw kind uitgebreid te gaan bekijken of in mijn armen te nemen. Ik zal hem of haar waarschijnlijk helemaal niet te zien krijgen, want voor zover ik weet, wordt een baby die afgestaan wordt, direct na de bevalling weggehaald bij de moeder. Tegen de tijd dat ik in het ziekenhuis aankom, is de baby waarschijnlijk al bij zijn nieuwe ouders."

Hij parkeerde de wagen op het parkeerterrein vlakbij de bioscoop en wilde uitstappen, maar Marcella hield hem tegen door zijn arm vast te pakken.

„Bedoel je daarmee te zeggen dat je niet bij de bevalling aanwezig bent?" vroeg ze ongelovig.

Hij keek haar oprecht verbaasd aan. „Wat heb ik daarbij te zoeken?"

„Je zou mij kunnen steunen," zei ze strak.

„Marcella, laten we één ding even heel duidelijk stellen: jouw kind is niet mijn zaak. Dit is niet voor het eerst dat we het daar over hebben, maar het schijnt nog steeds niet echt tot je door te dringen. De baby is het gevolg van iets uit jouw verleden waar ik totaal niets mee te maken heb en waar ik ook niets mee te maken wil hebben. Ik hou van jou, dat weet je, en ik wil je met alle liefde overal mee helpen, maar er zijn grenzen. Ik weiger jouw hand vast te houden en het zweet van je voorhoofd af te vegen terwijl jij het kind van een ander ter wereld brengt. Dat vind ik onesthetisch," zei Arthur onverbiddelijk.

„Een vrouw dwingen haar kind af te staan, getuigt anders ook niet van veel esthetisch gevoel," zei Marcella sarcastisch.

Arthur zuchtte en schudde zijn hoofd. Vermoeid haalde hij zijn hand door zijn haren. „Ik geloof niet dat ik veel zin heb in deze discussie, het leidt trouwens nergens toe. Ik dacht dat we eindelijk weer eens een gezellige avond zouden hebben samen."

„Van onderwerp veranderen lost niets op."

„We hoeven ook niets op te lossen, ik ben hier van het begin af aan heel duidelijk in geweest. Ik heb mezelf nooit anders voorgedaan dan ik ben, ik heb je precies verteld hoe ik hier over denk en ik heb je zeker nooit ergens toe gedwongen."

„Jouw ultimatum komt op hetzelfde neer."

„Marcella, hou hier mee op of ik breng je onmiddellijk terug naar het huis!" viel hij plotseling fel uit. „Jij hebt tegen Carina gezegd dat je de baby niet zelf wilt houden, daarom ben ik bij je teruggekomen. Ga me nou niet vertellen dat je dat niet meende en dat onze relatie op leugens is gebaseerd. Ik ben geen stuk klei dat je kunt vormen naar jouw wensen, hou daar goed rekening mee. Als je alleen met me samen bent in de hoop straks een vader voor je kind te hebben, kun je dat nu beter meteen zeggen, want dan houdt het voor mij op."

Marcella keek naar zijn onverzettelijke gezicht en haalde bakzeil. „Sorry," mompelde ze. De angst om Arthur te verliezen sloeg ineens fel toe. Ze wilde niet alleen zijn. Té goed herinnerde ze zich de eerste periode dat ze in het huis verbleef. Nog nooit eerder had ze zich zo eenzaam gevoeld als toen het geval was. „Zo bedoelde ik het niet. Het viel me alleen heel rauw op mijn dak dat je niet bij de bevalling wilt zijn. Ik had automatisch aangenomen dat je me daarbij zou helpen."

„Dat had je dan eerst wel eens met me kunnen bespreken," mopperde Arthur nog, maar hij trok haar toch weer in zijn armen. „Wil je echt graag dat ik erbij ben?"

Marcella knikte stil.

„Oké dan," beloofde hij tot haar grote verrassing. „Maar alleen als ik weg kan op de zaak, ik laat er geen mooie deal voor lopen. En denk eraan dat ik er dan alleen voor jou ben, ik wil na de geboorte geen gezeur dat ik de baby vast moet houden of zo."

„Natuurlijk niet. Dank je wel dat je dit voor me wilt doen, Arthur. Ik hou van je."

„Ik ook van jou," zei hij daarop.

Ze wist dat hij dat meende, toch viel het haar op dat hij even snel om zich heen keek of er geen vrienden of bekenden van hem in de buurt waren toen hij haar hielp met het uit de auto stappen. Het gaf een kleine, pijnlijke steek in haar hart. Hij schaamde zich voor haar duidelijk uitstekende buik en dat was geen prettig gevoel.

HOOFDSTUK 12

Marcella wilde na afloop van de film direct naar huis, hoewel Arthur voorstelde nog ergens iets te gaan drinken. Ze had tijdens de film echter al moeite gehad om haar ogen open te houden en ze verlangde naar haar bed. Wat dat betrof had Wilma wel gelijk, moest ze zichzelf in gedachten toegeven. Haar lichaam vroeg om rust.

Zwijgend, met slechts af en toe een losse opmerking, reden ze het felverlichte centrum uit en nam Arthur de donkere binnenweg die naar het huis leidde.

„Kijk nou eens." Marcella ging rechtop zitten en wees in de richting van het huis. Blauwe zwaailichten flikkerden tussen de bomen door, een spookachtig en angstwekkend beeld. „Er is iets gebeurd."

„Zeker weer een onverwachte bevalling," bromde Arthur.

„Als dat zo is, is het niet best. Je wordt alleen met een ambulance opgehaald als er iets niet goed gaat. Er is trouwens niemand uitgerekend op dit moment. Gwen is het verste gevorderd, maar zelfs zij moet nog een paar weken," zei Marcella ongerust. Haar ogen boorden zich in de verte in een poging zoveel mogelijk te onderscheiden. „Er zijn meerdere zwaailichten, het gaat niet om één ambulance," ontdekte ze.

„Misschien was er een poging tot inbraak of zo, of heeft de politie een weggelopen meisje bij jullie opgespoord die nu opgehaald wordt."

„Dat kan niet. Alle ouders van de meisjes die bij ons wonen, zijn op de hoogte van de verblijfplaats van hun dochters."

Gespannen tuurde Marcella door de voorruit. Naarmate ze dichterbij kwamen, werd het steeds duidelijker dat er iets behoorlijk mis was. Er liepen verschillende politieagenten over het terrein, bij de ingang van de keuken was een rood/wit lint gespannen en aan de zijkant van het huis zagen ze een zwarte, onheilspellende wagen staan.

„Is dat een lijkwagen?" vroeg Marcella met afschuw in haar

stem. Ze werd steeds banger. Hier was vanavond iets gruwelijks voorgevallen, dat was wel duidelijk.

Omdat de keukendeur afgezet was, gingen ze via de monumentale voordeur naar binnen. In één oogopslag zag Marcella dat Wilma, Johan, Emma, Gwen en Laura in de ruime huiskamer aanwezig waren. Ze zaten met witte gezichten aan de eettafel, die bijna nooit werd gebruikt omdat ze meestal in de keuken zetelden.

„Waar is Penny?" vroeg Marcella meteen met een angstig vermoeden in haar hart.

Wilma keek op bij het horen van de onverwachte stem achter haar.

„O, zijn jullie daar al?" vroeg ze verward. Ze stond op, maar ging meteen weer zitten. Haar vingers tikten rusteloos op het tafelblad.

„Ga zitten," zei Johan met een handgebaar naar de lege stoelen. „Er is iets gebeurd."

„Daar waren we al achter. Waar is Penny?" vroeg Marcella voor de tweede keer. „Is ze…?" Ze durfde haar gedachten niet onder woorden te brengen, maar Johan begreep wat ze bedoelde en hij schudde geruststellend zijn hoofd.

„Die lijkwagen is niet voor haar," zei hij zacht.

Ze slaakte een zucht van verlichting. Hoewel er nog niets opgehelderd was, gaf dit antwoord toch even rust, al was het maar heel kort.

„Wie dan wel?" vroeg ze op fluistertoon, bang voor wat ze te horen zou krijgen. Haar ogen gleden over de gezichten van haar huisgenoten, waar afschuw en ontzetting op te lezen was. Gregor, schoot het ineens door haar hoofd. Ze wist zelf niet waarom ze aan hem moest denken, maar ze werd misselijk bij het idee dat hem iets overkomen was.

„Marek," antwoordde Wilma echter.

„Marek?" Marcella fronste haar wenkbrauwen. „Haar exvriend?"

„Ja, ze heeft haar vriendje omgebracht," zei Gwen ineens hard. „Hij ligt nou in de keuken leeg te bloeden."

„Matig je een beetje," verzocht Johan streng.

„Nou, het is toch zo?" mokte Gwen. „Ik geloof dat ze hem wel twintig keer gestoken heeft."

„Wat?" Marcella's ogen werd groot van ontzetting. Om steun te zoeken, pakte ze Arthurs hand vast. „Is dat echt waar?"

„Helaas wel, ja." Johan zuchtte diep, hij was duidelijk aangeslagen. „Wat we al eerder vreesden, is inderdaad gebeurd. Marek heeft Penny waarschijnlijk toch herkend bij dat programma en vanavond stond hij hier ineens in de keuken. We zaten net met zijn allen aan de koffie toen het gebeurde. Plotseling stond hij binnen, vanuit het niets. Hij schreeuwde dat ze mee moest komen met hem en dreigde haar te zullen vermoorden als ze niet deed wat hij wilde. Die jongen was helemaal door het dolle heen, hij leek wel gek."

„Waarschijnlijk onder invloed van drugs," onderbrak Wilma hem.

Johan knikte. „Dat denk ik ook, ja. Zijn ogen stonden helemaal verwilderd en hij maaide constant met zijn armen heen en weer. Ik probeerde hem te kalmeren, maar tevergeefs. Het ging allemaal zo snel. Het ene moment zat Penny nog als versteend aan de tafel en het volgende moment, net toen hij schreeuwde dat hij haar hele familie te pakken zou nemen, vloog ze op hem af. Waar ze zo gauw het broodmes vandaan heeft gehaald, weet ik niet eens. Voor we ons goed en wel realiseerden wat er aan de hand was, lag hij bloedend op de grond. Penny bleef maar op hem insteken, het was afschuwelijk." Hij rilde bij de herinnering.

„Waar is Penny nu?" informeerde Arthur zakelijk.

„Op het bureau," antwoordde Wilma in Johans plaats. Hij was zo aangedaan door alles wat zich voor zijn ogen had afgespeeld dat hij even niet in staat was om verder te praten. „Samen met Gregor. Hij kwam binnen toen het net gebeurd was. Eerst heeft hij haar iets kalmerends gegeven en daarna is hij meegegaan toen ze afgevoerd werd. Hè bah, wat een rotwoord. Afgevoerd," onderbrak ze zichzelf. „Alsof ze een zware crimineel is."

„Dat is ze toch ook?" zei Gwen agressief. „Ze heeft hem gewoon in koele bloede vermoord."

„Dat is niet waar," nam Emma het onverwachts voor Penny op. Tot nu toe had ze er zwijgend bij gezeten. „Het kind wist zelf niet eens wat ze deed, ze handelde uit pure angst en zelfbescherming. Dat mes lag op het aanrecht en dat heeft ze blind gepakt. Voor hetzelfde geld was, het een pollepel geweest en had ze hem daarmee afgeranseld. Ze pakte simpelweg wat voor haar handen lag."

Gwen lachte schamper. „Dat het een mes was kwam haar dan wel erg goed uit, nu heeft ze tenminste nooit meer last van hem. Een rigoureuze oplossing, hoor. Een black out is overigens de meest gebruikte smoes in rechtszalen."

„Hou je mond als je niets zinnigs te melden hebt!" viel Johan ineens uit. Hij keek haar woedend aan en schudde de hand van Wilma, die ze kalmerend op zijn arm legde, van zich af. „Je zit de hele tijd de boel al op te stangen, heb je niets beters te doen?"

Gwen haalde haar schouders op, een tartend gebaar. „Ze is vrijwillig iets met hem begonnen indertijd. Ik vind het behoorlijk immoreel dat ze hierheen vluchtte voor hem, want daardoor heeft ze ons allemaal in gevaar gebracht. Bij haar ouders is al een brandbom naar binnen gegaan, dat had hier ook kunnen gebeuren."

„Over immoreel gesproken," zei Wilma scherp. „Wie denk jij dat je bent dat je daar een oordeel over durft te vellen? Wij hebben Penny hier opgenomen omdat ze hulp nodig had. Net als jou, overigens."

„Het is anders wel gebleken dat Penny zichzelf wel kan redden," gaf Gwen op spottende toon terug. Ze liet niet merken hoezeer Wilma's opmerking haar geraakt had. „Misschien moet ik mijn verkrachter ook neersteken om sympathie en medelijden op te wekken. Het schijnt te helpen."

„Jij zult nooit door iemand sympathiek worden gevonden," kwam Laura plotseling onverwachts. Tot nu toe had ze zich buiten de discussie gehouden en iedereen keek dan ook verbaasd op. „Daar ben je veel te hard en te ongevoelig voor."

Er viel een diepe stilte na die woorden, zelfs Gwen had hier geen weerwoord op. Zwijgend staarde ze het jonge meisje aan. Haar ogen vulden zich met tranen, maar ze weigerde te huilen en hield haar hoofd fier opgeheven. Niemand kon vermoeden hoe gekwetst ze zich voelde.

„Laten we elkaar nou geen verwijten maken, het is allemaal al erg genoeg zonder ruzie onderling," merkte Johan verstandig op. „Ik ben bang dat we nog een lange nacht voor de boeg hebben. We zijn allemaal getuigen, dus zullen ze ons straks wel ondervragen."

„Nou, daar ga ik niet op zitten wachten," zei Arthur terwijl hij opstond. „Ik ben er niet bij geweest, dus ik kan er geen zinnig woord over zeggen. Ik ga naar huis."

„Nu al?" Marcella pakte zijn hand.

„Ik heb hier verder niets te zoeken en mijn wekker loopt morgen weer vroeg af," zei hij afwerend. „Jij zou ook je bed in moeten gaan, je was zo moe."

„Die moeheid is nu wel verdwenen. Ik heb op dit moment meer behoefte aan een wandeling in de frisse buitenlucht, om mijn hoofd leeg te maken."

„Dat lijkt me niet verstandig." Vluchtig streek hij even over haar wang, de zoen die hij haar gaf was ongeveer van hetzelfde kaliber. „Ik bel je morgen." Met een korte groet naar de anderen en naar Gregor, die binnen kwam lopen, verliet hij het huis.

Marcella bleef stil zitten terwijl Gregor overstelpt werd met vragen over Penny. Ze voelde zich zwaar teleurgesteld in Arthur, maar was te trots om hem rechtstreeks te vragen of hij nog even bij haar wilde blijven. Ze voelde zich vreemd bibberig en licht in haar hoofd. Waarom begreep hij nou niet dat ze zijn steun hard nodig had op dit moment? Slapen zou ze nu absoluut niet kunnen, daarvoor waren de gebeurtenissen van die avond te ingrijpend. Ook al was ze er zelf niet bij geweest, dat betekende niet dat het geen indruk op haar maakte. Bij de gedachte aan de levenloze Marek die bloedend op hun keukenvloer lag, brak het zweet haar uit.

„Penny maakt het naar omstandigheden redelijk," vertelde Gregor ondertussen. „Morgen wordt ze pas verhoord, want daar is ze nu niet toe in staat. Het kalmerende middel heeft zijn werk gedaan, ze slaapt nu."

„De slaap der onschuldigen," hoonde Gwen. Er was echter niemand die hier op reageerde, ze werd simpelweg door iedereen genegeerd.

Een rechercheur maakte een einde aan het gesprek. Hij stelde zich voor als Henri de Knoop en verzocht de getuigen van het drama te vertellen wat er precies gebeurd was. Marcella verontschuldigde zich en stond op. Zij was er niet bij geweest, dus hier hoefde ze ook niet bij aanwezig te zijn. Pas in de gang merkte ze dat Gregor haar gevolgd was.

„Moet jij niet met die rechercheur praten?" vroeg ze hem.

„Nee, ik heb ook niets gezien. Op het moment dat ik binnen kwam, had het hele gebeuren zich net voltrokken en zat Penny naast Marek op de grond vreselijk te huilen. Ik heb trouwens al een verklaring afgelegd op het bureau daarnet," vertelde hij. „Zullen we?" Hij stak haar zijn hand toe en gebaarde met zijn andere hand naar de buitendeur.

Marcella keek hem verbaasd aan. „Zullen we wat?"

„Je had toch behoefte aan een wandeling in de buitenlucht?" hielp hij haar herinneren. „Kom, dan gaan we samen. Van slapen zal voorlopig toch wel niets komen."

„Niet echt, nee," gaf Marcella toe. „Ik kan me levendig voorstellen hoe Marek in de keuken ligt en dat beeld wil maar niet van mijn netvlies verdwijnen."

Ze accepteerde Gregors arm en op hun gemak slenterden ze de tuin in, die er een stuk minder onheilspellend uitzag nu de politiewagens met hun zwaailichten verdwenen waren. Ook de lijkwagen was weg, merkte Marcella. Onwillekeurig huiverde ze even. Marek was niet bepaald een lieverdje geweest en hij had het Penny en haar familie behoorlijk lastig gemaakt, maar dit ging toch wel heel erg ver. Die jongen had zelf toch ook een familie, die nu mis-

132

schien zat te wachten op zijn thuiskomst, zich afvragend waar hij was. Hun wereld zou waarschijnlijk instorten bij het bericht dat ze straks zouden krijgen.

„Koud?" informeerde Gregor.

Ze schudde haar hoofd. „Nee."

Meer zeiden ze niet tot ze bij het half verscholen prieeltje aankwamen. Marcella, die haar benen behoorlijk begon te voelen en bovendien last kreeg van harde buiken, stelde voor om daar even te gaan zitten.

„Gaat het wel goed met jou?" wilde Gregor weten. Omdat het nog zulk lekker weer was, met vrijwel geen wind en een aangename temperatuur, sleepte hij enkele stoelen uit het prieeltje naar buiten. Terwijl ze zo samen in het donker zaten, leek het net of er niets gebeurd was die avond. Dit plekje op de woelige wereld ademde rust en vrede uit, alle ellende was ver weg.

„Ik heb me wel eens beter gevoeld," antwoordde Marcella. „Zowel lichamelijk als geestelijk. Het is momenteel zo'n warboel allemaal."

„Doel je nu op je relatie met Arthur of op je zwangerschap?" vroeg Gregor kalm.

„Allebei, denk ik," zei ze na enig nadenken eerlijk. „Het ligt allemaal nogal gecompliceerd."

„Waarom?" Er was geen sprankje nieuwsgierigheid in zijn stem te horen, alleen oprechte belangstelling.

Marcella keek opzij, maar in het donker kon ze hem amper onderscheiden. Ze zag alleen de contouren van zijn gezicht en juist daardoor viel het haar niet moeilijk om met hem te praten. De sfeer was vertrouwd en het voelde helemaal niet vreemd om openhartig haar zieleroerselen met Gregor te delen.

„Arthur wil geen kind en hij voelt zich daardoor ook absoluut niet betrokken bij de zwangerschap. Omdat ik de zwangerschap nu eenmaal niet los kan koppelen van mezelf, voel ik me ook regelmatig afgewezen door hem," zei ze. „Hoewel dat zijn bedoeling niet is. Ik weet dat hij van me houdt, maar het feit dat ik een kind krijg, maakt het er niet makkelijker op. Hij wil totaal niets van de baby weten en kan zich ook niet indenken wat het betekent om zwanger te zijn. Juist nu heb ik hem hard nodig terwijl hij alleen maar denkt en praat over de tijd dat de baby geboren is en alles achter ons ligt. Pas dan kunnen we echt samen opnieuw starten."

„Zonder baby, neem ik aan."

Ze knikte, hoewel Gregor dat niet kon zien. „Dat is wel de bedoeling. Ik heb al eens voorzichtig bij hem gepolst hoe het tussen ons verder gaat als ik alsnog besluit de baby zelf te houden, maar daar is hij heel duidelijk in. Hij wil me alleen zonder kind."

„Dat vind ik nogal een heftig standpunt," zei Gregor.

„Maar wel eerlijk," haastte Marcella zich haar vriend te verdedigen. „De baby is tenslotte niet van hem, ik kan het me heel goed voorstellen dat hij niet staat te springen om vader te worden van een kind waar hij niets mee te maken heeft."

„Als hij echt van je houdt, kan hij ook van je kind houden."

„Dat vind ik erg makkelijk gezegd, zo simpel ligt het nu eenmaal niet. Ik begrijp Arthur ook wel, alleen zou het prettiger zijn geweest als hij wat meer begrip zou tonen. Ik voel me vaak eenzaam, zelfs als we samen zijn," bekende Marcella.

„Dat hoor je vaker van vrouwen aan het einde van hun zwangerschap. Op de één of andere manier keren ze zich naar binnen als voorbereiding op de bevalling en veel vrouwen ervaren dat als een gevoel van eenzaamheid," meende Gregor.

Marcella glimlachte. „Dat klinkt heel lief, maar volgens mij zeg je dat alleen maar om me op te beuren en klopt er geen woord van. Zeg het maar gerust als ik je verveel met mijn gezeur."

„Jij verveelt me nooit." Dit antwoord kwam snel en klonk heftig. „Je kunt altijd bij me terecht, Marcella. Ongeacht wanneer en waarvoor, vergeet dat nooit."

„Dank je wel," zei ze, enigszins verbaasd door zijn heftige reactie.

„Ik meen het, het is geen beleefdheidsopmerking. In mijn praktijk kom ik natuurlijk vaker in aanraking met zwangere vrouwen en de beslissing waar jij nu voor staat, is heel zwaar. Die neem je niet zomaar even en het is zeker niet de bedoeling dat je iets besluit onder druk van een ander. Daar kun je later heel veel psychische problemen door krijgen," waarschuwde hij haar.

„Dus je praat nu alleen met me in je hoedanigheid van huisarts," begreep Marcella. Ze wist zelf niet waar het gevoel van teleurstelling door kwam dat haar ineens overviel.

„Nee," zei hij echter. In het donker tastte hij naar haar hand, die hij even bemoedigend drukte. „Ik wil je helpen als een goede vriend. Ik mag je heel graag, Marcella, en ik zou het vreselijk vinden als je je leven vergooit door nu foute beslissingen te nemen. Mag ik je eerlijk zeggen hoe ik de situatie zie?"

„Graag zelfs. Ik heb het gevoel dat ik in het volkomen duister rondloop en wanhopig op zoek ben naar een deur die ik niet kan vinden."

„Ik denk dat jij niet echt van Arthur houdt, maar dat je je aan hem vastklampt uit angst. Hij was je strohalm in een hele moeilijke periode en dat verwar je met liefde. Je stond er plotseling alleen voor, je werd ontslagen en je was net zwanger, alles stond op zijn kop, geen wonder dat je ontvankelijk was voor zijn avances. Je had hem nodig om weer het gevoel te krijgen dat je grip had op je leven en dat alles normaal was. Het maakte voor jou op dat moment niet uit hoe hij was of wat hij deed en dat is begrijpelijk. Nu blijkt hij echter niet de prins op het witte paard te zijn die jij in gedachten van hem had gemaakt en daardoor voel je je zo verward. Je denkt dat je van hem houdt en dat je hem niet kwijt wilt, maar diep in je hart weet je dat hij niet de geschikte levenspartner voor je is. Daarvoor zijn jullie te verschillend en houdt hij te weinig rekening met je. Jij wilt een man die je begrijpt en die je accepteert zoals je bent.

Arthur bezit die eigenschappen niet, waardoor je keer op keer door hem teleurgesteld wordt. Je blijft hopen dat hij verandert in de persoon die jij voor ogen hebt, maar dat gebeurt niet, Marcella. Hij is wie hij is en zal niet veranderen."

„Dus eigenlijk vind jij dat ik een einde aan onze relatie moet maken?" zei Marcella nadat ze zijn woorden op zich in had laten werken.

„Dat zeg ik niet, want dat is iets wat jij zelf moet beslissen. Ik zeg alleen hoe ik de situatie zie. Als jij je leven met hem wilt blijven delen, zul je je verwachtingen bij moeten stellen, dat wel. En als je op zoek bent naar een zorgzame man en vader, dan ben je bij hem inderdaad aan het verkeerde adres," zei Gregor.

„Twee levens samenvoegen vergt aanpassingen en compromissen. De ideale partner bestaat niet, volgens mij."

„Dat hoeft geen probleem te vormen, mits die compromissen van twee kanten komen," meende Gregor bedachtzaam. „Dat Arthur niet staat te juichen bij het feit dat jij een kind krijgt van een andere man vind ik niet vreemd en dat hij die verantwoording liever niet op zich neemt, kan ik ook begrijpen, maar dat hij zonder meer eist dat je de baby afstaat, gaat te ver. Hij stelt een ultimatum en dat is nooit goed, zeker niet in jullie geval. Een kind is geen pakketje dat je weg kunt doen als het je niet bevalt."

„Ik ben zelf ook niet blij met mijn zwangerschap, dus de baby laten adopteren is een mooie oplossing," weerstreefde Marcella.

„Als jij daar zelf voor honderd procent achter staat wel, anders niet. Als je de baby afstaat alleen maar om Arthur niet kwijt te raken, dan ben je heel erg verkeerd bezig."

„Hoe zou jij het vinden als ik de baby afsta?" wilde Marcella weten.

„Daar kan ik alleen maar hetzelfde op zeggen. Als het jouw keuze is en je die beslissing weldoordacht hebt genomen, sta ik daar volledig achter. Zo niet…" Hij trok even met zijn schouders. „Nou ja, dat weet je. Ik hoef het niet te blijven herhalen. Je moet je wel realiseren dat dit een beslissing voor het leven is."

„Ik doe niet anders," zei Marcella somber. „Dat maakt het juist zo moeilijk. Je moet eens weten hoe vaak ik 's nachts lig te piekeren, maar ik kom er niet uit. Ik weet niet wat ik moet doen, hoewel de tijd begint te dringen. Nog een week of zes, dan moet ik het echt weten."

„Als je het nu eens probeert los te laten en met jezelf afspreekt dat je pas echt een definitieve beslissing neemt na de bevalling," stelde Gregor voor. „Dan heb je voorlopig wat rust in je hoofd. Tenslotte weet je niet waar je voor kiest zolang je de baby niet in je armen hebt gehad. Laat het afhangen van je gevoelens na de bevalling, eerder kun je er eigenlijk geen zinnig woord over zeggen. Er zijn tenslotte geen praktische belemmeringen die een rol spelen. Je hebt onderdak en een baan waarbij je geen oppas nodig hebt, dus het gaat puur om wat je voor de baby voelt."

Marcella knikte langzaam, van die kant had ze het nog nooit bekeken. Ze had zich in haar hoofd gehaald dat ze een keus moest maken voor de baby geboren werd en dat was een behoorlijk angstig, benauwend gevoel, dat heel wat gepieker met zich meebracht. Gregors voorstel opende plotseling hele andere perspectieven.

„Je hebt gelijk," zei ze dan ook, verbaasd over het feit dat iets wat zo moeilijk had geleken zo simpel kon zijn. „Het is helemaal geen verplichting om dat van tevoren aan te geven, ik kan rustig afwachten tot de baby er is. Goh, dat is een heel nieuw gezichtspunt. Misschien kan ik nu eindelijk eens rustig slapen 's nachts," eindigde ze lachend.

„Over slapen gesproken; het is bijna ochtend. Jij moet nodig je bed in," sprak Gregor streng. „Ik zal tegen Wilma zeggen dat ze je moet laten liggen tot je uit jezelf wakker wordt, want volgens mij ben je hard aan wat rust toe."

„Kijk, hier spreekt de dokter," zei Marcella terwijl ze opstond. „Ik ben inderdaad erg moe. Bedankt Gregor. Niet alleen voor je advies, maar ook omdat je me hebt afgeleid van alles wat hier vanavond voorgevallen is. Het greep me

enorm aan, maar nu ben ik wat rustiger geworden."
„Graag gedaan." Weer kneep hij even in haar hand. „En vergeet niet wat ik gezegd heb: je kunt altijd bij me terecht."
„Dat zal ik onthouden."
Ze glimlachten naar elkaar en met een licht, zweverig gevoel in haar hoofd liep Marcella het huis binnen. Hoewel iedereen nog op was en in de kamer aan de koffie zat na te praten, ging zij meteen door naar haar eigen kamer. Ze had op dat moment geen behoefte meer aan een gesprek, ze wilde liever alleen zijn. Ondanks alles wat er die dag voorgevallen was, voelde ze zich een stuk beter dan de laatste tijd het geval was geweest. Het gesprek met Gregor had haar goed gedaan. De wetenschap dat ze voorlopig nog geen definitieve beslissing over haar leven hoefde te nemen, gaf haar rust. Voor het eerst sinds weken sliep ze die nacht dan ook diep en droomloos.

HOOFDSTUK 13

De eerste dagen na het drama was het vreemd om de keuken in te lopen. Onwillekeurig probeerde iedereen de plek te vermijden waar Marek had gelegen, maar al snel nam het leven in het huis zijn gewone gang weer, alsof er niets was gebeurd. Er meldden zich twee nieuwe bewoonsters die het huis weer opvulden. Hermien Mulder, een zestienjarige blondine met een grote mond die door haar moeder op straat was gezet bij haar mededeling dat ze zwanger was en Stella Waarbeek, een meisje van achttien dat volledig ontspoord was en al twee jaar over straat zwierf. Via een oud collega van Wilma was ze nu, zes maanden zwanger, in het huis gekomen.

„Hoe is het eigenlijk mogelijk in deze moderne tijd?" vroeg Marcella zich hardop af terwijl ze bezig was met de administratie. Wilma zat aan het andere bureau in het kantoor de dossiers van de meisjes bij te werken. „Jongeren worden zowel op school als op tv doodgegooid met voorlichting, toch raken er ik weet niet hoeveel tienermeisjes zwanger. Toen ik zestien jaar was, wist ik amper hoe een kind verwekt werd, maar deze tieners zijn toch niet bepaald dom."

„Voorbehoedsmiddelen werken niet altijd," zei Wilma laconiek met een veelbetekenende blik op Marcella's buik.

„Oké, ik weet dat ik daar zelf het levende voorbeeld van ben, maar het gros van onze bewoonsters gebruikt niet eens voorbehoedsmiddelen en daar snap ik niets van. Behalve ter preventie van zwangerschappen, heb je toch ook condooms nodig om beschermd te zijn tegen ziektes. Of zouden ze zo afgestompt zijn door programma's over aids dat het geen invloed meer heeft?"

„Het ligt in de aard van mensen om te denken dat dergelijke dingen alleen anderen overkomen," merkte Wilma bedachtzaam op. „Bovendien zijn pubers natuurlijk ook gewoon eigenwijs, die menen het al snel beter te weten. Onderzoek heeft aangetoond dat de meeste jongens seks zonder condoom prettiger vinden dan met en veel meisjes zijn bang hun vriendje kwijt te raken als ze weigeren om het zonder te doen, dus geven ze maar toe. Zeker meisjes die aan de pil zijn, hoewel dat er naar verhouding niet eens zo heel veel zijn. Er zijn talloze veertien- en vijftienjarigen die wel een actief seksleven hebben, maar die geen pil slikken omdat ze dat niet met hun ouders durven te bespreken. Ironisch hè?"

„Ik was zelf gelukkig niet seksueel actief op die leeftijd, maar zo wel, dan zou ik mijn moeder ook nooit om de pil hebben durven vragen," bekende Marcella. „Ze zou me tot mijn eenentwintigste opgesloten hebben."

„Een heleboel ouders doen aan struisvogelpolitiek op dat punt," wist Wilma. „Ze denken dat hun kinderen nog niet aan seks toe zijn, of ze willen gewoon niet weten wat hun dochters uitspoken. Tot het te laat is natuurlijk. Dan is het ineens ruzie omdat de escapades van dochterlief niet zonder gevolgen zijn gebleven."

„Zoals bij Hermien," begreep Marcella. „Hoe verliep het gesprek met haar moeder?"

„Laat ik het zo zeggen: Hermien blijft hier nog wel een tijdje," antwoordde Wilma met een wrange grijns. „Ma verslijt zelf het ene vriendje na het andere, maar ze ging volledig door het lint toen ze ontdekte dat ook Hermien wel eens wat doet. Ze verwacht blijkbaar dat haar dochter zich als een non gedraagt terwijl ze zelf... Enfin, laat ik me niet verlagen tot dergelijke uitspraken. Dergelijke gevallen zijn altijd moeilijk. Je wilt die meisjes zo graag helpen, terwijl ze eigenlijk alleen maar behoefte hebben aan een liefdevol ouderlijk huis en een paar armen om hen heen. Helaas lijken die laatste twee zaken tegenwoordig ver te zoeken."

„Zulke ouders zijn er genoeg, alleen krijgen wij daar nooit mee te maken," sprak Marcella bemoedigend. „Tenslotte hebben die onze hulp niet nodig."

„Je hebt gelijk, soms zie ik het allemaal nogal zwaarmoedig in." Wilma lachte alweer en ging verder met haar werk.

Marcella besloot even haar benen te strekken met een

wandelingetje door de tuin, iets wat ze vaak deed de laatste tijd. Tegenwoordig had ze snel last van haar rug als ze lang achter elkaar aan de computer werkte. Bij het prieeltje trof ze Laura met haar vriendje Milo, die volledig in elkaar verdiept leken te zijn. Glimlachend liep ze door. Dit was de derde keer al deze week dat Milo op bezoek kwam, dus hij leek het toch wel serieus te menen. Laura's ouders hadden woedend gereageerd op het bericht dat hun dochter zwanger was en van huis was weggelopen om elders onderdak te zoeken. Haar vader had later door de telefoon afgemeten verklaard dat Laura niet meer welkom was thuis. Ze moest het verder zelf maar uitzoeken, tenslotte had ze zich dit zelf op haar hals gehaald. Zij haalden hun handen van haar af. Door dit gesprek begreep Marcella beter waarom Milo thuis niets durfde te zeggen over zijn aanstaande vaderschap. Hij kwam uit een zelfde soort milieu als Laura, met bekrompen ouders die hun mond vol hadden over wat wel en niet kon en bang waren voor het oordeel van de buitenwereld. Voor hij met het nieuws op de proppen kwam dat zijn ouders oma en opa werden van een bastaardkindje, wilde hij eerst zijn studie afmaken en een baan zoeken, zodat hij niet meer afhankelijk van hen was. Marcella hoopte dat het allemaal zo uit zou pakken als ze nu gepland hadden, maar dat zou de toekomst moeten leren. Laura was in ieder geval het enige meisje dat niet door haar vriend in de steek was gelaten, wat haar een zekere status verleende in het huis. Vooral Gwen was jaloers op haar, maar aangezien Gwen kwaad en jaloers was op alles en iedereen maakte niemand zich daar echt druk om. Alle pogingen om tot haar door te dringen en haar te helpen liepen nog steeds op niets uit en langzamerhand begonnen ze de moed op te geven. Gwen wilde niet geholpen worden, dat was duidelijk. Ze zette zich tegen iedereen af, een houding waar ze zich niet bepaald geliefd mee maakte. Marcella vroeg zich vaak af hoe dat moest gaan als de baby eenmaal geboren was.

Ze was niet de enige die zich daar zorgen over maakte. Het

onderwerp van Marcella's gedachten zwierf op dat moment door het dorp, piekerend over haar leven.

Waar was het toch fout gegaan, vroeg ze zich af. Met haar handen in haar jaszakken en haar schouders gebogen liep Gwen door de straten, zonder te zien waar ze zich bevond. Uiteindelijk belandde ze op de weg langs het spoor die het dorp uit leidde, waar ze plaats nam op een bankje en uitkeek over de landerijen zonder haar omgeving bewust in zich op te nemen. Vroeger had ze alles gehad wat een jong meisje zich maar kon wensen. Twee liefdevolle ouders, bergen speelgoed, veel vriendjes en vriendinnetjes. Ze was een kind met een onbezorgde jeugd, tot het moment waarop haar moeder plotseling overleed. Onwillekeurig huiverde Gwen bij de herinnering aan die periode. Zomaar ineens was haar geliefde moeder er niet meer en was ze alleen met haar vader, die gebroken was van verdriet. De sfeer thuis veranderde van vrolijk en ontspannen in zwaar en grimmig. Gelachen werd er niet meer, het huis veranderde langzaam maar zeker in een rommelige stofboel en de tuin verwilderde. Uit angst om ook zijn enige kind te verliezen werd Gwen door haar vader zeer kort gehouden, wat ontaardde in talloze ruzies. Ze wilde 's avonds uitgaan en plezier maken, net als haar klasgenoten, maar haar vader verbood haar zonder meer om 's avonds het huis te verlaten.

„Daar leer je niets goeds van," was zijn stereotype opmerking als Gwen hem smeekte of ze met haar klasgenoten weg mocht. Hij was bang voor drugs, voor alcohol, voor jongens en talloze andere zaken waar iedere ouder bezorgd over was, maar waar hij zover in doorschoot dat Gwen totaal geen eigen leven meer had.

Op een dag was een ruzie tussen hen zo uit de hand gelopen dat hij haar, voor het eerst in haar leven, een klap had verkocht en ze huilend de straat op was gerend. Op de hoek werd ze opgevangen door Nico, de beste vriend van haar vader. Geschrokken had hij haar vastgepakt.

„Maar Gwen, liefje, wat is er aan de hand?" vroeg hij ongerust.

Gwen wist nog hoe veilig ze zich op dat moment had gevoeld, in de armen van haar ome Nico, zoals ze hem altijd
noemde. Hij zou haar helpen, dat wist ze zeker. Hortend en
stotend had ze het hele verhaal verteld, waarna oom Nico
haar meenam naar zijn huis.
„Om even rustig bij te komen," zoals hij zei.
Wat er daarna gebeurde was de ergste nachtmerrie uit haar
leven. Nadat ze haar hart bij hem had uitgestort begon hij
haar opeens ruw te kussen. In eerste instantie had ze niet
eens geprotesteerd, herinnerde Gwen zich. Ze was zo over-
donderd dat ze hem zijn gang had laten gaan, tot zijn hand
onder haar rok verdween en hij haar blote benen begon te
strelen. Vanaf dat moment had ze gevochten als een leeuw,
maar tevergeefs. Hij was veel sterker dan zij en zijn armen
sloten als een bankschroef om haar heen. Ze kon niet voorkomen dat hij haar kleren omhoog schoof en bezit nam van
haar lichaam. Nog steeds droomde ze van dat moment,
waarna ze altijd gillend wakker werd. De brede grijns op
het gezicht van oom Nico was iets wat ze nooit meer zou
vergeten, al werd ze honderd. Eenmaal weer thuis durfde
ze niets te zeggen. Ondanks zijn strenge optreden hield ze
dolveel van haar vader en ze wilde hem geen verdriet doen.
Ze wilde het vergeten, er nooit meer aan terugdenken. Dat
laatste lukte haar wonderwel. Ze blokte iedere gedachte
aan die dag uit haar herinnering, tot aan de dag dat ze naar
haar huisarts ging met een aantal vage klachten en hij constateerde dat ze in verwachting was.
Weer huiverde Gwen. De ene nare herinnering na de andere welde in haar op, zonder dat ze die tegen kon houden.
Haar wereld stortte in bij de mededeling van haar dokter,
maar ze wist toen niet dat het ergste nog moest komen.
Nadat ze haar vader had verteld wat er aan de hand was,
was hij in woede ontstoken en had ze letterlijk moeten
vluchten voor haar leven. De scheldnamen die hij haar toe-
geroepen had, klonken nog dagelijks in haar oren, alsof hij
achter haar stond en het herhaalde. Hij bestempelde haar
als een ordinaire straatmadelief, iemand zonder scrupules

en zonder moraal. Voor haar huilende verhaal over de verkrachting had hij geen oor.

Ze was er vandoor gegaan en via de politie in het huis beland, waar ze nu een aantal maanden woonde zonder dat ze contact met haar vader had. Haar verhaal in een notendop, dacht Gwen bitter bij zichzelf. Inmiddels was ze hoogzwanger en had ze geen idee wat ze met de rest van haar leven moest doen. Volgende week zou ze achttien jaar worden, een leeftijd waar de meeste meisjes reikhalzend naar uitkeken. Dat had zij vroeger ook gedaan, wist ze nog. Op haar veertiende had ze haar vader eens toegeschreeuwd dat ze niet kon wachten tot haar achttiende verjaardag, omdat hij dan tenminste niets meer over haar te vertellen had. En nu werd ze inderdaad achttien, maar ze had het gevoel dat haar leven voorbij was in plaats dat het nu pas begon. Dagelijks werd ze achtervolgd door de beelden uit het verleden, iets waar ze niet mee om kon gaan. Ze wist zelf ook wel dat ze onuitstaanbaar was en dat de andere meisjes in het huis een hekel aan haar hadden, maar ze kon er niets aan veranderen. Ze wilde wel aardig doen, maar het lukte niet. Haar woede en frustraties jegens haar vader en oom Nico ontlaadden zich in chagrijnige buien, harde uitspraken en onverschillig gedrag. Iedereen in het huis, inclusief de leiding, zag haar liever gaan dan komen, wist ze. Alleen was er geen plek waar ze naar toe kon gaan. Op de hele wereld was er geen enkel plekje waar ze welkom was. Het was een trieste constatering voor een jonge, bijna volwassen vrouw die enkele jaren geleden nog twee zorgzame ouders en een sleep vriendinnen had gehad.

Stijf geworden van het lange zitten, stond Gwen op. Doelloos slenterde ze verder langs de spoorlijn, nog steeds met haar handen in haar zakken. Ze straalde pure wanhoop uit op dat moment. Ze constateerde dat het donker werd, maar het kwam niet in haar op om terug te gaan naar het huis. Ze zouden haar toch niet missen. Waarschijnlijk waren ze alleen maar blij als ze niet meer kwam. Een felle kramp die plotseling door haar lichaam trok deed haar even stilstaan. In paniek hapte ze naar adem. Was dat de baby? Zou haar kind vandaag geboren worden? Dat wilde ze niet! Ze wilde dit kind niet geboren laten worden. Stel je voor dat het een jongetje was die op zijn verwekker zou lijken. De volgende wee kondigde zich aan, op hetzelfde moment dat Gwen de trein naar de stad aan hoorde komen denderen. In een flits zag ze het gezicht van oom Nico weer voor zich, zoals hij gekeken had op het moment dat hij haar lichaam binnen drong. Zonder er verder over na te denken, draaide ze zich om en liep ze doelbewust de spoorbaan op. Het laatste dat ze hoorde was het hoge gefluit van de trein en het schurende geluid van metaal op metaal.

„Waar blijft ze toch?" Voor de derde keer in een paar minuten tijd wierp Wilma een blik naar buiten. „Ik begin me nu toch wel ongerust te maken. Ze blijft wel vaker lang weg, maar zo bont als vandaag heeft ze het nog niet gemaakt."
„Als ze honger krijgt, komt ze vanzelf wel naar huis," probeerde Marcella haar gerust te stellen, hoewel ze zich zelf ook zorgen begon te maken. Het was haar vanochtend opgevallen dat Gwen weer één van haar depressieve buien had.
„Als ze er over een half uur nog niet is, ga ik haar zoeken," nam Johan zich voor. „Ik vind het trouwens absurd dat ze binnen komt en weggaat wanneer het haar uitkomt. Er zijn nu eenmaal duidelijke regels wat betreft de tijden van de maaltijden, iedereen heeft zich daar aan te houden."
„Gwen laat zich nu eenmaal weinig zeggen," zuchtte Wilma. Ze ging zitten en leunde moedeloos op de tafel. „Wat kan ik eraan doen? In principe kunnen we bewoners die zich niet aan de regels houden wegsturen, maar dat kind kan nergens terecht. Ik kan haar toch onmogelijk op straat zetten. O kijk, daar heb je Gregor," onderbrak ze zichzelf. „Nou, die kijkt ook niet al te vrolijk."
Marcella keek naar zijn vertrokken gezicht en kreeg een angstig vermoeden. Er was iets ernstigs aan de hand, dat wist zo zeker alsof het haar verteld was.

„Ik heb een naar bericht voor jullie," zei hij inderdaad na een korte begroeting.

„O hemel, wat nu weer?" zuchtte Wilma. „Heeft het met Gwen te maken?"

Hij knikte ernstig. „Helaas wel. Ze is net buiten het dorp geschept door een trein."

„Nee!" Wilma sloeg geschrokken een hand voor haar mond. Er hing even een loodzware stilte tussen hen.

„Zelfmoord?" informeerde Johan toen kort. Het was een vraag die Wilma en Marcella niet durfden te stellen.

„Waarschijnlijk wel. De machinist had haar al langs de spoorlijn zien lopen. Toen hij vlakbij haar was, stapte ze ineens de rails op, volkomen onverwachts."

„O, wat erg. Arme Gwen." Marcella begon te huilen. „Het is niet eerlijk. Dat arme kind had allang professionele hulp moeten hebben."

„Dat wilde ze zelf niet," zei Johan zacht.

„Dan had ze gedwongen moeten worden! Dit was niet nodig geweest als de gezondheidszorg hier andere regels zou hanteren. Het klinkt wel heel leuk en liberaal dat iedereen daar zelf over mag beslissen, maar je ziet nu wat er van komt. Een gedwongen opname had dit kunnen voorkomen."

„Ik ben het helemaal met je eens," knikte Gregor. „Met al die wetten en bepalingen die ooit door iemand goedbedoeld verzonnen zijn, was Gwen niet geholpen. Aan de andere kant kan je iemand die serieus zelfmoord wil plegen nooit tegenhouden."

„Maar wel helpen de dingen zo te gaan zien dat zelfmoord geen laatste redmiddel meer is," kaatste Marcella terug. „Wat gaat er nu gebeuren?"

„Haar vader wordt door de politie ingelicht, hij bepaalt waar en hoe de begrafenis zal verlopen. Waarschijnlijk zal hij hier binnenkort wel heen komen om haar spullen op te halen."

„Als jullie maar niet verwachten dat ik vriendelijk en beleefd tegen hem zal zijn," zei Wilma agressief. „Hij heeft zijn dochter laten barsten op het moment dat ze hem het hardste nodig had. Die verkrachting op zich was al traumatisch genoeg, maar zijn reactie daarop sloeg alles."

Johan legde zijn arm om haar schouders. „Hé, waar is je professionaliteit gebleven?" vroeg hij. „Je hebt dit soort dingen vaker meegemaakt in het verleden, maar je hebt daar nooit zo op gereageerd."

„Toen was ik er niet zo direct bij betrokken als nu. Gwen heeft maandenlang hier in huis gewoond, dat is toch heel iets anders dan een cliënt die je af en toe een uurtje op je spreekuur hebt," zei Wilma terwijl ze langs haar ogen veegde.

„Probeer het je niet persoonlijk aan te trekken," adviseerde Gregor haar vriendelijk. „Ja, ik weet dat dat makkelijk gezegd is, maar ik meen het wel. Jullie hebben alles gedaan om haar te helpen."

„Toch blijkbaar niet genoeg," zei Wilma bitter. „Gwen was een geval apart, veel complexer dan het gemiddelde zwangere, weggelopen meisje. Dat hebben we onderschat."

„Ga jezelf nou geen schuldgevoel aanpraten," sprak Johan streng. „Je moet accepteren dat sommige mensen niet te helpen zijn. Wij, en jij zeker, hebben alles voor haar gedaan wat in onze macht lag, maar we hebben nu eenmaal niet alles in de hand. Gwen heeft zelf alle hulp geweigerd."

„Wat klinkt dat hard," verweet Wilma hem.

„Dat is niet hard, dat is realistisch. Ik vind dit net zo moeilijk als jij, schat, maar verlies de werkelijkheid niet uit het oog. Deze dingen gebeuren, hoe erg het ook is. Ik zal nooit beweren dat dit de beste oplossing is, maar dat arme meisje heeft zoveel traumatische ervaringen in korte tijd ondergaan dat ze daar waarschijnlijk nooit helemaal overheen gekomen was. Hopelijk heeft ze nu rust."

„Dat klinkt anders toch alsof je het wel best vindt zo."

Marcella zat er zwijgend bij. Ze begreep Wilma's gevoelens heel goed, want zelf had ze ook het gevoel dat ze gefaald had. Gwen was moeilijk, lastig, brutaal en dwars geweest, en daardoor werd ze vaak genegeerd door de anderen. Ook door haar, moest Marcella zichzelf toegeven. Als Gwen erop uittrok op één van haar urenlange zwerftochten had ze vaak een zucht van verlichting geslaakt omdat ze dan even van haar gezelschap verlost waren geweest. Nu voelde ze zich daar schuldig over.

Ze stond op en liep zonder iets te zeggen naar haar eigen kamer, waar ze zich aangekleed en wel op bed liet vallen. Vorige week dat drama met Penny en Marek, nu dit weer. Het werd haar allemaal een beetje teveel. Toen ze hier kwam werken en wonen, had ze wel geweten dat het niet altijd gemakkelijk zou zijn, maar dit soort gebeurtenissen had ze nooit voorzien. Piekerend vroeg ze zich af of ze wel geschikt was voor dit werk. Mensen helpen gaf haar heel veel voldoening, dit was echter een hele andere, doffe, kant van de medaille.

In de hoop wat troost en bemoediging te vinden, greep ze haar mobiele telefoon van het nachtkastje en toetste het nummer van Arthur in.

„Hallo?" klonk het slaperig.

„Met mij. Sorry dat ik je wakker bel, maar ik voel me zo beroerd."

„Hoezo? Is de bevalling begonnen?" Ineens klonk hij heel helder. „Eindelijk."

„Nee, dat is het niet. Eén van de meisjes heeft vandaag zelfmoord gepleegd en daar ben ik helemaal kapot van," vertelde Marcella gesmoord. Ze wrong de woorden met moeite uit haar dichtgeknepen keel. „Ik wist hoe zwaar ze het had, ik had haar beter moeten opvangen."

„Dit is jouw schuld toch niet?" meende Arthur. „Ik schrok me wild van die telefoon, ik dacht echt dat de baby eindelijk geboren zou worden."

„Dat duurt nog een maand," zei Marcella.

„Iedere dag eerder zou me anders heel welkom zijn." Hij smoorde een geeuw, maar Marcella had het duidelijk gehoord.

„Ga maar weer slapen, ik duik ook mijn bed in," zei ze kort. Zonder op een weerwoord te wachten, verbrak ze de verbinding. Met brandende ogen staarde ze naar het plafond. Bedankt voor je steun, dacht ze cynisch bij zichzelf. Vorige week had ze al het gevoel dat hij haar in de steek liet toen ze hem hard nodig had en datzelfde voelde ze nu weer. Zou dat voortaan altijd zo gaan? Zou ze iedere ingrijpende gebeurtenis in het leven in haar eentje moeten verwerken omdat Arthur alleen met zichzelf bezig was? Zo vreemd was het toch niet dat ze op dit moment behoefte had aan een arm om haar heen? Het was geen absurde eis van haar, maar iets wat vanzelfsprekend zou moeten zijn binnen een relatie.

HOOFDSTUK 14

De begrafenis van Gwen verliep sober. Behalve haar vader waren alleen Wilma, Johan, Marcella en Gregor aanwezig. Emma was bij de meisjes in het huis gebleven. Hermien en Stella hadden Gwen amper gekend en Laura had ronduit geweigerd om mee te gaan omdat ze begrafenissen eng vond, zoals ze zelf zei. In veel opzichten was Laura nog echt een kind, ze was lang niet zo door de wol geverfd als de andere meisjes in het huis.

„Zou dat arme kind nou verder helemaal geen vrienden of familieleden gehad hebben?" vroeg Marcella zich af toen ze op de terugweg naar huis ergens waren gestopt voor een kop koffie en een broodje.

„Ik denk eerder dat haar vader expres geen kaarten heeft verstuurd," vermoedde Johan. „Alles wat zijn dochter het afgelopen jaar overkomen is, wil hij liever niet openbaar maken."

„Hij zal zijn eigen rol in dit drama wel niet willen erkennen," zei Wilma fel. „Gwen is de enige die zich nergens voor hoefde te schamen, iets wat van haar vader en haar zogenaamde oom niet gezegd kan worden."

„Ik ben in ieder geval blij dat die man er niet bij was," zei Johan droog. „Jij was in staat om hem bij de kist het graf in te duwen."

„Misschien wel, ja," knikte Wilma. „Ik ben zo ontzettend razend op die twee mannen. Dankzij hun laffe gedrag is er een eind gekomen aan een leven dat nu pas goed had moeten beginnen. Het ergste is dat je volkomen machteloos staat. Die ome Nico is hartstikke strafbaar, maar omdat Gwen nooit een aanklacht in heeft gediend zal hij er ook nooit voor gestraft worden en wat die vader gedaan heeft is niet eens tegen de wet. Ze kunnen allebei vrolijk door gaan met hun leven, terwijl Gwen…" Ze stokte, overmand door gevoelens.

„Hun geweten zal hun straf zijn," probeerde Gregor haar te bemoedigen. „Die Nico weet heus wel dat hij bloed aan zijn handen heeft en Gwens vader is nu behalve zijn vrouw ook zijn dochter kwijt. Ze zullen zich allebei heus niet prettig voelen. Wettelijk gezien zijn ze dan niet gestraft voor hun daden, maar reken maar dat ze wel wat slapeloze nachten hebben."

„Nou, dat gun ik ze. Ik hoop dat ze nooit meer een oog dichtdoen," zei Wilma wraakzuchtig.

„Laten we er nu maar over ophouden," meende Johan verstandig. „We kunnen er niets meer aan veranderen, dus we kunnen ons beter concentreren op de meisjes die onze hulp nog wel nodig hebben. Die Stella moeten we goed in de gaten houden. Ze doet wel heel erg stoer en onverschillig, maar als je daar doorheen prikt, zie je een heel klein, angstig meisje."

„Ze wil de baby afstaan," wist Gregor.

Johan knikte. „Ik weet het, maar ik vraag me af of ze daar wel over na heeft gedacht. Ze heeft ook al een paar keer geroepen dat ze absuluut een abortus had laten doen als ze eerder tot de ontdekking was gekomen dat ze zwanger was, maar ze roept het mij een beetje té vaak. Ik denk eerder dat ze zich niet aan haar kindje durft te hechten omdat ze nooit heeft geleerd hoe je liefde moet geven of ontvangen. Dat gezin waar zij uit komt, staat niet bepaald te boek als voorbeeldgezin, zacht uitgedrukt. Ze hebben allemaal een ellenlang strafblad en zowel haar vader als haar moeder hebben al diverse jaren in de gevangenis doorgebracht. Toen Stella weg is gelopen, twee jaar geleden, hebben ze geen enkele moeite gedaan om haar op te sporen. Ze is niet eens als vermist gemeld bij de politie. Stella zal veel aandacht en tijd van je vergen, Wilma." Hij knikte zijn vrouw toe.

„Oké, maar eerst wil ik nog een kop koffie," reageerde ze luchtig. „Jullie ook nog?"

Gregor knikte, maar Marcella weigerde.

„Voel jij je wel goed?" Gregor keek haar opmerkzaam aan, daarna gleden zijn ogen naar haar bord, waar nog driekwart van haar broodje op lag. „Je hebt ook al bijna niet gegeten."

„Ik ben een beetje misselijk," bekende Marcella. „En ik heb hoofdpijn. Af en toe zie ik gewoon sterretjes voor mijn ogen."

Gregor liet niet merken dat hij schrok van deze mededeling. „Heb je soms ook last van je rug?" informeerde hij als terloops.

„Een beetje, vooral bovenin. Kunnen we misschien gaan? Ik ben heel erg moe," zei Marcella op verontschuldigende toon.

„Ja, laten we gaan." Gregor stond direct op, Wilma's verbaasde blik negerend.

„Je wilde toch nog koffie?" zei ze.

„Ik maak me ongerust over Marcella," legde Gregor snel uit toen Marcella naar de garderobe liep om haar jas te pakken. „Volgens mij heeft ze een beginnende zwangerschapsvergiftiging, dus ik wil dat ze zo snel mogelijk onderzocht wordt."

Johan rekende af en even later zaten ze weer in de auto. Marcella soesde een beetje weg op de achterbank, scherp in de gaten gehouden door Wilma naast haar. De begrafenis van Gwen had plaatsgevonden in haar vroegere woonplaats en dat was een flink stuk van het huis vandaan, zodat ze pas tegen de avond het vertrouwde dorp in reden. Bij het huis aangekomen wilde Marcella uitstappen, maar Gregor hield haar tegen.

„Zullen wij even doorrijden naar de verloskundige? Ik wil graag dat je je laat onderzoeken," zei hij rustig.

Tot zijn verbazing stribbelde Marcella niet tegen, wat hij een verontrustend teken vond. Marcella raasde altijd maar door, ondanks haar vergevorderde zwangerschap. Extra rust nemen vond ze onzin en vage klachten deed ze gewoonlijk af als iets wat er nu eenmaal bij hoorde. Als ze zelf toegaf dat ze zich niet goed voelde, moest er wel iets aan de hand zijn, vreesde Gregor.

„Voel je nog leven?" vroeg hij nadat Johan en Wilma naar binnen waren gegaan en hij de auto opnieuw startte. Tot zijn opluchting knikte ze.

„Maar ik voel me behoorlijk beroerd," voegde ze daar aan toe. „En moe. Het lijkt wel of ik plotseling dertig kilo meer meesjouw dan een paar dagen geleden. Alles voelt zo zwaar. Wat denk je dat ik mankeer?"

„Ik vermoed iets van een zwangerschapsvergiftiging," antwoordde hij eerlijk. „Je klachten wijzen die kant op, hoewel het ook heel iets anders kan zijn. Dana zal je bloeddruk en urine controleren, dan weten we het zeker."

„Dat klinkt ernstig," zei ze langzaam.

„Dat is het ook, daarom is het belangrijk om er vroeg bij te zijn. Ben je bang?" vroeg hij met een snelle blik opzij.

„Om de baby te verliezen, bedoel je?" Ze trok even met haar schouders. „Misschien is dat wel de beste oplossing."

„Daar meen je geen woord van," zei Gregor kalm. Hij parkeerde zijn wagen voor de praktijk van Dana Schuurman en draaide zich naar haar toe. „Je hoeft je niet groter voor te doen dan je bent, je mag best toegeven dat je bang bent."

„Laten we maar naar binnen gaan," ontweek Marcella een rechtstreeks antwoord.

Dana wilde net haar praktijk verlaten, maar nadat Gregor haar van zijn vermoedens had verteld, pakte ze direct haar spullen om Marcella te onderzoeken. Gelukkig waren in haar urine geen sporen van eiwit te vinden, wel was haar bloeddruk onrustbarend hoog.

„Dat kan van de spanning komen, tenslotte heb je de laatste tijd heel wat meegemaakt," zei Dana vriendelijk. „Een beginnende zwangerschapsvergiftiging is echter ook niet uit te sluiten. In dat geval is het alleen maar gunstig als je vanaf nu voortdurend onder controle blijft, dus ik stuur je door naar de gynaecoloog."

„Nu direct?" schrok Marcella.

„Dat lijkt me wel het beste. Ik ga hem bellen dat je eraan komt, hou er rekening mee dat je in het ziekenhuis moet blijven. Ik denk dat hij je opneemt."

„Maar ik heb niets bij me! Ik kan toch niet zomaar ineens de hele boel in de steek laten? We hebben net twee nieuwe bewoners," zei Marcella paniekerig.

„Maak je nou niet druk, je gezondheid is het belangrijkste," onderbrak Gregor haar. „Als je inderdaad in het ziekenhuis moet blijven, zorg ik wel dat je je spullen krijgt en over de rest hoef je je helemaal geen zorgen te maken. Het huis draait ook wel zonder jou, al is het met jou natuurlijk een stuk gezelliger." Die laatste woorden voegde hij er plagend aan toe, in een poging haar wat te kalmeren, maar met weinig succes.

De rit naar het ziekenhuis verliep zwijgend. Marcella was bang, zenuwachtig en ongerust, aan de andere kant bekende ze zichzelf dat het eigenlijk wel heel prettig zou zijn om een paar dagen in bed te moeten blijven, ver weg van de perikelen in het huis. Er was zoveel voorgevallen de afgelopen weken, ze had het gevoel dat alles boven haar hoofd begon te groeien.

De gynaecoloog, die zich voorstelde als Harry van der Steen, deelde de mening van Dana en Gregor. Na een uitgebreid onderzoek en de afname van wat bloed, vond Marcella zichzelf een uur later terug in een ziekenhuisbed. Het was een tweepersoonskamer, maar het andere bed was leeg.

„Ik hoop dat dat voorlopig zo blijft," zuchtte ze tegen Gregor, die al die tijd bij haar gebleven was. „Ik heb helemaal geen zin in gezelschap."

„Dank je," zei hij op droge toon.

„Uitgezonderd jou natuurlijk," lachte ze snel. „Ik bedoelde vreemd gezelschap."

„Dat mag ik hopen, want ik ben van plan om je veel op te komen zoeken."

„Is dat een belofte of een dreigement?"

„De rust doet je nu al goed, merk ik. Je krijgt weer praatjes. Zeg me maar welke spullen je wilt hebben, dan ga ik ze halen voor je."

„Nachtjaponnen en ondergoed natuurlijk. Mijn toiletspullen, iets te lezen, pantoffels," somde Marcella op. Gregor noteerde alles wat ze opnoemde en beloofde het onmiddellijk te komen brengen.

„Mag dat wel?" vroeg Marcella zich af. „Het bezoekuur is allang voorbij en ik mag toch hopen dat ik niet onder de categorie 'doorlopend bezoek' val."

„Je hebt je spullen nodig, dus dat zal geen probleem zijn, bovendien heb je geen kamergenoten die er last van hebben als ik nog even terugkom. Trouwens, ik ben arts, ik mag naar je toe wanneer dat mij uitkomt," ontdekte Gregor opgewekt terwijl hij opstond. „Tot straks dus maar. Zal ik Arthur voor je bellen om te vertellen wat er aan de hand is?"

Arthur… Met een schok realiseerde Marcella zich dat ze helemaal niet aan hem gedacht had de afgelopen uren. Hij zou wel schrikken van dit nieuws. Hoewel, hij zou waarschijnlijk de pest inhebben omdat dit zijn plannen in de war gooide, corrigeerde ze zichzelf wrang. Ze zouden komende zondag de hele dag samen uitgaan, daar kwam nu natuurlijk niets van.

„Laat maar," zei ze met een blik op haar horloge. „Het is inmiddels al over half elf en hij mag nu toch niet meer bij me. Ik bel hem morgen zelf wel."

„Zoals je wilt." Gregor liet niet merken wat hij ervan dacht, maar hij vond het nogal vreemd. Als Marcella zijn vriendin was, zou hij onmiddellijk op de hoogte gesteld willen worden en geen tien paarden hadden hem dan tegen kunnen houden om meteen naar haar toe te gaan, of de dokters en verpleegsters dat nou goed vonden of niet, dacht hij grimmig.

Na zijn vertrek draaide Marcella zich op haar zij en sloot haar ogen. Als ze heel eerlijk was moest ze bekennen dat ze het stiekem helemaal niet zo erg vond dat ze verplicht in bed moest blijven. Nu merkte ze pas echt goed hoe moe ze was, nu ze eraan toe kon geven. Haar lichaam voelde als lood. Na de dramatische gebeurtenissen met Penny en Gwen vond ze het ook niet zo erg om even niet naar huis te hoeven gaan, al had ze een vaag gevoel van schuld tegenover Wilma. Het was net of ze haar in de steek liet. Verwarde gedachten vlogen rond in Marcella's vermoeide

155

hoofd. Ze dacht aan Penny, die nog steeds in voorarrest zat wegens de moord op Marek en aan Gwen, die zo wanhopig was dat ze geen andere uitweg meer had gezien. Ook Joris' gezicht verscheen op haar netvlies, de vader van haar kindje. Zijn beeltenis vervaagde echter en ervoor in de plaats kwam het vertrouwde gezicht van Gregor. Vreemd, ze zou Arthur moeten zien, drong het heel vaag tot haar door. Toen versmolten alle beelden tot één wazig geheel en viel Marcella in een diepe slaap.

Zo vond Gregor haar een uur later. Met een grote tas in zijn handen bleef hij lang op de slapende Marcella neer kijken. Wat zag ze er kwetsbaar uit zo. Haar kastanjekleurige haren lagen uitgespreid op het witte kussen, op haar bleke gezichtje waren de sproetjes die ze had, duidelijk zichtbaar. Haar mond stond iets open, waardoor hij haar scheve voortand zag. De tand waar Marcella zo'n hekel aan had, maar die hij juist charmant vond staan. Het gaf haar gezicht iets eigens, heel iets anders dan die standaard witte en rechte gebitten waar mensen niet meer zonder leken te kunnen. Het leek af en toe wel of een standaard uiterlijk, opgedrongen door de media, een voorwaarde was om gelukkig te zijn, maar Gregor was blij dat Marcella niet aan dat rolmodel voldeed. Hij vond haar veel mooier dan de modellen die de covers van tijdschriften sierden en die allemaal op elkaar leken. Marcella was uniek.

Hij realiseerde zich niet dat zijn gedachten een regelrechte liefdesverklaring inhielden. Manon, zijn inmiddels ex-vrouw, was het tegenovergestelde van Marcella. Ze was slank, mondain, altijd volgens de laatste mode gekleed en met een kapsel waarin geen haartje verkeerd zat. Helaas was ze ook egoïstisch, kil en hard. Na het mislukken van zijn huwelijk had Gregor zichzelf bezworen dat hij nooit meer aan een relatie zou beginnen. En nu was daar ineens Marcella, die zijn gevoelsleven volledig op zijn kop zette, iets wat hij hardnekkig bleef ontkennen. Marcella, die het zo moeilijk had en die hij zo graag wilde helpen, maar die haar eigen beslissingen moest nemen. Zelfs als het, in zijn ogen, de verkeerde waren. Hij kon daar echter weinig aan veranderen. Zijn rol was die van een goede vriend, maakte hij zichzelf wijs. Hij kon alleen maar vanaf de zijlijn toekijken en een luisterend oor bieden, meer niet.

Uiterst voorzichtig boog Gregor zich over Marcella heen en teder drukte hij zijn lippen even op haar wang voor hij zachtjes de ziekenkamer uitsloop.

Verward werd Marcella de volgende ochtend wakker. Waar was ze? Het duurde even voor de gebeurtenissen van de vorige avond tot haar versufte brein doordrongen. Pas toen ze de grote weekendtas met haar spullen naast het bed zag staan, wist ze het weer. Gregor was dus inderdaad terug gekomen. Eigenlijk had ze niet anders van hem verwacht. Gregor was een man die zijn beloftes nakwam, iemand waar je op kon bouwen. Haar eerste mening over hem, dat het een arrogante, belerende kwal was, had Marcella allang herzien.

Nadat een verpleegster haar temperatuur en bloeddruk opgemeten had en naar het hartje van de baby had geluisterd, besloot ze eerst Arthur te bellen. Het was nog wel erg vroeg, kwart voor acht pas, maar ze kon hem beter nu bellen dan hem straks storen tijdens zijn werk. Daar had hij een gruwelijke hekel aan, wist ze. Hij nam zijn telefoon echter niet op. Eindeloos luisterde ze naar het overgaan van het toestel, zonder dat zijn stem in haar oor weerklonk. Waarschijnlijk was hij al onderweg naar kantoor, vermoedde ze. Arthur was een echte workaholic, die lange dagen maakte. Omdat ze hem niet wilde irriteren besloot Marcella om Carina te bellen, dan kon zij het bericht aan Arthur doorgeven.

Carina beantwoordde haar telefoon wel, al duurde het erg lang. Toen ze eindelijk opnam klonk haar stem erg slaperig. „Bel ik je wakker?" vroeg Marcella berouwvol.

„Ja." Ze smoorde een geeuw. „Aangezien ik nog steeds geen nieuwe baan heb, zie ik het nut er niet van in om op een onmenselijke tijd mijn bed uit te komen. Is er iets aan de hand?"

„Ik lig in het ziekenhuis," vertelde Marcella. Dat was genoeg om Carina goed te doen ontwaken. Ze overstelpte haar vriendin met vragen en Marcella legde geduldig uit wat er precies aan de hand was. „Wil jij het aan Arthur vertellen?" vroeg ze uiteindelijk.

„Waarom?" was Carina's logische vraag. „Ben je door alle opwinding zijn telefoonnummer vergeten?"

„Hij neemt niet op en ik bel hem liever niet op zijn mobiel, hij heeft er een hekel aan om tijdens zijn werk gestoord te worden," legde Marcella uit.

„Wat een onzin," verklaarde Carina kort en bondig. „Als je belt voor een kletspraatje kan ik me dat voorstellen, maar dit ligt wel even iets anders."

„Het is nogal gecompliceerd. Arthur kan nu eenmaal niet goed met mijn zwangerschap overweg. Liever gezegd, hij wil er totaal niets van weten," zei Marcella somber.

„Dat heb ik gemerkt, ja. Gelukkig duurt het nu niet zo lang meer. Weet je wat? Ik wacht hem straks wel op als hij lunchpauze heeft," beloofde Carina. „Hoe is het voor de rest met je, afgezien van het feit dat je ziek bent? We hebben elkaar zo'n tijd niet gesproken."

„Het was een nogal hectische tijd." Marcella vertelde wat er allemaal voorgevallen was en Carina luisterde ademloos. Marcella's leven was sinds de sluiting van hun administratiekantoor heel anders verlopen dan dat van haar. Zij solliciteerde wel, maar tot nu toe zonder resultaat en eigenlijk vond ze het wel best zo. Ze kreeg iedere maand stipt op tijd haar uitkering binnen en genoot van de vrije tijd die ze had. Bij Marcella vergeleken leek haar leven echter saai en doelloos.

„Wat een verhalen," verzuchtte ze dan ook. „Jij maakt tenminste nog eens iets mee."

„Iets te veel zelfs," zei Marcella daarop. „Het had best wat minder gemogen. Enfin, het ziet er naar uit dat ik voorlopig een saaie tijd tegemoet ga hier in het ziekenhuis."

„Ik kom je snel opzoeken," beloofde Carina.

Marcella hing op en liet zich terugvallen in de kussens. Toch wel stil, zo in haar eentje, ontdekte ze. Heel iets anders dan de drukte in het huis, waar altijd wel iemand te vinden was voor een praatje. Boven haar voeteneinde hing een tv en op haar nachtkastje vond ze de afstandsbediening, dus zette Marcella het toestel aan om wat afleiding te hebben. Het ochtendnieuws was bezig, zag ze. De nieuwslezeres maakte melding van een ongeluk dat plaats had gevonden op de snelweg en ze vertelde de kijkers dat een beruchte crimineel, naar wie de politie al lange tijd op zoek was, eindelijk was opgepakt.

„Dan nu het overige nieuws. Cindy Martins, de vijftienjarige dochter van actrice Irene van der Mortel, is gisteravond bevallen van een zoontje," hoorde Marcella ineens tot haar verrassing. „De actrice, die nooit bekend heeft gemaakt dat ze een dochter heeft, is hiermee de jongste oma in de showbusiness geworden." Het scherm vertoonde een grote foto van Irene, waarna de nieuwslezeres soepel overging tot ander belangrijk nieuws van die dag, gevolgd door de filemeldingen en de weersverwachtingen.

Cindy had dus een zoontje gekregen. Marcella drukte de knop in van teletekst in de hoop daar wat meer informatie te vinden en ze vond inderdaad een pagina die verdere bijzonderheden vermeldde. Het kindje heette Robin en woog bijna acht pond, las ze. De jonge moeder maakte het uitstekend en had verklaard dat ze dolgelukkig was met haar baby. Nou, dat hoopte Marcella dan maar. Het was toch beslist geen sinecure om op je vijftiende al moeder te worden, zeker niet als je eigen moeder niet bepaald stond te trappelen om je te helpen. Hoewel, nu de camera's op hen waren gericht, zou Irene zich wel heel anders opstellen, vermoedde Marcella. Ze was doodsbang voor een slechte reputatie en voor haar carrière. Nu het nieuws van Cindy's zwangerschap en bevalling in de openbaarheid was gekomen, zou ze er ongetwijfeld alles aan doen om over te komen als een liefhebbende, zorgzame moeder en oma.

Cindy was bevallen op de avond van de dag waarop Gwen begraven was, ironisch. Hieruit bleek eens te meer hoe dicht leven en dood bij elkaar lagen. De twee meisjes waren niet bepaald vriendinnen geweest, maar ze hadden wel maandenlang met elkaar in één huis gewoond. Hun toekomst leek er voor een groot deel hetzelfde uit te zien in die tijd. Maar waar Cindy nu een nieuw leven tegemoet ging met haar kindje, was het voor Gwen abrupt afgelopen. Marcella huiverde. De tegenstelling was dan ook wel heel erg groot.

Ze werd uit haar gedachten gehaald doordat haar ontbijt werd gebracht door een jonge verpleegster. „U moet goed eten, hoor," waarschuwde ze toen ze zag dat Marcella een blik vol afkeer wierp op de twee bruine boterhammen, de beker melk en de vacuüm verpakte plakjes worst en kaas. „Dat heeft de baby nodig."

Die simpele opmerking raakte Marcella in haar hart. Met een schok besefte ze dat ze zich nog geen één keer af had gevraagd hoe de baby in haar lichaam het maakte onder deze omstandigheden. Haar bloeddruk was onheilspellend hoog, dat kon toch nooit goed zijn voor zo'n kindje. Berouwvol legde ze haar handen op haar buik, waar de baby op reageerde door te schoppen. Ze was een slechte moeder, verweet ze zichzelf. De baby zou een stuk beter af zijn als hij of zij geadopteerd werd door een echtpaar dat er wel liefdevol voor zou zorgen.

HOOFDSTUK 15

De tijd verstreek langzaam in het ziekenhuis, maar Marcella merkte na enkele dagen al dat deze gedwongen periode van rust haar goed deed. Haar bloeddruk begon te dalen en ze voelde zich een stuk beter. Het loodzware gevoel in haar lijf begon af te zakken en de hoofdpijn verminderde. Toch mocht ze niet naar huis van de gynaecoloog.

„Je zult de resterende tijd van je zwangerschap rust moeten houden," had hij haar streng toegesproken. „Ik ben bang dat je dat in het huis waar je woont niet krijgt, of liever gezegd niet neemt. Gelukkig heeft onderzoek inmiddels uitgewezen dat je geen zwangerschapsvergiftiging hebt, maar je was wel een heel eind op weg naar totale overspannenheid en ook dat kan desastreuze gevolgen hebben voor de baby. Voorlopig blijf je hier, misschien wel tot aan de bevalling."

Marcella vond het niet eens erg. De dagen in het ziekenhuis waren van een geruststellende voorspelbaarheid, die ze erg prettig vond. Er waren geen onderlinge ruzies of spanningen, geen onverwachte gebeurtenissen en geen dramatische wendingen die alles op zijn kop zetten. Ze vulde haar dagen met een beetje lezen, wat televisie kijken en slapen, vooral erg veel slapen. Nadenken of piekeren over haar toekomst deed ze niet.

„Ik voel me een soort robot," vertrouwde ze Gregor toe op één van de vele bliksembezoekjes die hij tussen zijn werkzaamheden door bij haar afstak. „Ik adem, dus ik ben er nog, maar het lijkt net of het allemaal langs me heen glijdt. Alsof ik er zelf niet helemaal bij ben. Klinkt dat gek?"

„Nee hoor, het lijkt me juist heel gezond voor je om op deze manier alles even van je af te zetten," verzekerde hij haar. „Iedereen heeft zijn grens en jij hebt de jouwe overduidelijk bereikt. Overschreden zelfs. Je hebt heel hard een periode van rust nodig om er straks weer tegenaan te kunnen."

„Op dit moment moet ik er even niet aan denken om weer gewoon mee te draaien in de maalstroom van het leven," bekende Marcella.

„Doe dat dan ook niet," raadde hij haar aan. „Dat komt straks vanzelf wel weer."

Wilma en Johan kwamen ook regelmatig op bezoek en zelfs Emma was een keer langsgekomen, mopperend als altijd, maar wel met een trommel zelfgebakken koekjes waarvan ze wist dat Marcella er dol op was. Arthur liet zich slechts sporadisch zien en als hij er was, bleef hij nooit lang. Hij had het razend druk op zijn werk, had hij verontschuldigend gezegd. Marcella vond het prima, zoals ze alles wel best vond. Zijn onverschillige houding tegenover de baby leek haar niet te raken. Ze kon het hem niet kwalijk nemen, meende ze. Zelf was ze ook niet bepaald het toppunt van een zorgzame, liefdevolle aanstaande moeder. Haar gedachten waren maar heel weinig bij haar baby, in tegenstelling tot de andere aanstaande moeders in het ziekenhuis. Als ze in het dagverblijf zat en de gesprekken tussen de zwangere vrouwen hoorde, stemde haar dat vaak triest. Waarom kon zij zich niet gewoon verheugen op haar baby, zoals deze vrouwen? Wat was er mis met haar?

Op een dag kwam Cindy onverwachts met haar zoontje binnen. Gregor was ook op het bezoekuur en ze keken allebei verrast op toen ze ineens voor hun neus stond.

„Ik moest hem gewoon even showen in het huis," vertelde Cindy lachend. „En natuurlijk kon ik niet terug naar huis gaan zonder jou dit wonder te laten zien." Ze zag er stralend uit en toonde vol trots haar zoontje Robin, die slapend in de maxi cosi lag. „Hoe vinden jullie hem?"

„O Cin, wat een dotje!" riep Marcella enthousiast uit. Het was voor het eerst sinds ze hier lag dat ze los kwam en andere gevoelens toonde dan doffe gelatenheid en Gregor keek gefascineerd naar haar. Dit was de Marcella zoals hij haar had leren kennen. Lief, spontaan en gedreven. „Mag ik hem even vasthouden?" vroeg ze smekend.

„Natuurlijk. Het is tijd voor zijn voeding, dus ik kan hem

mooi hier de fles geven voor ik terugga naar huis." Vakkundig opende Cindy de gespen die Robin op zijn plek hielden en overhandigde hem aan Marcella.

Teder keek die neer op het piepkleine mensje in haar armen. Wat was het toch een wonder dat uit een vluchtig contact tussen een man en een vrouw zoiets moois kon groeien, dacht ze ontroerd.

„Het staat je goed, zo'n baby," zei Gregor goedkeurend. Meteen kon hij het puntje van zijn tong wel afbijten. Onder de gegeven omstandigheden was dit niet echt een handige opmerking, realiseerde hij zich.

„Nog een paar weken," zei Cindy lachend. Ze leek niet te merken dat Gregor zich geneerde voor zijn opmerking, evenmin zag ze de schaduw die over Marcella's gezicht trok. „Dan is het jouw beurt. Wil je hem de fles geven, zodat je vast kunt wennen?"

„Nee, dat mag je zelf doen," weerde Marcella dat af.

„Je hebt gelijk. Straks doe je niet anders meer dan eten geven en luiers verschonen, geniet nog maar even van het niets doen," zei Cindy opgeruimd. Ze ging in de juiste houding zitten en babbelde er vrolijk op los terwijl Robin zijn fles leegdronk. Het ging goed met haar, vertelde ze. Sinds haar moeder geaccepteerd had dat haar bestaan in het nieuws was gekomen, ging het veel beter tussen hen en Irene had zich zelfs verzoend met de geboorte van haar kleinzoon. Ze genoot van de aandacht die zijn komst met zich mee had gebracht en wentelde zich in haar nieuwe rol als jonge en knappe oma. Binnenkort zou een kindermeisje haar intrede doen in huize van der Mortel en zou Cindy haar school afmaken.

„Ik wil een goede opleiding hebben, zodat ik later een baan kan vinden waarvan ik Robin en mezelf kan onderhouden," zei ze ernstig. „Nu teren we op het geld van mijn moeder. Op zich is daar niets mis mee, maar in de toekomst moet ik voor mezelf kunnen zorgen. En voor dit kleine ventje natuurlijk. Ik wil niet afhankelijk blijven van haar."

„Goed van je," zei Gregor hartelijk. „Jij komt er wel."

„In tegenstelling tot Gwen," zei Cindy zacht. „Wilma vertelde het me net, ik vind het zo erg. Toen ik nog in het huis woonde, heb ik haar vaak verwenst, nu heb ik daar spijt van."

„Je hoeft je niet schuldig te voelen, we hadden allemaal problemen met Gwen," troostte Marcella haar. „Ze had teveel ellende in een te korte tijd gehad en dat kon ze niet verwerken. Denk niet dat jullie ruzies mede oorzaak waren van haar uiteindelijk daad, want dat staat er helemaal los van. Ze lag overhoop met zichzelf en als gevolg daarvan ook met alle anderen in haar omgeving."

„Je moet je wel heel erg ellendig en eenzaam voelen om zoiets te doen." Cindy huiverde. „Ik heb het ook niet makkelijk gehad, maar die gedachte is gelukkig nog nooit bij me opgekomen. Dat zie ik overigens niet als een verdienste van mezelf, hoor."

„Wat is Cindy toch verstandig voor haar leeftijd," merkte Gregor op nadat het meisje het ziekenhuis had verlaten.

„In het begin geloofden we niet dat ze veertien was," herinnerde Marcella zich. „Haar gedrag is dat van een jonge volwassene, maar gelukkig wel zonder betweterig of echt ouwelijk te zijn. Het is een fijne meid en ik ben blij dat het zo goed met haar gaat."

„Nu jij nog." Gregor drukte even haar hand. „Nog een paar weken. Zie je er tegenop?"

„Nee, ik denk er eigenlijk nooit aan. Ik laat het allemaal maar op me af komen."

„Mooi, dat is beter dan jezelf nodeloos bang maken voor de pijn van een bevalling," zei Gregor terwijl hij overeind kwam. „Ik ga naar huis. Vannacht heb ik dienst gehad en ik moest er vier keer op uit, dus ik ben gesloopt. Ik duik lekker mijn bed in."

„Ik ga ook een uurtje slapen," nam Marcella zich voor. „Voor de verandering. Ik heb in tien jaar niet zoveel geslapen als in de laatste weken, geloof ik."

Ze zwaaide Gregor voor het raam van haar kamer uit en nestelde zich onder de dunne deken. Slapen wilde echter niet lukken. Ze voelde zich niet lekker en kon geen rust vinden. Het duurde een tijdje voor ze zich realiseerde dat de regelmatig terugkerende krampen onderin haar buik weeën waren. Het leek erop dat de bevalling was begonnen. Marcella voelde er niets bij. Geen angst, geen opluchting dat het eindelijk zover was, geen blijdschap, helemaal niets. Ze was volkomen leeg van binnen en wachtte gelaten het moment af dat de weeën zo sterk waren dat de dokter erbij moest komen.

Er braken een paar moeilijke uren aan voor Marcella. De weeën volgden elkaar snel op, maar de ontsluiting vorderde niet zo vlot. Om zes uur die avond belde ze Arthur om hem te melden dat de bevalling begonnen was en haar kindje waarschijnlijk die nacht het levenslicht zou aanschouwen.

„Ik ben blij toe," zei hij hartgrondig. „Doet het erg veel pijn?"

„Dat valt wel mee, maar ik kan wel een steuntje gebruiken. Kom je naar me toe?" vroeg ze aarzelend. Het voelde niet prettig om daarom te moeten vragen, maar ze wist dat hij het zelf niet aan zou bieden en ze had behoefte aan een beetje bemoediging.

„Natuurlijk, als jij dat wilt." Het klonk niet erg toeschietelijk, ze was echter allang blij dat hij kwam.

Hij arriveerde een uur later, net op het moment dat Marcella overgebracht werd naar de verloskamer.

„Gaat het nu gebeuren?" informeerde hij bij de verpleegster nadat hij Marcella een vluchtige kus had gegeven.

„De ontsluiting staat op vier centimeter, dus het kan nog wel een tijdje duren," antwoordde die op een beroepsmatig opgewekt toontje. „Bij een eerste kindje hebben we de vuistregel dat de ontsluiting een uur per centimeter vordert, maar iedere vrouw is natuurlijk weer anders."

„Maar dat duurt nog zes uur!" rekende Arthur verschrikt uit. Hij wendde zich tot Marcella. „Ik heb straks een afspraak voor een huizenbezichtiging."

„'s Avonds?"

„Ik heb nu eenmaal geen kantoorbaan van negen tot vijf. Deze mensen werken allebei de hele dag, als ik ze 's avonds niet ter wille ben gaan ze naar een andere makelaar. Het spijt me, maar ik kan dit niet zomaar afbellen. De huizen vliegen nu eenmaal niet als warme broodjes over de toonbank, ik kan het me niet veroorloven om een kans te laten schieten."

„Ga maar," zei Marcella. In een flits begreep ze dat ze niets aan hem zou hebben op dit moment. Misschien zou hij vervanging regelen als ze dat echt zou willen, maar daar wilde ze niet om smeken. Heel helder besefte ze ineens dat ze van Arthur geen steun zou ondervinden bij de bevalling. De blik van afweer die hij wierp op het tafeltje met medische instrumenten leek dat nog eens extra te benadrukken.

„Als ik op tijd klaar ben, kom ik terug," beloofde hij.

Ze schudde haar hoofd. „Doe dat maar niet," zei ze zacht. „Je had gelijk toen je eerder zei dat jij hier niets mee te maken hebt. Dit moet ik alleen doen, Arthur. Ik bel je wel als de baby geboren is."

„Meen je dat? Ik vind het niet erg om erbij te zijn," zei hij, maar ze kon de opluchting duidelijk in zijn stem horen.

„Ga nu maar," zei ze alleen.

„Oké dan. Hou je taai, schat." Hij boog zich over haar heen en kuste haar, maar ze draaide net haar gezicht weg, zodat zijn lippen op haar wang belandden. „Ik hou van je."

Ze reageerde niet op die laatste woorden. Met brandende ogen staarde ze naar het plafond, ze had zich nog niet eerder zo eenzaam gevoeld. De pijn van de weeën teisterde haar lichaam, maar de pijn in haar hart was erger. Tot het laatste toe had ze gehoopt dat Arthur zich zou ontpoppen tot iemand waar ze steun aan kon hebben, iemand die haar door deze moeilijke uren heen kon slepen, maar ze had natuurlijk beter moeten weten. Dat zat er gewoon niet in bij hem. Arthur was zakelijk, efficiënt en pragmatisch, maar op het emotionele vlak had hij weinig te bieden. Nog niet eerder had ze dat zo duidelijk gezien als juist op dit moment.

Ze zou in haar eentje deze bevalling moeten doorstaan, zonder hulp van iemand die haar na stond. Heel even dacht Marcella eraan om Wilma te bellen, maar dat verwierp ze meteen weer. Ze mocht haar heel graag en kon het prima met haar vinden, toch wilde ze zoiets intiems als een bevalling niet met haar delen. Dat was te persoonlijk. Net op dat moment stak Gregor zijn hoofd om de deur.

„Ha, hier lig je," zei hij terwijl hij binnen kwam. „Ik schrok me wild toen je kamer leeg bleek te zijn. Hoe is het? Heb je het erg zwaar?" Hij kwam naast de verlostafel staan en wreef als vanzelfsprekend met een koel washandje de zweetdruppeltjes van haar voorhoofd af.

„Het gaat wel," zei Marcella. Ineens voelde ze zich een stuk beter. Gregor had haar van het begin af aan gesteund. Als iemand haar door de bevalling heen kon helpen, was hij het wel. Ze greep zijn beide handen stevig vast. „Wil je bij me blijven?" vroeg ze dringend.

Hij keek haar onderzoekend aan. „Weet je dat zeker? Arthur zou hier bij moeten zijn, niet ik."

„Arthur is net weg, hij moet werken. Aan hem heb ik trouwens niets, hij is banger voor de bevalling dan ik."

„In dat geval blijf ik bij je."

„Vind je het niet erg?" Het drong tot Marcella door dat dit een vreemde situatie was. Iemand vragen om een kop thee voor je te zetten, was toch heel iets anders dan vragen of iemand bij je wilde blijven terwijl je kind geboren werd. „Je hoeft je niet verplicht te voelen."

„Ik hoopte al dat je het zou vragen, zelf durfde ik het namelijk niet voor te stellen," verzekerde Gregor haar echter.

Marcella glimlachte. „Dat is natuurlijk een leugen, maar wel leuk om te horen."

Ze hield nog steeds zijn hand vast, maar liet die verschrikt los toen een hevige wee haar overviel. „Mijn rug," kreunde ze.

Gregor had geen verdere aansporing nodig. Met stevige

167

handen begon hij haar rug te masseren en bij iedere nieuwe wee gaf hij ferm tegendruk, zodat zij ze beter kon
opvangen. Tussen de weeën door liet hij haar kleine slok-
jes water drinken en bette hij haar voorhoofd, haar bemoedigend toesprekend.

„Je kan het, echt," zei hij steeds als ze de moed dreigde te
verliezen en in paniek raakte. „Rustig ademhalen, doe
maar met mij mee. Iedere wee die weg is, komt nooit meer
terug, hou dat in gedachten. En iedere nieuwe wee brengt
je dichter bij het einde."

Zo loodste hij haar de zware, lange bevalling door, die de
hele avond en nacht duurde. De gynaecoloog twijfelde of
hij in moest grijpen, maar omdat de hartslag van de baby
goed was en er geen tekenen waren dat hij of zij het
benauwd kreeg, besloot hij zo lang mogelijk de natuur zijn
gang te laten gaan. Om acht uur die ochtend gaf hij het sein
tot persen. Marcella deed haar best, maar ze kon de kracht
niet meer opbrengen om de baby haar lichaam uit te drij-
ven. Ze ademde verkeerd en verdeelde haar energie niet
goed, zodat de persweeën niet optimaal benut werden. De
arts wilde de verlostang pakken, maar Gregor gebaarde
hem nog even te wachten.

„Luister naar mij, Marcella," sprak hij dringend terwijl hij
haar diep in haar ogen keek. „We gaan dit samen doen, op
mijn aanwijzingen. Daar komt weer een wee aan. Persen,
nu! Ja, stop, even ademhalen en opnieuw. Persen!" Zijn
bevelen vlogen door de verloskamer en Marcella volgde ze
willoos op. Gregor was haar houvast, ze zag en hoorde hem
alleen maar. Zijn stem was het enige dat bewust tot haar
doordrong en zijn handen die haar vasthielden gaven haar
net dat beetje extra kracht wat ze nodig had.

Eindelijk verdween de brandende pijn en voelde ze iets
glibberigs uit haar lichaam glijden.

„Het is een meisje," zei Harry van der Steen. Hij pakte de
baby aan en legde haar in één beweging op de borst van
Marcella. Ze lag met gesloten ogen in de kussens en durfde
niet te kijken.

„Marcella, je baby is er," zei Gregor zacht. „Je hebt een dochter. Een schitterend, klein meisje."

„Is het echt voorbij?" vroeg ze met bibberende stem.

„Ja en je hebt het prima doorstaan. Ik ben trots op je." Zijn stem klonk teder.

Haar handen tastten aarzelend naar het kindje op haar borst. Pas toen ze de baby vasthield, durfde ze haar ogen open te doen. „Het is een echt kind," zei ze verbaasd.

Het leek wel of nu pas bewust tot haar doordrong wat er gebeurd was en dat het wezentje wat al die tijd in haar lichaam had gehuisd, echt was. Het was niet langer een abstract iets waar ze zich geen voorstelling van kon maken, maar een echt, levend kind. Haar ogen gleden over het lijfje, dat nog bedekt was met huidsmeer. Twee grote, donkere ogen leken haar peilend aan te kijken. Plotseling barstte Marcella in huilen uit terwijl ze haar dochter tegen zich aandrukte. De verpleegster die bij de bevalling had geassisteerd, kwam verschrikt aanrennen, maar Gregor beduidde haar dat ze Marcella even met rust moest laten. Een flinke huilbui was precies wat ze nu nodig had. Hij zei niets, maar wachtte geduldig op de rand van de verlostafel tot ze wat bedaarde.

„Ik wist niet dat het zo zou voelen," zei ze na een tijdje. „Zo intens. Ik heb een dochter, Gregor. Een dochter! En ze is helemaal van mij. Hoe heb ik ooit kunnen denken dat ik haar af zou kunnen staan?" Terwijl ze praatte bleef ze naar de baby kijken. Alle details van het kleine kindergezichtje nam ze in zich op. Dit was haar kind! Het moedergevoel nam plotseling en hevig bezit van haar. Een oergevoel dat zich niet liet omschrijven, maar wat duidelijk voelbaar was. Niemand zou dit wezentje ooit nog van haar af kunnen nemen.

„Jij wist dit, hè?" zei ze plotseling. Ze sloeg haar ogen op naar Gregor, die het tafereel voor hem intens zat te bekijken.

„Wat bedoel je?"

„Jij wist dat ik mijn kind niet af zou kunnen staan voor

adoptie, daarom adviseerde je me om pas na de bevalling een beslissing te nemen."

„Ik vermoedde het in ieder geval. Jij bent niet hard of gevoelloos, zoals je zelf al die maanden dacht. Integendeel, je bent lief en zorgzaam. De gedachte om in je eentje een kind groot te moeten brengen beangstigde je en daarom sloot je je af voor de gevoelens die andere aanstaande moeders hebben. Zolang de baby niet zichtbaar was, kon je dat ook, maar nu is het anders. Nu is het realiteit."

„Een zalige realiteit," zei Marcella teder. „Hoe is het mogelijk dat ik dat al die maanden niet geweten heb? Dit gevoel is nergens anders mee te vergelijken."

„Je had gewoon een tijdelijke kortsluiting in je hart," zei Gregor. Hij sprak expres op een luchtige toon om zijn ware gevoelens niet te laten zien. Deze nacht was ook voor hem de realiteit in volle hevigheid tot hem doorgedrongen. De realiteit van zijn gevoelens voor Marcella. Niks goede vriend, hij hield van haar! Heel anders en veel meer dan hij ooit van Manon gehouden had. Hij mocht daar echter niets van laten merken. Marcella was net moeder geworden, die zat nu niet te wachten op een liefdesverklaring. Trouwens, Arthur was er ook nog, realiseerde Gregor zich ineens met een schok. Daar had hij tijdens de hele bevalling niet meer aan gedacht. In die moeilijke uren waren hij en Marcella zo'n hechte eenheid geweest dat het moeilijk voor te stellen was dat er nu eigenlijk een andere man bij haar zou moeten zijn.

„Moet je Arthur niet bellen?" zei hij langs zijn neus weg.

„Dat komt straks wel," antwoordde Marcella achteloos. „Het heeft geen haast, hij zal toch vast niet staan te springen om mijn baby te accepteren, maar als hij mij wil hebben zal hij haar erbij moeten nemen. Die kans is uiterst klein, denk je ook niet?"

„Daar durf ik geen voorspelling over te doen," zei Gregor voorzichtig. Haar woorden verwarden hem. Wat bedoelde ze nou eigenlijk? Dat Arthur voor haar niet meer telde of dat ze onmiddellijk in zijn armen zou springen als hij aangaf dat de baby wat hem betrof welkom was? Hij durfde er niet naar te vragen, want hij was bang voor het antwoord.

HOOFDSTUK 16

„Je ziet er stralend uit," zei Wilma terwijl ze Marcella twee stevige zoenen gaf. „Ik hoef niet te vragen hoe je je voelt."
„Ik ben nog nooit zo gelukkig geweest," vertelde Marcella terwijl ze ook de felicitaties van Johan in ontvangst nam. Het klonk alsof ze er zelf verbaasd over was en zo voelde het eigenlijk ook. De liefde die ze voor haar dochtertje voelde, had Marcella volkomen onverwachts overvallen. De baby was nog geen dag oud en nu kon ze zich het leven zonder haar al niet meer voorstellen. Het was of ze er altijd al was geweest.
„Hoe ga je haar noemen?" wilde Johan weten.
„Desirée."
Wilma keek verbaasd op. „Desirée, de gewenste?"
Marcella knikte. „Het klinkt waarschijnlijk vreemd voor iemand die negen maanden lang niet naar de komst van haar kind uitgekeken heeft, maar juist om die reden heb ik voor deze naam gekozen. Ze moet weten dat ze welkom was, al kwam ik daar dan een beetje laat achter."
„In ieder geval niet té laat en dat is het belangrijkste," zei Johan. „Wanneer mogen jullie naar huis?"
„Morgen," antwoordde Marcella afwezig. Ze had meer belangstelling voor de baby in haar armen dan voor haar bezoek, maar dat nam niemand haar kwalijk.
„We zullen voor een warm welkom zorgen," beloofde Wilma.
Ze praatten nog wat na over de bevalling en toen namen ze afscheid. Marcella legde Desirée in het glazen wiegje naast haar bed en ging zo liggen dat ze voortdurend naar haar kon kijken. Dat was een bezigheid waar ze geen genoeg van kon krijgen. Sinds ze die ochtend fris gewassen terug was gebracht naar haar kamer had ze nog geen oog van haar baby afgehouden. Het was nu onvoorstelbaar dat ze tijdens haar zwangerschap zo onverschillig tegenover dit kind had gestaan. Ze had het gevoel dat ze heel wat in moest halen.

In de gang weerklonken voetstappen en stemmen van het bezoek dat afscheid nam, maar de geluiden drongen amper tot Marcella door. Arthur had niet eens de moeite genomen om op bezoek te komen, bedacht ze. Vreemd, het deed niet eens pijn, ze constateerde het slechts als een vaststaand feit. Ze had hem die middag gebeld om te vertellen dat de baby geboren was en hij had opgelucht op dat nieuws gereageerd, maar hij had niet eenmaal gevraagd hoe zij zich voelde en of de baby gezond was. Hij ging er zonder meer vanuit dat de baby inmiddels overhandigd zou zijn aan de benodigde instanties die ervoor zouden zorgen dat ze bij goede adoptieouders terechtkwam en dat hij en Marcella nu samen een frisse start konden maken, zonder de last uit het verleden. Marcella had hem door de telefoon niet willen vertellen dat wat haar betrof de plannen gewijzigd waren, dat deed ze liever persoonlijk. Maar dat ging moeilijk als hij niet op kwam dagen, dacht ze nuchter bij zichzelf. Ze kon zich er niet eens druk om maken. Haar dochtertje nam haar zo in beslag dat al het andere erbij verbleekte, zelfs Arthur. Nog maar kort geleden was ze ervan overtuigd dat hij de man was waar ze de rest van haar leven mee door wilde brengen, inmiddels was ze daar lang niet meer zo zeker van. Hij had haar diverse malen diep teleurgesteld en dat ging haar niet in de koude kleren zitten. Bij Joris had ze dat gevoel ook vaak gehad, herinnerde ze zich. Toen hield ze zichzelf altijd voor dat dat erbij hoorde, dat geen enkele relatie volmaakt was en dat ze niet zo moest zeuren. Maar nu was ze volwassen en was ze anders over relaties gaan denken. Een man die haar keer op keer teleurstelde, was niet geschikt als haar levenspartner. Gregor had gelijk gehad toen hij haar laatst zei dat ze zich alleen maar aan Arthur vast had geklampt omdat haar hele leven in dreigde te storten.

Gregor... Bij de gedachte aan hem plooide er onwillekeurig een glimlachje om haar lippen. Aan hem had ze echt steun gehad. Niet alleen tijdens de zware bevalling, maar ook lang daarvoor al.

Alsof hij voelde dat ze aan hem dacht, kwam hij precies op dat moment de ziekenkamer binnen. „Hoe is het met mijn twee favoriete vrouwen?" vroeg hij luchtig.

„Perfect," antwoordde Marcella. „Vooral met de kleinste. Ze is zo lief. Ik heb haar nog niet één keer horen huilen."

„Dat verandert nog wel," zei hij sadistisch. „Wacht maar, als ze je vannacht wakker schreeuwt omdat ze honger heeft, dan piep je wel anders."

„'s Nachts liggen de kinderen op de babyzaal, dus dan hoor ik haar toch niet," lachte Marcella. Vertederd keek ze toe hoe Gregor zich over het wiegje heen boog en Desirée met aandacht opnam. Zijn vinger streelde langs het piepkleine handje en in een reflex greep de baby hem vast en knelde haar knuistje erom heen.

„Wat een kracht heeft zo'n ukkie toch," zei hij verwonderd.

„Ze is net zo sterk als haar moeder," zei Marcella verwaand. Hij keerde zijn hoofd naar haar toe en keek haar diep in haar ogen. „Dat zou best wel eens kunnen, ja," beaamde hij, zodat ze begon te blozen.

Heel even hing er een verwachtingsvolle spanning tussen hen, maar het tere moment werd verbroken omdat Arthur binnen kwam. „Mijn bespreking liep uit," verklaarde hij zijn late komst. „Maar van de verpleging mocht ik nog naar je toe, omdat er toch niemand anders bij je op de kamer ligt. Wat doe jij hier?" Die laatste woorden werden gericht tot Gregor en klonken ronduit vijandig.

„Ik ben op kraamvisite, net zoals jij," antwoordde Gregor rustig.

„Hm, zo zou ik het niet willen noemen. Zou je mij en Marcella even alleen kunnen laten?" zei Arthur hoog.

Gregor keek naar Marcella en ze knikte bijna onmerkbaar. Zonder iets te zeggen, verliet hij de kamer, ten prooi aan tegenstrijdige gevoelens. Hoe zou het gesprek hier verlopen? Betekenden Marcella's onverwachte moedergevoelens het einde van de relatie of zou Arthur moeder en kind gezamenlijk in zijn armen sluiten? Machteloos balde Gregor zijn vuisten. Het liefst had hij Arthur persoonlijk de kamer uitgegooid om Marcella zijn liefde te verklaren, maar angst voor haar reactie hield hem tegen. Hij zou het niet kunnen verdragen als ze hem af zou wijzen. Voor Marcella was hij slechts een goede vriend, Arthur was de man waar ze verliefd op was, dat mocht hij niet vergeten. Hij moest zich bedwingen om zijn oor niet tegen de deur te leggen, zodat hij kon horen wat er gezegd werd, maar slofte toen toch moedeloos weg. Zelfs als daar binnen gebeurde wat hij hoopte, het beëindigen van hun relatie, dan kon hij zich nog niet aan Marcella opdringen. Haar leven was in een stroomversnelling geraakt, bovendien was ze net moeder geworden, dus ze had nu wel wat anders aan haar hoofd. Als hij ooit een kansje bij Marcella wilde hebben, moest hij niet overhaast te werk gaan, maar zich voorlopig alleen opstellen als goede vriend. Dat betekende ook dat hij nu weg moest gaan, want als het inderdaad uitging met Arthur was het niet de bedoeling dat hij, Gregor, slechts als plaatsvervanger diende. Hij wilde niet het risico lopen dat Marcella zich eventueel in zijn armen zou storten uit verdriet, eenzaamheid en angst, zoals ze dat maanden geleden ook bij Arthur had gedaan toen haar relatie met Joris tot een einde kwam. En aan de andere kant, als ze toch bij elkaar bleven als gelukkig gezinnetje, was het ook beter als hij niet in de buurt was. Hij zou het nooit op kunnen brengen om ze te feliciteren, wist hij.

Arthur was inmiddels bij Marcella op het bed gaan zitten. Pijnlijk duidelijk registreerde ze dat hij niet eens in de richting van de wieg keek.

„Het is dus achter de rug," constateerde Arthur zakelijk. „Wat gaat er nu gebeuren? Ik vind het nogal opmerkelijk dat ze bij je is, ik dacht dat kinderen die afgestaan werden altijd onmiddellijk na de bevalling weggehaald werden."

„Dat zou best kunnen, ik heb geen idee hoe dat werkt."

„Wat bedoel je daarmee?" Zijn ogen knepen zich gespannen samen.

„Ik ben niet van plan om haar af te staan," verklaarde Marcella rustig. Ze voelde zich opmerkelijk kalm en zelfverzekerd. Niets van wat hij zei of deed, zou haar besluit kunnen doen veranderen, dat was een ding dat zeker was. Hij sprong van het bed af en ijsbeerde rusteloos door de kamer. „Dat is geen afspraak, Marcella. We zouden met zijn tweeën verder gaan, ik heb je van het begin af aan duidelijk gemaakt hoe ik daar over denk."

„Dat is waar, je bent altijd eerlijk geweest," gaf ze toe.

„In tegenstelling tot jou dus blijkbaar."

„Nee Arthur, ik heb je niet bewust maandenlang aan het lijntje gehouden, dat moet je niet denken. Het kind in mijn lichaam leefde niet voor me, geestelijk heeft het al die tijd ver van me afgestaan. Maar nu ze er is... Ik kan haar niet weggeven, ze is van mij. Ik ben haar moeder."

„Sentimentele onzin," bromde hij tegen beter weten in. De angst sloeg hem om het hart toen hij zich realiseerde wat haar woorden inhielden.

„Noem het hoe je wilt, feit is dat ik haar niet afsta voor adoptie. Ik hou van haar."

„Meer dan van mij?" wilde hij weten.

„Dat is niet met elkaar te vergelijken," ontweek Marcella.

„Je stelt me dus voor een voldongen feit," zei Arthur bitter. „Alles wat we daarover besproken hebben wordt nu plotseling van tafel geveegd en je verlangt van me dat ik een brave huisvader word. Zo iemand die zich na het werk naar huis spoedt om nog een uurtje met het kind door te kunnen brengen voor het naar bed moet en die 's nachts met een huilende baby door het huis heen loopt om haar te sussen. Mijn sportwagen moet worden omgeruild voor een gezinsauto met een kinderzitje achterin en mijn huiskamer wordt een vergaarbak van speelgoed. En dat allemaal voor een kind dat niet eens van mij is."

Marcella haalde diep adem. Dit was het moment van de waarheid, wist ze. Eigenlijk wilde ze dit gesprek nu niet voeren. Ze wilde gewoon onbekommerd van haar kindje genieten en haar in haar armen houden terwijl ze lieve woordjes fluisterde, maar ze kon dit niet langer uitstellen. Dat was niet eerlijk.

176

„Ik verlang helemaal niets van je," zei ze moeilijk. „Jij hoeft je luxe leventje niet op te geven voor mij en Desirée. Onze levens zijn totaal verschillend, die zijn niet met elkaar te verenigen."

„Bedoel je dat je het uit wilt maken?" vroeg hij ongelovig.

„Ja. We passen niet bij elkaar. Dat is al vaker gebleken, maar nu is dat helemaal duidelijk. Het is gewoon het beste dat onze wegen zich scheiden. Ik wil jou niet opzadelen met een kind dat je niet ziet zitten en jij kunt niet van mij verlangen dat ik jou boven haar verkies. We zijn al helemaal verkeerd begonnen, Arthur. Onze basis was niet goed."

Arthur keek van Marcella naar de baby, hij voelde zich verbijsterd door de wending die het gesprek nam. Zodra hij de wieg in de kamer had zien staan, was hij al bang geweest voor wat Marcella hem zou vertellen, maar het was geen seconde in zijn hoofd opgekomen dat ze zelf een einde aan hun relatie zou maken. Hij had verwacht dat ze hem zou smeken om de baby te aanvaarden alsof ze van hem was. Natuurlijk zou hij dat niet gedaan hebben. Integendeel, hij zou haar voor de keus hebben gesteld. Of hij of dat kind. Nu twijfelde hij ineens of dat inderdaad was wat hij wilde. De baby niet accepteren zou onherroepelijk tot gevolg hebben dat hij Marcella kwijtraakte en dat idee benauwde hem.

„We kunnen het toch proberen?" zei hij aarzelend. „Ik bedoel... Het is een leuke baby, misschien word ik ook wel een leuke vader."

Marcella schudde beslist haar hoofd. „Nee Arthur. Zelfs als je haar nu in je armen en in je hart zou sluiten, zou ik nog niet met je verder willen. Ik hou niet meer van je. Ik denk zelfs dat ik nooit echt van je gehouden heb. Jij was de strohalm waar ik me aan vastklampte op een moment dat ik het heel erg moeilijk had, maar we verschillen teveel van elkaar om er iets goeds van te maken. Ik verwacht meer dan jij in staat bent te geven."

„Eigenlijk heb je me dus gewoon gebruikt," constateerde

hij. Na de eerste verbijstering begon hij nu kwaad te worden.

„Ik dacht dat ik verliefd op je was," zei Marcella zacht.

„Ik was alleen maar goed om je door die moeilijke maanden heen te slepen, je afleiding te bezorgen, je mee uit te nemen en je te steunen," vervolgde hij alsof ze niets gezegd had.

„Steunen?" Marcella ging recht overeind zitten, haar ogen flikkerden. „Het spijt me, maar steun heb ik nog geen seconde van je gehad. Er is geen enkel moment geweest dat jij je probeerde in te leven in wat ik moest voelen, praten over de baby was taboe en je wilde niet eens bij de bevalling zijn."

„Je zei zelf dat ik weg kon gaan, dat je dat in je eentje moest doen," weerlegde Arthur dat.

„Omdat je… Ach, laat ook maar." Vermoeid liet Marcella zich weer achterover zakken. „Dit heeft geen enkel nut, we kijken er nu eenmaal allebei heel anders tegenaan. Laten we elkaar geen verwijten maken en niet met een ordinaire ruzie uit elkaar gaan. De verwachtingen die ik van je had, waren niet reëel, weet ik nu. Jij bezit nu eenmaal niet de eigenschappen die ik verlang van een levenspartner."

„Dat is dan wederzijds," zei hij op hatelijke toon. „Ik dacht dat jij een vrouw met ambities was, iemand die carrière wilde maken en die midden in het volle leven stond. Geen truttig huismoedertje." Plotseling staakte hij zijn rusteloze heen en weer geloop. Zijn ogen vernauwden zich terwijl hij haar aankeek. „Het is die Gregor, hè? Die huisarts die zowat bij jullie inwoont. Hij wil natuurlijk wel kinderen, dus nu heb je je affectie naar hem verlegd. Geef het maar toe. Ik word afgedankt omdat je liever hem hebt."

„Ben je klaar?" informeerde Marcella ijzig kalm. „Dan heb ik nu liever dat je weggaat. Wij hebben elkaar niets meer te zeggen."

„Ik ga al. Ik heb er geen behoefte aan om nog langer in jouw gezelschap te verblijven." Met een blik vol afkeer naar Desirée beende Arthur weg, de deur van de kamer viel met een klap achter hem dicht.

Opgelucht leunde Marcella in de kussens. Ze vond het jammer dat het op deze manier was gegaan, maar het voelde als een bevrijding dat ze van hem af was. Er viel een enorme spanning van haar af nu. Ze had inderdaad nooit echt van hem gehouden, daar was ze nu wel achter. Als dat wel het geval was geweest, had ze nu op zijn minst toch verdrietig moeten zijn, maar ze was alleen maar blij dat hij uit haar leven was verdwenen. Zij had altijd alleen rekening met hem moeten houden, nooit was het andersom geweest, besefte ze ineens glashelder. Ze had gehoopt dat ze waardig uit elkaar konden gaan, maar zijn laatste opmerkingen hadden zelfs het laatste beetje gevoel voor hem de nek omgedraaid. Ze begreep dat hij zo gereageerd had uit gekwetste trots, toch gaf het een wrang nasmaakje. Zijn snerende opmerking over Gregor had haar diep geraakt. Misschien nog wel het meeste omdat het de waarheid bevatte, moest ze zichzelf in stilte bekennen. Gregor nam inderdaad een steeds grotere plek in haar hart in, niet in het minst door de manier waarop hij haar door de bevalling heen geholpen had. Zonder zijn steun had ze het nooit gered en was het waarschijnlijk uitgedraaid op een kunstverlossing. Toch was het niet alleen daardoor dat haar hart naar hem toetrok. Het was alles bij elkaar. De manier waarop hij zijn vak uitoefende, zijn betrokkenheid naar zijn patiënten toe, zijn gevoel voor humor, de aandachtige wijze waarop hij luisterde, zijn doordachte adviezen en het feit dat hij er simpelweg was als je hem nodig had. Voor Marcella was dat iets ongekends, in alle twee haar relaties had ze dat nog nooit meegemaakt. Zowel bij Joris als bij Arthur was zij de vrouw op de achtergrond geweest, iemand waar je niet al te veel rekening mee moest houden. Bij Gregor voelde ze zich heel anders, gelijkwaardiger.

Hij gaf haar het gevoel dat ze een vrouw was, ontdekte ze ineens verwonderd. Dat sprak haar nog het meeste aan. Bij hem was ze geen lastig aanhangsel die haar best moest doen om aardig gevonden te worden en die op haar tenen moest lopen om hem te behagen.

Marcella raakte niet in de war door deze plotseling ontdekte gevoelens. Het voelde alleen maar prettig om aan Gregor te denken.

Eigenlijk verwachtte ze half en half dat hij weer binnen zou komen nu Arthur weg was, bereid om haar te troosten en zijn schouder aan te bieden. Hij wist natuurlijk niet dat er niets te troosten viel en dat ze zich helemaal niet ongelukkig voelde onder Arthurs vertrek. Verlangend keek ze bij ieder gerucht vanuit de gang naar de deur, die echter hermetisch gesloten bleef. Maar dat gaf niet. Als hij vanavond niet kwam, zou ze hem morgen in ieder geval wel zien. In het volste vertrouwen dat alles goed zou komen, dommelde Marcella in slaap, zo lang mogelijk haar ogen gericht op Desirée, die heerlijk door alle commotie heen was geslapen. Gregor gaf ook om haar, dat wist ze zo zeker alsof het haar verteld was. Dat kon niet anders, hij was altijd zo lief en bezorgd. Een echte rots in de branding.

Terwijl Marcella zich in plezierige afwachting verheugde op het moment dat ze Gregor weer zou zien, was hij juist bang voor dat moment. Wat zou hij te horen krijgen als het zover was? Hij kwelde zichzelf door het beeld op te roepen van Arthur, Marcella en Desirée als een gelukkig gezin. Hij zou blij voor haar moeten zijn, besefte hij, maar dat was een gevoel dat hij onmogelijk op kon brengen. Ze had niks aan die Arthur, waarom zag ze dat nou zelf niet in?

Maar zelfs als zijn grootste angst niet bewaarheid werd, dan kon hij nog niets doen. Dit was niet het moment om aan Marcella te vertellen wat hij voor haar voelde. Het zou teveel achter elkaar zijn voor haar. Het beste wat hij kon doen was zoveel mogelijk afstand nemen, besloot Gregor. Het beste, maar tevens het moeilijkste.

HOOFDSTUK 17

Al snel draaide Marcella weer volop mee in het huis. Na haar tijdelijke inzinking barstte ze van de energie en kon ze alles weer aan, niet in het minst door de kleine Desirée. Haar komst had Marcella veranderd, in positieve zin. Ze stond nu veel sterker in haar schoenen en wist beter wat ze wel en niet wilde. Eigenlijk was ze nu pas écht volwassen geworden. Ze voelde zich goed, genoot van haar dochtertje en kon zich nog beter inleven in de bewoners van het huis dan voor de komst van Desirée. Dankzij het kleine meisje leerde ze beter relativeren en liet ze zich minder meeslepen met de problemen die de tieners in het huis ondervonden. Haar leven verliep vlekkeloos, bedacht ze op een dag. De zon scheen uitbundig en ze koesterde zich in de warme stralen terwijl Desirée vlak naast haar in de schaduw in haar kinderwagen lag. Ze had haar draai helemaal gevonden in het huis en kon zich niet voorstellen dat ze ooit ander werk zou gaan doen. De balans tussen het administratieve werk en het persoonlijke aspect was perfect voor haar en ze was flexibel genoeg om te reageren op onverwachte gebeurtenissen die alles omgooiden. Ze liet zich niet snel meer uit haar evenwicht brengen. Het enige wat nog ontbrak was een man in haar leven. En niet zomaar een willekeurige man.

Tersluiks keek Marcella naar Gregor, die uit zijn wagen stapte en naar haar toe kwam lopen. Er was iets veranderd tussen hen sinds Desirée geboren was. Ze waren nog steeds goed bevriend, maar meer leek het niet te kunnen worden. Gregor was een stuk afstandelijker geworden, al kon ze niet goed uitleggen waar dat in zat. Hij was nog steeds even vriendelijk en attent, toch was er een duidelijk verschil met een paar maanden daarvoor. Het leek wel of ze niet meer echt tot hem door kon dringen. Marcella vreesde dat hij gemerkt had dat ze meer voor hem was gaan voelen dan slechts vriendschap en dat hij zich expres zo opstelde omdat hij die gevoelens niet beantwoordde.

Haar trots weerhield haar ervan om daar over te praten of om zelfs maar signalen naar hem uit te zenden, dus deed ze net zo neutraal vriendelijk als hij wanneer ze elkaar spraken.

„Lekker weertje, hè?" begroette Gregor haar. „Je geniet ervan, zo te zien."

„Ja, het is heerlijk zo. Niet te warm, geen wind, zalig," zei Marcella.

Banaler kon het al niet, dacht ze terwijl Gregor zich over de kinderwagen boog en naar Desirée keek. Ze wilde eigenlijk niets liever dan haar armen om hem heen slaan en hem zoenen, in plaats daarvan hadden ze het over het wéér!

„Hoe is het met je? Ben je al helemaal over de breuk met Arthur heen?" vroeg Gregor terwijl hij naast haar kwam zitten.

Hun blote armen waren slechts een paar centimeter van elkaar verwijderd en Marcella voelde dat de haartjes op haar onderarm overeind gingen staan. Haar hart klopte wild en ze schoof snel een stukje opzij, omdat ze bang was dat ze zich niet kon beheersen. Gregor zag het teleurgesteld aan. Ondanks zijn zelfgekozen afstandelijkheid, omdat hij dacht dat dat beter was voor Marcella, hoopte hij iedere dag dat ze nader tot elkaar zouden komen, maar Marcella's reactie nu hij naast haar kwam zitten bewees hem dat hij slechts ijdele hoop koesterde. Ze had niet duidelijker kunnen demonstreren dat ze niets voor hem voelde, dacht hij verdrietig.

„Maak je over mij vooral geen zorgen, ik voel me prima," antwoordde ze luchtig. „Ik heb helemaal niet getreurd over Arthur."

„Nee? Je was anders behoorlijk verliefd op hem," herinnerde Gregor zich. „Vlak voor je bevalling vertelde je me nog dat je hoopte dat hij van gedachten zou veranderen als de baby er eenmaal zou zijn."

„Dat was in een vlaag van verstandsverbijstering. Je hoeft daar trouwens helemaal niet verbaasd over te zijn, want jij was diegene die doorhad dat mijn gevoelens voor Arthur niet echt waren, maar dat ze gebaseerd waren op de angst om alleen te blijven."

„Iets wat je overigens prima af schijnt te kunnen," complimenteerde hij haar. „Ik heb bewondering voor de manier waarop je je leven opgepakt hebt en voor Desirée zorgt. Ze heeft een uitstekende moeder aan je."

„Dank je," antwoordde Marcella blozend.

Even ontmoetten hun ogen elkaar en ze hield haar adem in. Daar was het weer, die vonk, dat speciale gevoel dat ze bij elkaar hoorden. Zou het dan toch...?

Ze werden echter gestoord door Wilma, die haastig over het grasveld aan kwam rennen. „Gregor, kun je even komen?" riep ze al van verre. „Het is niet goed met Laura. Ze heeft een bloeding."

Gregor had geen verdere aansporing nodig. Hij sprong overeind en rende achter haar aan het huis in. Zuchtend liet Marcella zich achterover vallen op de plaid waarop ze in het gras lag. Dit was heel erg voor Laura, maar waarom moest ze nou net op dat moment gaan bloeden, dacht ze onredelijk. Wie weet wat er anders gebeurd was tussen haar en Gregor. Hoewel, ze hadden vaker dit soort momenten gehad zonder dat er een vervolg op kwam. Iedere keer weer vlamde de hoop hoog op in haar hart, maar het begon erop te lijken dat ze het zich slechts verbeeldde. Waarschijnlijk zag ze tekenen die er niet waren, alleen maar omdat ze dat graag wilde. Vlak na Desirée's geboorte meende ze zeker te weten dat Gregor ook van haar hield, ze kwam echter steeds meer tot de conclusie dat het niet meer dan vriendschap was wat hij voor haar voelde.

Desirée werd wakker en begon te pruttelen. Zuchtend kwam Marcella overeind om haar naar binnen te rijden voor haar fles.

„Je moeder heeft een zeldzaam en dubieus talent om voor de verkeerde mannen te vallen," sprak ze tegen het kleintje. „Eerst je vader, daarna Arthur en nu Gregor." Desirée trappelde met haar voetjes en blies een bel, waar Marcella vertederd naar keek. Plotseling viel haar een verontrustende gedachte in. Joris en Arthur hadden allebei op niet mis te verstane wijze duidelijk gemaakt dat ze geen kind wilden, misschien dacht Gregor daar ook wel zo over maar durfde hij daar niet zo rechtstreeks voor uit te komen. In dat geval vormde Desirée opnieuw een belemmering voor een relatie. Hoewel hij altijd liet merken dat hij stapelgek was op het kleine meisje, kon Marcella zo snel geen andere verklaring vinden. „Nou, dan blijven we maar lekker met zijn tweetjes," zei ze resoluut tegen de baby, die haar stralend aankeek. „Geen ene man kan ons nog uit elkaar halen, zelfs Gregor niet. Ik ben veel te blij dat ik je heb."

Laura beviel die dag van een veel te vroeg, doodgeboren kindje. Wilma, die mee was gegaan naar het ziekenhuis, vertelde het met tranen in haar ogen.
„Ze was zo vreselijk verdrietig," zei ze geëmotioneerd. „Ondanks de hele precaire situatie was ze toch blij met de baby en nu heeft ze niets meer. Ik heb haar ouders gebeld, maar dit veranderde niets voor ze. Laura is nog steeds niet welkom in haar ouderlijk huis."
„Gelukkig heeft ze Milo nog," zei Marcella. „Die twee zijn stapelgek op elkaar en ik denk dat hij haar wel kan steunen."
„Ze gaat voorlopig bij hem wonen. Milo is behoorlijk in paniek geraakt toen ik hem belde en hij heeft meteen alles aan zijn ouders verteld. Ze zijn samen met hem naar het ziekenhuis gekomen en het zijn echt geweldige mensen. De angst om hen in te lichten was volledig ongegrond. Ze keuren niet goed dat hun zoon zijn vriendin zwanger heeft gemaakt, zoals ze zelf zeiden, maar vonden de reacties van Laura's ouders nog veel erger. Als ouders moet je je kinderen altijd steunen, zei Milo's moeder. Ze hebben Laura een kamer in hun huis aangeboden."
„Wat een fantastische oplossing," vond Marcella. „Zo zie je maar weer, mensen reageren niet altijd zoals je denkt en verwacht. Morgen komt er trouwens een nieuwe bewoonster. Een vijftienjarig meisje, Wieteke Vermont. Ze is naar

haar vriendje gevlucht omdat haar vader haar een paar rake klappen heeft verkocht bij haar mededeling dat hij opa zou worden, maar daar kan ze niet blijven. Ze hebben zelf vier kinderen en wonen in een huis met drie kamers, vandaar. Vannacht blijft ze daar en morgen komen die ouders van het vriendje haar brengen."

„Heb je al contact gehad met haar eigen ouders?" wilde Wilma weten.

„Met haar vader. De moeder heeft het gezin acht jaar geleden in de steek gelaten voor een andere man, sindsdien hebben de kinderen haar niet meer gezien. Ik kreeg overigens de indruk dat de vader het contact met de moeder tegenhoudt, dus misschien wil Wieteke wel graag naar haar moeder. Ik zal dat eens rustig met haar bespreken als ze eenmaal hier is. De vader lijkt me een erg dominante man, voor zover je dat natuurlijk kunt beoordelen na slechts één telefoongesprek."

„Jouw mensenkennis laat je niet snel in de steek," wist Wilma. „Meestal zit je in één keer goed met je beoordelingen. O trouwens, dat vergeet ik je helemaal te zeggen! Ik kreeg net een telefoontje van Penny's advocaat. De rechter heeft vandaag uitspraak gedaan en ze is vrijgesproken. Er kwamen zoveel feiten boven tafel wat betreft Mareks gewelddadige verleden dat de rechter genoeg grond zag om het te beschouwen als zelfverdediging."

„Wat een goed nieuws," reageerde Marcella enthousiast.

„Ja, voor haar is alles uiteindelijk dus toch nog goed gekomen. Konden we dat van Gwen ook maar zeggen." Wilma's blik versomberde bij de herinnering aan dat drama. Hoewel ze het tegen niemand wilde bekennen, had ze vaak nachtmerries over Gwen. In haar dromen zag ze het meisje de spoorlijn oplopen, waarna ze steeds met een schok wakker schoot.

„Je moet kijken naar de meisjes die we wél hebben kunnen helpen," probeerde Marcella haar te bemoedigen. „Nancy bijvoorbeeld. Zo dwars en recalcitrant als die altijd was, zo'n goede moeder is het nu voor Charlotte en dolgelukkig.

En denk eens aan Sabrina, Cindy en Lucia. Allemaal succesverhalen."

„Maar degenen met wie het slecht afloopt, blijven langer in je herinnering," zuchtte Wilma. Ze beet op haar onderlip en er verscheen een afwezige blik in haar ogen, alsof ze heel diep over iets nadacht.

Marcella boog zich weer over haar administratie en besloot haar werkgeefster niet te storen in haar overpeinzingen. De laatste tijd had ze vaker van die buien. Dan staarde ze maar wat voor zich uit zonder dat ze iets leek te zien. Het beangstigde Marcella wel eens. Ze vroeg zich regelmatig af of alles wel goed ging met Wilma, maar durfde er niet ronduit naar te vragen omdat ze bang was dat het iets met haar gezondheid te maken had. Er hing in ieder geval iets in de lucht, dat was wel duidelijk. Het was ook al eens voorgekomen dat Marcella de kamer binnen was gelopen en daarbij Wilma en Johan gestoord had in een, zo te zien ernstig gesprek. Ze schrokken toen behoorlijk en waren heel snel op een ander onderwerp over gegaan, wat Marcella het gevoel had gegeven dat er dingen besproken werden die zij niet mocht weten. Ze wist niet wat er aan de hand was, maar hoopte dat er snel klaarheid zou komen, want ze werd er wel onzeker van.

Aan die onzekerheid kwam een paar weken later een einde. Marcella had net met succes geregeld dat hun jongste bewoonster, Wieteke Vermont, bij haar moeder ging wonen. Het was een moeizaam proces geweest omdat Wieteke's vader in eerste instantie alle medewerking had geweigerd, maar uiteindelijk had hij toch, na vele, lange gesprekken met alle betrokken personen, toegestemd. Met een voldaan gevoel vanwege deze goede afloop, sloot Marcella voorlopig het dossier van Wieteke af toen Wilma en Johan het kantoor betraden. Ze zagen er ernstig uit, zag Marcella meteen. De angst voor wat er gezegd zou worden, sloeg haar om het hart.

„Er is iets, hè?" zei ze.

„Ja, we willen graag iets met je bespreken," gaf Wilma toe.

„Doe ik mijn werk niet goed? Willen jullie me kwijt?" vroeg Marcella met dichtgeknepen keel.

„Hoe kom je daar nou bij?" Spontaan liep Wilma op haar af en gaf haar een zoen op haar wang. „De impulsieve beslissing die ik een jaar geleden nam toen ik jou deze baan aanbood, was het beste besluit dat ik ooit heb genomen. In ieder geval veel beter dan het besluit om dit huis op te starten en te gaan leiden."

„Wat bedoel je daarmee?" Marcella schrok echt van deze sombere woorden. Het had zo triest en onheilspellend geklonken. „Hebben jullie spijt van dit project? Houden jullie ermee op?"

„In zekere zin wel," antwoordde Johan. „Ga even zitten, want we hebben heel wat te bepraten." Hij maakte een uitnodigend gebaar naar de stoelen die in een hoek van het kantoor om een klein tafeltje gedrapeerd stonden. Wezenloos nam Marcella plaats, met moeite bevattend wat er gezegd werd. Haar hoofd gonsde en haar ledematen voelden vreemd bibberig aan. Betekende dit gesprek echt het einde van haar baan hier? Een erger bericht kon ze zich niet voorstellen, want ze zette zich met hart en ziel in voor de bewoners van het huis.

„Wilma wil stoppen met de leiding van het huis," hervatte Johan het gesprek toen ze met zijn drieën om het tafeltje zaten. „Het directe, persoonlijke aspect, dat ons eerst juist zo aantrok in dit werk, blijkt achteraf toch te zwaar te zijn."

„Is dat zo?" Vragend keek Marcella Wilma aan en die knikte.

„Ja, ik kan het niet meer loslaten, zoals ik vroeger wel kon. Het contact met de meisjes is té intensief voor mij, dat kan ik niet aan. Vroeger trok ik de deur van mijn praktijk achter me dicht aan het einde van een werkdag en dan was ik klaar, nu gaat het vierentwintig uur per dag door. Het rechtstreeks bieden van opvang en hulp spreekt me nog steeds erg aan, maar alles erom heen niet. Met name de problematiek rond Penny en Gwen hebben me heel erg aangegrepen, daar droom ik nog steeds van. Als maatschappelijk werkster had ik ook cliënten met wie het soms heel slecht afliep, toch was dat anders. Die mensen zag ik slechts af en toe, ik kende ze niet echt, wat met deze meisjes wel het geval is. Ik kan niet meer objectief oordelen."

„Goh, je overvalt me hier wel mee," zei Marcella langzaam. „Ik had al langer het idee dat er wat aan de hand was, maar dit is nooit bij me opgekomen. Heffen jullie het huis helemaal op?"

„Nee, dat zeker niet," zei Johan haastig. „Het huis zoals het nu is blijft bestaan, alleen stoppen wij met de dagelijkse leiding, al blijven we natuurlijk altijd met het huis verbonden. In de toekomst zal dat echter meer op de achtergrond zijn en niet meer rechtstreeks. We verhuizen ook terug naar de stad, waar Wilma een nieuwe praktijk gaat opstarten."

„Alle zwangere meisjes die ik op mijn spreekuur krijg, stuur ik uiteraard meteen hierheen," zei Wilma met een klein lachje. Ze had het zichtbaar moeilijk, toch was het ook duidelijk dat er een last van haar afgevallen was nu het besluit eenmaal genomen was. Het had haar veel moeite gekost om toe te geven dat ze toch niet zo geschikt was voor dit werk als ze aanvankelijk gedacht had. Ze waren indertijd met zoveel grootse plannen en illusies begonnen.

„En verder? Wie gaat hier de dagelijkse leiding op zich nemen?" vroeg Marcella gespannen.

„We hopen dat jij dat wilt doen," zei Johan rustig. „Jij bent uitermate geschikt voor dit werk, dat heb je al een aantal keren bewezen na de eerste startmoeilijkheden. Je hebt de juiste mentaliteit en leeft met de meisjes mee zonder het je persoonlijk aan te trekken als er iets fout gaat. Bovendien ben je flexibel en besluitvaardig, twee eigenschappen die onmisbaar zijn in een instelling als deze. Uiteraard krijg je er dan wel hulp bij, je hoeft niet alles in je eentje te doen. Voel je daar iets voor? Je kunt er natuurlijk rustig over nadenken."

„Ik hoef er geen seconde over na te denken, ik doe het," zei Marcella enthousiast. „Dit werk ligt me inderdaad heel erg goed en ik heb het hier enorm naar mijn zin, dus dat is het probleem niet. Ik vind het wel jammer dat jullie er voortaan minder bij betrokken zullen zijn."

„Maar we zullen elkaar vaak genoeg zien en spreken," voorspelde Wilma. „Dit huis blijft natuurlijk een beetje ons kind en we zijn heel erg blij dat jij het voort wilt zetten. Een betere kandidaat kunnen we ons niet voorstellen."

„Natuurlijk heb je zelf ook inspraak over de personen die je bij gaan staan," vulde Johan aan. „De sollicitatiegesprekken zullen we met zijn drieën voeren."

„En Gregor heeft al toegezegd dat hij je met alles zal helpen," zei Wilma weer. Ze zag er opgelucht uit nu Marcella toegestemd had in hun voorstel, want ondanks dat ze zichzelf niet op haar plaats voelde hier, gingen het huis en zijn bewoners haar toch aan het hart.

„Gregor? Wat heeft hij ermee te maken?" zei Marcella vinnig. „Hij is alleen maar de huisarts hier, al verbeeldt hij zich dat hij hier iets voor het zeggen heeft."

„Wat is dat nou voor onzinnige opmerking?" Johan fronste zijn wenkbrauwen en keek haar verbaasd aan. „Ik dacht dat jij Gregor graag mocht."

„Sterker nog, ik heb heel lang gedacht dat het wel iets zou worden tussen jullie," deed Wilma ook een duit in het zakje. „Jullie zouden perfect bij elkaar passen."

„Dat dacht ik ook, maar hij denkt er duidelijk anders over," zei Marcella bitter. Zonder dat ze het wilde schoten de tranen in haar ogen. Het ging haar steeds moeilijker af om normaal tegen hem te doen. Ze had nooit geweten dat een onbeantwoorde liefde zoveel pijn kon doen. Toen haar prille relatie met Arthur verbroken werd bij zijn ontdekking dat ze zwanger was, had ze zich ook behoorlijk beroerd gevoeld, maar dat was in niets te vergelijken met hoe ze er nu aan toe was. Ze had Arthur geïdealiseerd en hem allemaal eigenschappen toegedicht die hij helemaal niet bleek te bezitten, Gregor kende ze door en door en ze hield van hem zoals hij was. Ook van zijn minder goede kanten.

„Ach lieverd," sprak Wilma zacht. „Je houdt dus inderdaad van hem?"

„Natuurlijk hou ik van hem!" schoot Marcella ineens fel uit. „Ik heb altijd van hem gehouden!"

Gregor, die net door de gang liep nadat hij één van de meisjes had onderzocht, bleef stokstijf staan toen deze woorden door de dichte deur tot hem doordrongen. Een felle pijnscheut schoot door zijn lichaam heen. Arthur, dacht hij. Ze heeft het over Arthur. Dus toch! Haar opmerkingen over hem, dat ze niets meer om hem gaf, waren niets meer geweest dan grootspraak. Wankelend zocht hij steun tegen de muur naast het kantoor. Al zijn hoop was in één klap weg. Net nu hij besloten had dat hij Marcella tijd genoeg had gegund om over haar breuk met Arthur heen te komen en te wennen aan het moederschap. Hij zich had voorgenomen haar een keer mee uit te vragen.

„Gregor is het al heel lang voor mij, alleen heb ik dat zelf nooit beseft. Ik dacht dat ik verliefd was op Arthur, terwijl ik juist van Gregor hield, maar dat verwarde met vriendschap," ging Marcella verder.

Wat? Hoorde hij dat goed? Opnieuw duizelig, maar dit keer van geluk, besefte Gregor wat ze zei. Zonder er bij na te denken wat hij deed, gooide hij de deur van het kantoor open en stormde naar binnen. Johan, Wilma en Marcella keken perplex op bij dit lawaai en Marcella schrok hevig toen ze zag wie het veroorzaakte.

„Meen je dat echt?" viel Gregor met de deur in huis. Zonder verdere plichtplegingen trok hij haar overeind van haar stoel en nam haar in zijn armen. Eindelijk. Marcella bleef totaal verbijsterd als een standbeeld staan, maar toen ze besefte wat er gebeurde gleden haar armen als vanzelf om zijn hals.

„Gregor, ik…" stamelde ze verward.

„St, niet praten. Voor praten hebben we nog alle tijd van de wereld, nu weet ik iets veel beters," zei hij teder. „Iets wat ik al heel lang wil doen." Zijn lippen sloten zich om de hare, waardoor al haar protesten werden gesmoord. Niet dat ze dat erg vond, integendeel. Met een zucht van geluk vlijde ze zich tegen hem aan. Hij had gelijk; praten konden ze altijd nog doen.

Ze merkten niet eens dat Wilma en Johan stilletjes het kantoor verlieten en de deur stevig achter zich sloten, zodat eventuele nieuwsgierige voorbijgangers geen blik naar binnen konden werpen. Met een glimlach keken ze elkaar aan. „Eind goed, al goed," zei Johan tevreden.